LE DOUX VENIN DES ABEILLES

Lisa O'Donnell

LE DOUX VENIN DES ABEILLES

Traduit de l'anglais (États-Unis)
par Philippe Mothe

Michel LAFON

Titre original
The Death of Bees

7-13, boulevard Paul-Émile-Victor – Ile de la Jatte
92521 Neuilly-sur-Seine Cedex
www.michel-lafon.com

À mes enfants, Max et Christie.

PROLOGUE

Eugene Doyle. Né le 19 juin 1972. Décédé le 17 décembre 2010 à l'âge de trente-huit ans.

Isabel Ann Macdonald. Née le 24 mai 1974. Décédée le 18 décembre 2010 à l'âge de trente-six ans.

Aujourd'hui, c'est la veille de Noël. Aujourd'hui, c'est mon anniversaire. Aujourd'hui, j'ai quinze ans. Aujourd'hui, j'ai enterré mes parents dans le jardin.

Personne ne les regrettera.

HIVER

MARNIE

Izzy, elle m'a appelée Marnie à cause de sa mère. Elle est morte maintenant, d'ailleurs elles sont mortes toutes les deux. C'est juste pour dire que mon prénom, il vient de là. Ma mère, le sien, il était nul, il lui allait pas du tout. C'était Isabel, mais on disait Izzy. Elle aurait dû s'appeler Charlie, j'aurais bien vu Charlie pour elle. Mon père, lui, il avait un nom d'homo, Eugene. Je suis sûre qu'il le trouvait naze, même s'il l'a jamais dit. Tout le monde l'appelait Gene, mais il avait plutôt une tête à s'appeler Frankie, Tommy, peut-être même Mickey. Ma copine Kimberly, on l'appelle Kimbo, elle s'embrouille avec tout le monde, elle se fritterait avec son ombre si elle pouvait. Kimbo, ça date d'un jour où elle s'était fait pourrir après un pétage de plombs et ça lui est resté, comme pour prévenir : « Kimbo est dans le coin, planquez-vous ! ».

Mon autre copine, c'est Susie. En fait, c'est Suzanne et, d'ailleurs, pendant longtemps on l'a appelée comme ça, on a jamais eu envie de raccourcir son prénom comme on fait quand ils sont trop longs, mais, vers les onze ans, elle a dit qu'elle voulait plus entendre parler de Suzanne, elle voulait qu'on l'appelle Susie. Pour elle, ça sonnait plus mature, plus sexy. C'est pas faux, j'avoue. Évidemment sa grand-mère elle continue à l'appeler Snoozy, comme un bébé, la honte.

Il y a aussi ma sœur Helen, on l'appelle Nelly et, à vrai dire, je me demande si elle sait qu'elle s'appelle Helen. Pour nous, depuis qu'elle est toute petite, c'est Nelly. Nell, ç'aurait été plus sympa, mais elle était comme Dumbo à la naissance, alors Nelly ça lui allait comme un gant.

Izzy, elle disait que ç'avait pas été simple de choisir mon prénom ; elle voulait quelque chose d'original, de stylé, pour qu'on me regarde à deux fois, comme si on avait raté quelque chose la première et, du coup, elle a choisi le nom de sa mère. Je crois savoir que Emma était bien placé, Martha aussi, mais Gene aimait pas Emma, il trouvait ça mou. Il aimait pas Sam non plus parce qu'il s'était fait plaquer par une Sam. Il connaissait aussi une Siobhan, qui s'était pris un bus en se penchant pour ramasser un mégot dans le caniveau. Gene, son préféré à lui, c'était Elise à cause d'une chanson de Cure, mais Izzy, elle détestait, elle était plus New Order, et je crois bien qu'il a été question d'Elegia aussi.

Izzy racontait que j'étais une crevette quand je suis née. Comme j'étais prématurée, ils m'ont envoyée direct en soins intensifs, je suis restée neuf semaines dans une bulle en plastique, avec Gene et Izzy qui me fixaient à travers le Plexiglas. J'ai jamais été plus en sécurité que là. Voilà, c'est pour ça que je m'appelle Marnie, et pas Eve ou Prudence ou Lucretia. Non, Marnie. Trop jeune pour fumer, trop jeune pour boire, trop jeune pour baiser, mais y avait qui pour m'en empêcher ?

Les gens, ils disent que Nelly est plus gentille que moi, mais c'est parce qu'elle est un peu barrée. Elle a douze ans. Elle aime bien les corn flakes mélangés à du

Coca et les séries en costumes d'époque. Elle aime bien les vieux films avec Bette Davis et Vivien Leigh. Elle aime bien les documentaires sur les animaux et tout ce qui touche à Harry Potter, c'est une obsédée. Elle joue aussi du violon grâce à Sarah May Pollock, une prof de musique qui repérait tous les ans les meilleurs en nous obligeant à écouter des notes enregistrées. J'ai jamais été choisie pour jouer d'un instrument, alors que j'aime bien chanter et qu'en plus je chante assez juste, mais c'est Nelly qui a reconnu la clé de sol, celle qu'il faut pour jouer du piano. Mais l'instrument la branchait pas du tout vu que, elle, ce qui l'attirait, c'était un violon avec une corde cassée qui traînait sur une table en Formica gris. Évidemment, elle en joue super bien et, au bout d'un moment, Mlle Pollock a fini par lui laisser en cadeau au dernier Noël. Je dis ça pour situer le niveau de Nelly et montrer la gentillesse de Mlle Pollock, elle adorait jouer avec elle. Malheureusement, Mlle Pollock est plus au collège. À sa place, c'est M. Charker, avec sa trompette. Nelly, elle joue toujours, avec maestria comme a dit quelqu'un, et évidemment au collège, à chaque Noël, on la colle sur une estrade, surtout pour faire plaisir au conseil d'établissement, mais ça l'aide pas vraiment qu'ils aient pris quelqu'un pour lui donner des cours. Avec ou sans lui, ça change pas grand-chose, vu qu'elle sait jouer sans les partitions. Kimbo et Susie, elles aiment trop ça, l'entendre jouer, les voisins aussi, moi j'aime bien aussi sauf quand elle sort son truc n'importe où et qu'elle se met à jouer son Bach. Sérieux, dans le métro des fois et, un jour, dans une librairie sur Sauchiehall Street et dans le bus de Wemyss Bay. Personne se plaint, vu qu'elle se balade, mais j'ai un peu l'air cloche, avec elle qui déroule sa musique et moi, à côté, qui tire sur ma clope comme une vraie potiche, comme si on se connaissait pas.

Elle a un truc aussi, Nelly, c'est comment elle parle. Souvent, tu croirais la reine d'Angleterre. Elle dit pas maman, elle dit mère et elle dit pas papa, elle dit père. Elle te sort des phrases du genre « Diantre, que se passe-t-il ? » ou « Mais, pour l'amour du ciel, que signifie ce charivari ? ». Je l'ai aussi entendue dire « satané » et « bonté divine ». Ça me rend dingue. Il faut toujours que je la protège contre ceux qui croient qu'elle se fout d'eux. Elle a aussi des lunettes, des rondes comme Harry Potter ; c'est récent son obsession pour lui et elle les porte comme des vraies, sauf que c'est pas des vraies. À Noël dernier, Izzy lui a offert une cape magique, elle l'a mise juste dans la maison ou alors une fois pour sortir les poubelles.

En fait, Nelly, elle a un pet' au casque, mais elle est pas demeurée ni rien, c'est juste qu'elle est pas comme les autres. Elle a pas des masses de potes, elle rit pas beaucoup et, quand tu lui parles d'un truc sérieux, elle dit plus rien, comme si elle enregistrait et qu'après elle réorganisait tout dans sa tête. Je sais pas comment elle range tout ça, je sais juste que, pour moi, ça se passe pas pareil. Aussi, elle prend tout au pied de la lettre, il faut faire gaffe à ce qu'on dit. Par exemple, si je lui dis « Mais t'es complètement cinglée, ma pauvre ! », elle va me répondre « Je t'assure, Marnie, que je ne suis pas si démunie que cela ! ». Je comprends pas pourquoi elle est pas déjà morte, en fait. C'est pas possible de parler comme ça, surtout à Maryhill.

Ça finit par user, même les profs. Ils en peuvent plus d'elle. Quand on a commencé le collège, ils l'ont mise dans une classe d'autistes, mais ils ont dû la changer en cours d'année parce que c'est trop une bête en maths. Genre Einstein avec, en plus, le violon évidemment. J'ai mal pour elle. Elle y peut rien d'être comme elle est, c'est pas de sa faute si elle dit tout ce qui lui passe par la tête. Elle peut pas s'en empêcher, comme de dire à Sharon Henry, la rebelle numéro un de sa classe, qu'elle devrait faire sa « petite toilette » parce que, elle, Nelly, elle sentait sa « pestilence ». Tel quel. Mot pour mot. Heureusement pour elle, Shaz a trouvé ça marrant. Du coup toutes les autres ont eu le droit de trouver ça marrant aussi, c'était encore mieux. Elle avait balancé ça dans le vestiaire des filles après le sport, pas devant des mecs. Apparemment, Shaz, elle a attrapé son savon en disant à tout le monde qu'elle partait faire sa « petite toilette » et en mimant ses ablutions intimes. Le délire qui a suivi a été interrompu par Mlle Moray, furax, qui a demandé à tout le monde de dégager pour pouvoir aller manger. Maintenant, chaque fois qu'une fille de la classe de Nelly la croise, elle fait semblant de se laver l'entrejambe ou elle lui demande si son odeur la gêne pas. Nelly, elle comprend pas la vanne. Elle lui dit qu'elle a rien à craindre (« Elles ont une hygiène irréprochable »).

Il y a d'autres trucs aussi, comme sa tchatche de malade et en général sur tout et n'importe quoi. Comme sur Steve Irwin, le spécialiste des reptiles, qui s'est fait piquer par une raie. Pendant un mois elle avait que ça à la bouche : la veuve de Steve Irwin, la fille de Steve Irwin et, évidemment, les raies ; où elles vivent, à quoi elles ressemblent, comment elles peuvent t'empoisonner. On a envie de la claquer quand elle est comme ça.

Je préfère l'obsession pour Harry, c'est plus reposant. Quand Nelly est plongée dans un bouquin, y a plus rien qui existe, même pas moi, et j'adore ça, j'aime bien plus exister, même une heure. J'ai l'impression que *Harry Potter*, ça lui rappelle mamie Lou. Elle lui avait lu quelques chapitres quand elle était venue nous garder une fois, mais c'est loin tout ça. On est autonomes maintenant. Izzy et Gene, ils sont morts et personne saura ce qu'on en a fait. On va nous séparer, me mettre dans un foyer, et, pour Nelly, je me demande bien. En tout cas, dans un an, j'aurai seize ans. Ils pourront plus rien contre moi. À seize ans, je pourrai avoir un bébé et me marier, je serai considérée comme une adulte et capable de m'occuper de nous deux, c'est la loi.

J'ai l'impression de toujours m'être occupée de nous, de toute façon. Je changeais les couches à cinq ans et je faisais les courses à sept, le ménage et la lessive dès que j'ai trouvé le chemin de la laverie et, à six ans, je promenais Nelly dans sa petite poussette. On m'appelait « la p'tite maman » dans la cité, c'est dire les incapables qu'ils étaient, Gene et Izzy. On les voyait jamais et c'était moi, avec Nelly quand elle a été assez grande, qui me tapais tout. Ils étaient jamais là pour nous, ils étaient absents. Au moins, maintenant, on sait où ils sont.

NELLY

« Pour l'amour du ciel, mère, tu m'as fait une de ces peurs ! »

Elle m'a embrassée sur le front et est sortie dans le jardin.

« Mais où vas-tu ? Il gèle dehors !

– T'inquiète pas, ma poule. J'ai besoin d'un peu d'air.

– Alors mets au moins un gilet. Tu vas attraper la mort ! »

MARNIE

Izzy a réagi à la mort de Gene de façon complètement inattendue. Elle a pas voulu qu'on appelle une ambulance et elle est restée blottie contre son corps mort à lui caresser les cheveux et à l'embrasser sur les joues comme si elle l'aimait vraiment. Ça m'a rendue malade de la voir comme ça.

Le lendemain, comme j'entendais rien en me réveillant, j'ai cru qu'elle était partie pendant la nuit, qu'elle avait fait une fugue comme elle en faisait tout le temps. Dans la cuisine, j'ai trouvé Nelly, le nez dans ses corn flakes au Coca. Quand je lui ai demandé où était Izzy, elle a fait un signe de tête vers le jardin. Comme j'étais en T-shirt et que, dehors, il gelait, j'ai attrapé un gilet. On a un pervers comme voisin et moins il en voit, mieux c'est, mais Izzy, elle était pas dans le jardin. La porte de la cabane était ouverte, alors j'ai piqué un sprint pieds nus et c'est là que je l'ai trouvée, ou que Nelly avait dû la trouver avant de retourner à ses céréales gazeuses. Izzy s'était pendue.

En rentrant, Nelly était encore en train de manger. Je lui ai dit qu'Izzy était morte.

« Eh bien, voilà qui est fâcheux ! »

Je lui ai expliqué ce qui nous attendait si les services sociaux nous trouvaient comme ça. Elle a hoché la tête. Je lui ai dit qu'il fallait les enterrer dans le jardin.

« Crois-tu que ce soit judicieux ?

– Évidemment que c'est judicieux, espèce d'andouille ! »

Avant qu'on les enterre, j'ai fouillé dans leurs affaires pour voir si y avait de l'argent. Dans celles de Gene, y avait une demi-dose d'acide et des reçus. Je sais pas pourquoi il gardait les reçus. Y avait aussi une carte bleue, avec le code (4321) écrit sur une étiquette collée dans son portefeuille. Véridique.

Izzy avait un peu de monnaie et des clopes, un numéro de téléphone, des somnifères et des *jellies*. J'ai gardé les clopes et j'ai balancé les produits, mais, après, j'ai repensé que je pouvais me faire du fric avec, alors je suis allée les repêcher dans la poubelle et je les ai revendus. J'ai aussi gardé son porte-monnaie. J'étais avec elle quand elle l'avait acheté. Un Calvin Klein, enfin presque. Elle avait aussi quarante livres. Ouf ! On aurait crevé de faim sinon, parce que, sur le compte de Gene, y avait pas un sou.

NELLY

Marnie me fait faire des choses qui me déplaisent. Elle prononce toutes sortes de mots abominables : mort, enterré, fini… Où s'arrêtera-t-elle ? Cette fille est répugnante.

MARNIE

On en a bavé pour transporter Gene du lit au jardin. Il avait le visage gonflé comme s'il s'était fait tabasser et il collait de partout, à cause d'un genre d'humeur qui lui sortait par les yeux, le nez et la bouche. Et l'odeur, à vomir.

Comme il était pas question pour nous de le toucher, on a décidé de l'envelopper dans le drap sur lequel on l'avait trouvé, mais il était déjà tout imprégné de cette espèce de sirop. Alors il a fallu aller en chercher un autre et, du coup, on a bien été obligées de le toucher. Il nous aurait fallu des gants en caoutchouc, mais on en avait pas. Ceux qu'on avait, ils étaient en laine, alors on les a pris quand même.

La chair de Gene, elle se détachait carrément de lui et, par endroits, elle se déchirait comme du papier. À chaque mouvement, il faisait du bruit, comme des pets, mais humides et, arrivées en haut de l'escalier, on en avait déjà marre, on en pouvait plus de le trimballer. À un moment donné, y a son bras qui est sorti, tout flasque, comme une corde. Nelly a essayé de le recouvrir, mais, sans le faire exprès, elle lui a attrapé la main et y a un des ongles qui est resté accroché dans les mailles de son gant. Elle s'est sentie mal, elle était tétanisée. Moi aussi, alors on a décidé toutes les deux de le pousser du haut du palier et de le laisser rouler jusqu'en bas. C'était la dernière chose à faire. Il s'est désarticulé, il a répandu du liquide partout, sur la moquette, sur les murs. Une inondation de jus pourri. « Répugnant, tu es répugnant ! », elle a fait, Nelly.

On a fini par aller chercher une brouette, qu'on a piquée chez le voisin. Ensuite, on a soulevé Gene et on l'a emporté dehors.

Izzy, elle était déjà dans la cabane. Elle avait les yeux renfoncés dans la tête et la langue qui sortait, mais elle était loin d'être dans l'état de Gene, plus bouffie et moins verte, dans des tons bleu terne. En la voyant, Nelly a fondu en larmes et ensuite elle a vomi, mais vraiment vomi. J'étais en pilotage automatique. Je voulais les voir enterrés, en être débarrassée. J'avais pas le temps de pleurer, je savais qu'on avait du pain sur la planche, mais, surtout, je regrettais qu'on s'y soit pas prises plus tôt et, à vrai dire, je sais pas pourquoi on a pas pu.

On a passé la nuit à creuser, le sol était quasiment gelé. Pas évident de remuer la terre. On s'est aussi aperçues qu'y aurait pas assez de place pour les deux dans la tombe. On avait oublié la terre qu'il faudrait remettre dans le trou pour les recouvrir. Comme c'était Gene qui empestait le plus, on a décidé de l'enterrer en premier et de mettre Izzy dans le coffre à charbon, tout en sachant qu'elle allait se décomposer, mais qu'on pourrait toujours verser du désinfectant dessus, au besoin. Mais, au bout d'une semaine, il a fallu la transférer dans un sac-poubelle et la mettre dans la cabane.

À la fin, on les a arrosés de Javel, tentative foireuse de masquer la puanteur qu'ils dégageaient, même si Nelly était sûre que le froid suffirait à la neutraliser. Après, on est rentrées pour effacer les traces laissées par Gene dans l'escalier. Mais on a eu beau récurer, impossible de faire partir les taches. Et pourtant, on a frotté à en décolorer la moquette, à se mettre les phalanges en sang. C'est là qu'on a décidé de tout arracher : avec un couteau, on a mis l'escalier à nu. Mais, même une fois la moquette à la poubelle, l'odeur de mort était encore là.

Quand tout a été fini, on a recouvert Izzy avec deux sacs de charbon et, au-dessus de Gene, on a planté de la lavande. Pas par sentimentalisme, vous vous en doutez, mais pour mieux cacher ce qu'il y avait dessous. À la jardinerie, la vendeuse nous a expliqué que la lavande poussait plus vite que les autres plantes et avait un parfum puissant, mais elle a ajouté qu'il faisait trop froid et qu'on devrait attendre le printemps. Elle a dit qu'il nous en fallait que quelques pieds, mais ils étaient tellement petits qu'on en a pris plus. Il fallait quand même couvrir la tombe. Elle a dit aussi que la lavande attirait les abeilles, donc de pas la planter près d'une porte. Ensuite, on a eu droit à un couplet sur les abeilles qui étaient en train de disparaître et que c'était bien triste pour l'environnement. Nelly, ça lui a fichu un coup et elle a parlé que de ça toute la semaine. À la fin, j'ai dû lui dire d'arrêter avec les abeilles, même si je m'en suis voulu après, mais elle me tapait vraiment sur le système avec toutes ces questions dont j'avais pas les réponses. C'est-à-dire qu'au début j'ai inventé toutes sortes d'explications, comme quoi les abeilles avaient émigré, qu'elles s'étaient transformées en d'autres espèces, mais, après, c'est devenu trop compliqué et mes réponses la terrifiaient (j'avais dû lui faire un mix entre le réchauffement de la planète et une théorie fumeuse sur la fin du monde, je sais plus). Avec elle, il faudrait avoir réponse à tout. Au bout d'un moment, je me suis trouvée coincée et elle s'est plantée devant moi en demandant, ou plutôt en exigeant une réponse, alors je lui en ai donné une : « J'y connais que dalle en abeilles, alors arrête avec tes questions ! ».

Elle a arrêté, plus jamais reparlé des abeilles, pas un seul mot, mais je sais qu'elle y pense encore.

NELLY

Une nuit, mon père, un homme détestable, malveillant, m'a assise sur ses genoux. Il m'a dit qu'il m'aimait.

Après, je l'ai retrouvé amorphe, inerte, crasseux, affalé sur son lit défait. À côté de sa tête, j'ai trouvé mon oreiller et je me suis dit : *Bon sang de bonsoir, c'est Marnie qui l'a étouffé avec !*

En tout cas, bon débarras, Eugene Doyle.

MARNIE

Mes copines, je les adore. On a les mêmes valeurs. On se fout de ce que pensent les gens et on se tient par la main depuis la primaire, depuis que notre instit' nous a dit que c'était le moyen le plus sûr pour traverser la rue. On est ensemble depuis deux mille ans et on se connaît par cœur, à part peut-être deux ou trois trucs, mais en général on se dit tout.

Susie, elle habite chez sa grand-mère. Sa mère, elle, elle est à l'asile. Plus tard, Susie sera actrice, elle joue super bien. Elle est au club de théâtre, avec tous les blaireaux. Pas de son plein gré, bien sûr. En fait, elle s'est fait choper à fumer dans les toilettes avant Noël et, au lieu de lui mettre des heures de colle, on l'a envoyée faire du théâtre une fois par semaine pendant un mois. Du coup, elle est prise dans la pièce du collège, *Oliver Twist*. Elle joue Nancy, elle a un de ces paquets de texte à chanter... Avec Kimbo, on a dit qu'on donnerait un coup de main pour les costumes et le reste, mais c'est juste pour entendre Susie chanter. C'est pas mal comme comédie musicale.

Mlle Fraser (une comédienne ratée qui s'habille en vintage) veut que Susie fasse une école de théâtre. Elle en a déjà parlé à sa grand-mère, mais, elle, elle veut rien entendre : « Actrice, ça c'est la meilleure ! Tu feras coiffeuse. Ça, c'est un vrai métier. »

Quand Susie lui a répondu que c'était pas à elle de décider, elle s'est mangé une baffe. « Ne me contredis pas ! Elle se prend pour qui, cette demoiselle… »

Susie a eu les boules pendant des jours et des jours, elle disait que sa grand-mère pouvait aller se faire voir, pas devant elle bien sûr, juste pour montrer que le théâtre lui tenait vraiment à cœur. Elle a même arrêté de fumer – sauf quand elle est bourrée –, elle dit que c'est mauvais pour la voix ; le café aussi, paraît-il.

Une fois, Izzy m'avait dit que la mère de Susie était nympho. Qu'elle se tapait tout ce qui bougeait. C'est pas marrant pour Susie ; sa mère est partie quand elle était toute petite. D'ailleurs Susie se rappelle à peine d'elle, mais elle l'aime comme si elle était dans la pièce d'à côté. Des fois, Susie a peur de finir comme elle, internée, que ce soit un genre de tare dans la famille. Ça la mine complètement, mais, grâce au soutien de tous ses copains et de la prof de théâtre, on voit de jour en jour qu'elle prend confiance en elle et qu'elle commence sérieusement à voir plus loin que Maryhill, à envisager une vie sans sa grand-mère – qui, en plus d'être folle, pique dans les magasins.

Kimbo est totalement différente de Susie. Elle fait peur à tout le monde parce qu'elle est bipolaire, elle a été diagnostiquée l'an dernier. Ses parents, grands fumeurs de pétards, lui ont interdit les médicaments – c'est fort, ça, non ? Eux, ils voyaient que par la thérapie pour l'aider à maîtriser ses émotions. Mais quand elle a balancé une chaise dans la fenêtre de la salle de permanence, elle a bien été obligée d'en prendre. Elle a beaucoup grossi ces derniers temps, c'est les effets secondaires et pervers des neuroleptiques, mais, en dehors de ça, ils lui réussissent plutôt bien, même si une fois elle les a arrêtés. Elle disait qu'elle se sentait mieux et qu'elle pouvait s'en passer, mais il faut pas, c'est un coup à disjoncter pour de bon. Elle a pas été hospitalisée ni rien, mais elle est pas sortie de chez elle pendant un mois. Susie et moi, on préfère Kimbo sous médocs, tout le monde d'ailleurs, tu croirais le Père Noël quand elle en prend, elle rigole tout le temps et elle te fait des cadeaux. Ça m'embête qu'elle soit grosse. Si encore elle était assez grande, elle le supporterait. Et évidemment elle veut pas le voir et elle prend des fringues beaucoup trop petites pour elle. Avant Noël, elle s'est fait poser un anneau au nombril et le type a dû s'y reprendre à trois fois pour faire le trou. Mais ça lui a pas ouvert les yeux pour autant. En plus, c'est pas ses parents qui vont lui dire quoi que ce soit : ils sont à genoux devant elle. Kimbo est sans doute l'une des rares ados de cette planète à pas haïr ses père et mère. Je lui en veux pas. Greg et Kate sont parfaits : ils frappent toujours avant d'entrer et, quand Kimbo leur dit de dégager, ils dégagent. Si tu vas chez elle au moment du dîner, sa mère te retient toujours à manger. C'est du McDo en général. Greg et Kate sont très McDo. Cela dit, une fois, j'étais là et y avait des macaronis au fromage avec des tomates dessus. C'est Kate qui les avait faits pour l'anniversaire de Greg, il en raffole apparemment. Elle avait planté un drapeau au milieu. Il aime bien les drapeaux aussi. Si je pouvais, je serais chez eux tous les jours, mais ils habitent au dernier et j'ai peur de l'ascenseur. Et puis ils ont l'habitude de se balader à poil et de s'asseoir cul nul sur les canapés et les chaises de la cuisine. Kimbo fait même plus gaffe, j'ai l'impression. Enfin bref, voilà comment j'ai connu Kimbo et Susie. On a habité dans le même bâtiment. Nous au troisième, Susie au premier et Kimbo tout en haut.

Quand on a déménagé, Susie et moi, Kimbo nous a suivies dans notre nouveau collège, c'est pour dire à quel point on est proches. Izzy, les tours, elles lui sortaient par les yeux et elle était bien contente de pouvoir être relogée. Elle en avait marre des escaliers et des agressions, mais c'était il y a trois ou quatre ans, à l'époque où ils rasaient tout, c'était facile d'avoir un autre appartement si on voulait. Kate et Greg, eux, ils ont pas eu envie. Ils se plaisent là où ils sont. Ils sont loin d'être les seuls. Nous, on s'est retrouvés à Maryhill, sur Hazelhurst Road, un lotissement flambant neuf. Je me souviens encore de l'odeur quand on est arrivés ici, ça sentait la peinture et le mastic. Par contre, chez Kimbo, j'y vais plus. C'est dangereux, pas à cause des réfugiés qu'on a mis là-bas, mais de tous les excités qui veulent pas d'eux. Les gens de Glasgow, ils tiennent à leur territoire, même dans un quartier aussi minable que Sighthill. Il leur est jamais venu à l'idée que les accents qu'ils entendent autour d'eux appartiennent à des médecins et des infirmières, à des profs et des avocats, à des gens cultivés qui ont été obligés de quitter de jolies maisons dans de jolis pays pour se retrouver parqués dans des barres au nord-est de Glasgow. C'est pas des blagues. Vous vous voyez, vous, perdre tout ce que vous avez, tous les gens que vous aimez, survivre aux viols, à la faim, à la rue, échapper à des fous génocidaires, pour finir dans une cité délabrée ? Aujourd'hui, on voit des émigrés bardés de diplômes et de doctorats se prostituer, vendre de la drogue et accepter n'importe quoi pour survivre à l'enfer de leur pays d'accueil. Moi, je dis que les vrais héros, c'est ceux qui viennent ici et qui supportent les bons d'alimentation, les insultes des voisins, les vêtements d'occasion et les logements miteux, sans parler des montagnes de paperasse qu'il faut pour être admis dans un pays qui connaît même pas votre langue ; mais les autres, ceux qui basculent dans le crime pour survivre, qui forment des gangs pour se protéger contre les dégénérés qui les ont maltraités à leur arrivée, ils combattent un nouvel ennemi, avec discrétion, comme ils ont quitté leur pays d'origine.

Dans le genre, y a Vlado, un grand type qui roule en BMW Série 5, et, quand je dis grand, c'est presque deux mètres. Lui, c'est pas un gros bonnet, visiblement ; il sait pas pour qui il travaille, au cas où ça tournerait mal. La mère de Kimbo, elle est dingue de lui. Elle le trouve craquant. Apparemment, il vient de temps en temps dans l'immeuble pour voir Sarah, la copine de Kate. Pas souvent, mais assez pour rendre Kate jalouse. D'après Kate, Vlado a été enseignant. Maintenant il fournit des petits malfrats comme Mick, le marchand de glaces, qui fait la revente. Une fois qu'il a fourgué sa came, il prend sa part, Vlado prend la sienne et le reste va à celui qui l'emploie et que personne connaît. Kate, elle dit que Vlado a perdu sa fille et sa femme pendant la guerre. Mais qu'elles peuvent être encore en vie, on sait pas où, et qu'il a trop peur de les retrouver, peur qu'elles aient été envoyées dans un bordel militaire. Mais Kate parle beaucoup, c'est une vraie pie et, je la connais, elle raconte souvent n'importe quoi.

Quoi qu'il en soit, il y a environ six mois, l'ascenseur de l'immeuble de Kimbo est tombé en panne avec moi dedans. Je suis restée coincée pendant plus d'une heure à attendre le dépanneur. Comme je suis un peu claustro, j'ai paniqué et, quand les portes ont fini par se rouvrir, la mère de Kimbo a dû me donner un joint pour me calmer – son père a la sclérose en plaques. Après ça, je suis restée chez eux quelques jours, défoncée les trois quarts du temps, et, pour repartir, j'ai descendu les vingt étages à pied. Mais, en sortant, j'ai trébuché et je me suis entaillé le genou. J'ai aussitôt mis ma bouche dessus pour lécher la plaie, mais ça me faisait un mal de chien. C'est là que quelqu'un m'a dit : « Ça va, petite ? » avec un accent sympa, un peu italien, mais pas vraiment, et j'ai donc vu que c'était Vlado. Il m'a tendu la main pour me relever. Je me suis époussetée, j'ai rajusté mon haut et remonté mon soutien-gorge. Et je me suis lancée : « Ah, vraiment, je suis nulle ! Je dois avoir l'air bête. Désolée. Vous êtes Vlado, c'est ça ?... » Je lui ai adressé mon plus beau sourire et un petit geste de la main. « Moi, c'est Marnie. »

Il est resté muet un moment, les yeux fixés sur moi, puis j'ai vu son visage s'assombrir et il m'a détaillée de la tête aux pieds. Vous savez, comme font les hommes. Sauf que c'était pas moi qu'il regardait comme ça. Il regardait autre chose et je me suis sentie mal à l'aise, paralysée, comme si je lui faisais pas bonne impression. Je savais plus où me mettre. J'ai senti que je rougissais, d'autant qu'il a fait durer la plaisanterie une bonne minute. Et puis il m'a murmuré : « Rentre chez ta mère. »

Il était déçu, je l'ai bien vu. Il a ajouté : « Et trouve-toi un pansement pour ton genou. »

Et il est parti. Ses mots m'ont marquée pour des raisons évidentes, mais aussi parce qu'y avait dans sa voix une sorte de dérision, de petit rire.

Quand je me suis tournée vers la porte en verre, j'ai vu mon double translucide qui me dévisageait. D'un coup d'œil, j'ai balayé cette silhouette en me demandant ce qui avait bien pu lui déplaire, mes tennis noires, mon caleçon déchiré, mon genou écorché, le teddy rose que j'avais emprunté à Susie. Je m'en voulais de pas avoir eu de talons, mais j'avais vingt étages à descendre, et avec d'autres chaussures je me serais cassé la figure. Je me suis demandé si c'était à cause de l'absence de maquillage ou de rouge à lèvres, et la gêne m'a envahie. Moi qui essaie toujours d'être à mon avantage, juste le jour où je le suis pas, je tombe sur quelqu'un comme Vlado. Je suis pas revenue souvent depuis. C'est vraiment dommage parce qu'il faut voir le panorama qu'on a de chez Kimbo, surtout la nuit. Glasgow scintille comme un sapin de Noël, on oublie presque où on est avec une vue pareille et, sans la bande-son permanente des sirènes et des cris dans la cage d'escalier, on l'oublierait tout à fait.

LENNIE

Cela fait des jours que je les observe. Elles creusent. Elles jardinent. Elles ont sorti le fourbi entassé depuis des années au fond de leur pauvre jardin : une cuvette de W-C cassée et des balises de signalisation, une télé en miettes et un vélo rouillé, une poussette et une montagne de sacs-poubelle, sûrement pleins de choses à jeter. Elles sont bien dégourdies, ces petites, elles ont rempli à ras bord un Caddie volé et ensuite elles ont planté de la lavande. C'est une drôle de petite plante, la lavande, mais elle ne tiendra pas, pas avec le temps qu'il fait, même si elles m'ont impressionné en la replantant dans les règles, avec le pot, en répandant un peu de paillage et en recouvrant le tout avec du plastique. Je ne sais pas comment elles s'y sont prises pour remuer cette terre, elle devait être dure comme de la glace. Elles récurent tout de fond en comble, dirait-on. Je vois du linge qui se balance sur le fil et de l'eau sale qu'on déverse à pleins seaux. Beaucoup de Javel et beaucoup de remue-ménage, mais pas de musique. La plus jeune n'a pas joué depuis des semaines. J'adore l'entendre jouer, elle a un vrai talent.

Bobby n'y a pas prêté grande attention, aux bruits je veux dire, à peine un misérable jappement. Il n'est pas bien ces temps-ci. Je l'ai emmené chez le vétérinaire la semaine dernière, il a dit qu'il avait la gale. Ils lui ont donné un bain et des antibiotiques, un anesthésiant pour la douleur, mais il peut à peine se lever, le pauvre. Il passe ses journées à dormir. En plus, il pue. À tomber. Je commence à me tracasser à l'idée qu'il pourrait mourir. D'après le vétérinaire, ses plaies ne sont pas belles du tout et, dans certains cas, il y a un risque de septicémie. Il m'a dit de lui donner de l'huile de foie de morue et du riz.

J'aurais vraiment dû le laisser là où je l'ai trouvé, ce petit chien blanc égaré. Avec son faux air de terrier, il frissonnait dans l'allée près des poubelles, à la recherche de quoi manger. Tout chétif, tout apeuré, il faisait peine à voir. Je n'ai pas eu l'impression de mal faire en le prenant avec moi, il avait l'air d'avoir toujours souffert. Le vétérinaire m'a dit de changer son alimentation. Selon lui, il doit faire une allergie. Je vais peut-être essayer. Je peux bien m'autoriser quelques dépenses, quand même. Maintenant, j'y suis attaché. Je ne supporterais pas de le voir mourir.

En voyant les filles évacuer des années de déchets avec ce pauvre Caddie, j'ai repensé à Noël dernier et à leur père qui poussait leur mère comme un bébé dans une voiture d'enfant. Il chantait, je m'en souviens. À tue-tête. Il était 2 heures du matin. *Flower of Scotland. Take the High Road. The Northern Lights*. Des chants dont il n'était pas digne. Des chants qui parlaient de héros et de guerriers, de révolte, de lieux où il n'avait jamais mis les pieds. La femme serrait dans ses bras une balise et ses jambes pendaient comme des chiffes de chaque côté du landau. Au début, j'ai cru qu'elle était morte, mais, après, elle a levé la tête pour attraper une cigarette. C'est là qu'elle m'a vu en train de les regarder et qu'elle a fait son numéro habituel en hurlant qu'elle avait un pédé comme voisin. Ils ont lancé des canettes et un sac, le sien, dont le contenu a rebondi sur le béton. Elle a essayé de se mettre debout, n'a pas pu, est tombée la tête la première. À ce moment-là est apparu ce bon à rien de plombier, qui a donné une serviette à Eugene, pendant que, derrière lui, son horrible mégère vociférait : « Ne te mêle pas de ça, Tommy ! ». À la fin, une ambulance est arrivée, suivie par la police, le plombier a fait sa déposition et M. Eugene Doyle a été emmené (au poste, je suppose). La mère n'est rentrée que le lendemain de Noël, avec un gros bandage à la tête. Je n'ai aucune idée de ce que les filles ont fait ce Noël-là. Je n'en ai pas plus de ce qu'elles feront au prochain. Depuis, je n'ai pas beaucoup vu, ni entendu d'ailleurs, leurs abrutis de parents. Je devrais les bénir pour ce silence, mais non, il me trouble, en fait. Il me trouble beaucoup.

MARNIE

Noël a été atroce. On a trouvé les cadeaux d'Izzy et Gene cachés dans le placard à balais, en cherchant le désinfectant pour nettoyer les taches de Gene par terre. J'ai eu un iPod volé. Et Nelly un DVD de *Harry Potter*. On a eu aussi des bijoux. Une croix en or pour moi et des boucles d'oreilles assorties pour Nelly. Ils ont dû se dire qu'on pourrait se les échanger. Ça m'a fichu un coup, les croix étaient jolies, mais on aurait dit des crucifix de cimetière. Il y avait aussi un bracelet pour Izzy de la part de Gene, en or avec des breloques, mais j'ai ôté le nom et j'ai dit à Nelly que c'était pour moi. Il lui a tapé dans l'œil, surtout les breloques.

Il y avait à manger au congélateur. Un sauté de poulet et des frites au four. Pitoyable comme dîner de Noël, mais on avait pas envie de sortir. D'un seul coup, on s'est mis à avoir peur de tout ce qu'il y avait dehors et on a mangé ce qu'on avait, presque sans un mot, l'assiette sur les genoux, en regardant la télé. Nelly ruminait. À un moment, j'ai allumé la radio, mais elle s'est énervée et j'ai éteint. Elle a pas la tête à la musique ces temps-ci. Elle joue pas, elle reste assise sans rien faire. Ça lui rappellerait peut-être Izzy, qui aimait bien chanter, mais qui chantait faux, ça l'empêchait pas de brailler, surtout quand elle était soûle, elle s'égosillait au-delà du supportable, les voisins craquaient et des fois appelaient la police. Si Nelly repense à Izzy, elle va sûrement se mettre à penser aussi à Gene, et c'est sûrement pas ce qu'il lui faut. À moi non plus. Je suis sûre qu'elle avait pas l'intention de le tuer, mais maintenant c'est fait, inutile d'y revenir. Il faut qu'elle passe à autre chose. Et moi aussi.

Pour nous deux, l'enjeu est énorme, j'ai pas envie de retourner en famille d'accueil, pas cette fois. J'ai pas confiance et puis, Nelly, qu'est-ce qu'elle deviendrait, ils la mettraient sûrement dans un genre de maison de fous, bizarre comme elle est. Les familles d'accueil, merci bien, faut partager sa chambre avec des filles qui te piquent tes clopes et te fauchent tes fringues. On mange bien, c'est sûr, mais je voyais presque jamais Nelly. On la mettait toujours dans une salle avec des jeux de construction et des puzzles. Elle, elle disait pas un mot et faisait le hérisson : elle se recroquevillait en poussant des cris. Elle avait que neuf ans, moi onze. Izzy était partie avec un Estonien de Milton Keynes et Gene donnait plus signe de vie. La mère de Kimbo avait proposé de nous prendre, mais l'assistante sociale avait dit qu'y avait pas assez de place chez elle. C'est à cause de Nelly qu'on en était arrivées là. Comme elle faisait tout le temps pipi dans sa culotte à l'école, les services sociaux étaient venus voir ce qui se passait. Je pense pas qu'elle nous ait balancés, mais par son comportement elle avait attiré l'attention et aussi sec on avait eu droit à la visite d'un type avec son bloc-notes.

Kimbo nous a offert des chocolats pour Noël. Nelly, ça lui a remonté le moral. Elle s'est enfilé toute la boîte pendant que je me fumais presque un paquet. Après, on a regardé *Only Fools and Horses* pour la dix millionième fois.

God bless Hooky Street.

NELLY

Douce nuit, sainte nuit. Dans les cieux, l'astre luit. Le mystère annoncé s'accomplit. Cet enfant sur la paille endormi. C'est l'amour infini. C'est l'amour infini. Douce nuit, sainte nuit. Dans les cieux, l'astre luit. Le mystère annoncé s'accomplit. Cet enfant sur la paille endormi. C'est l'amour infini. C'est l'amour infini. Douce nuit, sainte nuit. Dans les cieux, l'astre luit. Le mystère annoncé s'accomplit. Cet enfant sur la paille endormi. C'est l'amour infini. C'est l'amour infini. Douce nuit, sainte nuit. Dans les cieux, l'astre luit. Le mystère annoncé s'accomplit. Cet enfant sur la paille endormi. C'est l'amour infini. C'est l'amour infini. Douce nuit, sainte nuit. Dans les cieux, l'astre luit. Le mystère annoncé s'accomplit. Cet enfant sur la paille endormi. C'est l'amour infini. C'est l'amour infini. Douce nuit, sainte nuit. Dans les cieux, l'astre luit. Le mystère annoncé s'accomplit. Cet enfant sur la paille endormi. C'est l'amour infini. C'est l'amour infini. Douce nuit, sainte nuit. Dans les cieux, l'astre luit. Le mystère annoncé s'accomplit. Cet enfant sur la paille endormi. C'est l'amour infini. C'est l'amour infini. Douce nuit, sainte nuit. Dans les cieux, l'astre luit. Le mystère annoncé s'accomplit. Cet enfant sur la paille endormi. C'est l'amour infini. C'est l'amour infini. Douce nuit, sainte nuit. Dans les cieux, l'astre luit. Le mystère annoncé s'accomplit. Cet enfant sur la paille endormi. C'est l'amour infini. C'est l'amour infini. Douce nuit, sainte nuit. Dans les cieux, l'astre luit. Le mystère annoncé s'accomplit. Cet enfant sur la paille endormi. C'est l'amour infini. C'est l'amour infini. Douce nuit, sainte nuit. Dans les cieux, l'astre luit. Le mystère annoncé s'accomplit. Cet enfant sur la paille endormi. C'est l'amour infini. C'est l'amour infini. Douce nuit, sainte nuit. Dans les cieux, l'astre luit. Le mystère annoncé s'accomplit. Cet enfant sur la paille endormi. C'est l'amour infini. C'est l'amour infini. Douce nuit, sainte nuit. Dans les cieux, l'astre luit. Le mystère annoncé s'accomplit. Cet enfant sur la paille endormi. C'est l'amour infini. C'est l'amour infini. Douce nuit, sainte nuit. Dans les cieux, l'astre luit. Le mystère annoncé s'accomplit. Cet enfant sur la paille endormi. C'est l'amour infini. C'est l'amour infini. Douce nuit, sainte nuit. Dans les cieux, l'astre luit. Le mystère annoncé s'accomplit. Cet enfant sur la paille endormi. C'est l'amour infini. C'est l'amour infini.

MARNIE

J'aimerais autant me dire qu'il a fait un infarctus ou qu'il a pris un wagon d'ecsta ou autre chose. Ça arrive à tout le monde, mais c'est pas ce qui s'est passé. Pas pour lui. C'est Nelly qu'a fait le coup. Avec un oreiller. Celui en fourrure avec une princesse dessus. Je l'ai vu, il était à côté de lui. À vrai dire, je sais pas où elle a trouvé la force nécessaire. Il devait être défoncé, même pas conscient si ça se trouve. Si jamais on le déterre, on pourra mettre ça sur le compte de l'ecsta. Gene en prenait sans arrêt. Il disait qu'avec ça il se sentait mieux sans perdre son âme. Quand il a arrêté l'héro, il s'est mis à parler de mysticisme et de spiritualité, à jouer les penseurs. Pour lui, il avait complètement décroché, alors qu'il prenait encore de l'acide et des *jellies*. Même avec le Valium il se sentait encore un peu au-dessus de ses potes qui couraient toujours après la coke. Son faible, ç'a toujours été la *crystal meth*. En fait, dans la mesure où il s'injectait rien, il considérait qu'il se droguait pas vraiment. Il disait toujours : « J'en prends quand ça me chante », mais ça lui chantait souvent. Moi, on m'en a proposé plusieurs fois, c'est facile d'en avoir, surtout dans mon milieu, ils savent toujours frapper à la bonne porte, comme les témoins de Jéhovah et les Hare Krishna qui te font raconter tes misères, qui t'écoutent pendant des heures comme des copains bien attentionnés, pas pour t'aider ou te sauver, mais pour s'emparer de toi, te mettre la main dessus. Les dealers opèrent exactement pareil. Par le charme, l'intérêt, en étant super attentifs à tes besoins, enfin jusqu'à ce que tu sois accro. Moi, je prends de l'ecsta de temps en temps et des *jellies* à petite dose, mais c'est tout, c'est pas méchant. Avec l'ecsta, le monde te paraît supportable pendant à peu près cinq minutes, mais, une fois l'effet passé, tu tombes tellement bas que t'as qu'une envie, crever, ou alors devenir Hare Krishna et te vouer à Dieu corps et âme.

Je pense beaucoup à Dieu ces jours-ci et je me demande s'il est là pour aider les enfants qui souffrent ou pour les punir. J'aurais dû repousser Gene quand j'en ai eu la possibilité, je sais pas si je l'ai eue, cette possibilité, mais parfois je me dis que j'aurais pu. Il aurait fallu en parler à Izzy, mais je l'ai pas fait, elle m'aurait pas crue de toute façon, elle m'aurait pas écoutée. Même quand j'ai mis le verrou sur ma porte, elle m'a jamais posé de questions. Lui, la dernière fois que je l'ai touché, c'était pour l'enterrer. Jamais il m'est venu à l'idée qu'il s'en prendrait à Nelly, on est si différentes.

NELLY

Mamie nous lisait des histoires insensées, elle avait un vrai talent de comédienne. Mamie était une grande dame, une duchesse peut-être, elle buvait des jus au goût amer qu'elle adoucissait avec du citron vert et du sucre. Elle les remuait à toute vitesse avec des cuillères et des fourchettes.

C'était une femme distinguée, notre grand-mère, elle le disait elle-même. Elle portait son âge comme du cachemire, son parfum flottait en effluves et en volutes partout où elle passait. Rien à voir avec notre mère, plus portée sur les vêtements moulants et les boissons modernes, qu'elle sifflait avec des pailles et des bruits de langue.

« Elle est d'un commun, disait mamie. Elle est rustre et grotesque. J'ai horreur de l'entendre gémir ! », lâchait-elle comme un crachat.

Mamie, elle, ne gémissait jamais, sa voix était pure. Elle lisait dans des cartes ornées de tours et d'empereurs, de chevaliers et de reines. Elle me disait l'avenir. Me disait de ne pas avoir peur. Me disait que j'étais « possédée par la lumière » et qu'un « destin supérieur » m'attendait.

Mamie parlait des choses perdues, anciennes, des choses dont on doit se souvenir quand il est difficile d'aimer, quand il faudrait s'amuser.

« La musique est un festin d'amour. »

C'est ce qu'elle me disait.

LENNIE

Ils sont partis. Les parents. En plein Noël, c'est à peine croyable. Allez savoir où ils sont. La dernière fois, ils se sont absentés trois semaines. Les filles sont trop jeunes pour rester seules, ce ne sont que des enfants et, en même temps, ce ne sont plus des enfants. L'aînée passe ses soirées assise dehors, côté jardin, souvent en fumant. En fumant et en fixant le vide. Parfois, j'ai envie de la réconforter, mais je n'ose pas. Sûrement que je leur ferais peur. Leurs parents leur ont certainement dit ce qu'il fallait penser de moi. Deux ans que nous sommes voisins et pas même un vague sourire. Je ne leur en veux pas. Dans le quartier, je suis le croquemitaine, étiqueté et connu comme tel. Tu aurais honte de moi, Joseph, tellement honte.

MARNIE

C'est avec Gene que ç'a commencé, mon boulot dans le camion de Mick, à vendre des confiseries. Sauf qu'y a pas que des confiseries, y a de la drogue aussi. Pour résumer, Gene lui devait du fric et, pour éponger ses dettes, j'ai dû travailler pour Mick. En même temps, c'est pas le bagne. Il est correct, Mick. On s'entend bien. Notre seul problème maintenant, c'est Gene. J'ai dit à Mick qu'il était parti en Turquie avec Izzy ; il a pas apprécié, il s'est énervé. Il a mis des coups de poing dans le volant. C'est quelqu'un de très protecteur. Il a fini par se calmer, a traité Gene de tous les noms, dit qu'il méritait pas d'avoir une fille comme moi, et après il m'a filé une prime en me disant d'ouvrir l'œil au cas où Gene referait surface. Je lui ai dit : « Pas de problème » parce que, effectivement, y en avait pas.

Mick, sa femme, elle est coiffeuse, elle s'appelle Julie. Elle vient d'avoir un bébé. Mick me dit que le petit dort jamais. Quand il m'a engagée, il m'a présentée comme un cas social, histoire d'attendrir sa femme. Du coup, elle arrête pas de me donner des trucs, même pas lavés, ils sentent encore son parfum de supermarché, et après elle penche la tête sur le côté en me demandant : « Ça va, ma chérie ? Ça va comme tu veux ? ».

Je la déteste.

Mick, il dit que c'est une folle, Julie. Une déséquilibrée. Que si elle découvre qu'on baise ensemble, elle nous tue tous les deux.

LENNIE

J'y pense tous les jours. Un homme de mon âge, aller chercher de la chair fraîche dans un jardin public, et en se servant d'un chien comme prétexte…

Il m'avait déjà approché, ce jeune homme, je lui donnais autour de dix-neuf ans. Dans un premier temps, j'ai dit non, mais, en m'éloignant, je savais que je reviendrais. Et je suis revenu. Ce n'est même pas le sexe que je recherchais. Mais une voix. N'importe quelle voix.

« Quarante avec la main, cinquante avec la bouche, cent pour le reste », m'avait-il dit.

Je suis resté silencieux quelques minutes et je lui ai demandé de répéter, mais il n'a pas voulu, il savait que j'avais bien entendu la première fois. J'ai opté pour la bouche. C'est alors que le faisceau de la lampe a surgi et qu'il a détalé, ainsi que Bobby, et je me suis retrouvé assis sur une balançoire, à côté du toboggan, le machin à l'air. Le flic a fait le dégoûté : « Remonte ton futal, vieux vicelard ! ». Ensuite, il m'a lu mes droits et m'a conduit à sa voiture. C'est là que je l'ai vu. Il avait plutôt seize ans, loin des dix-neuf donc, mais j'ai ensuite découvert qu'il en avait quinze, que c'était presque un enfant et qu'il portait du mascara, comme une fille, qui lui avait laissé des traces noires sur la figure, comme s'il avait pleuré, mais non, ce n'était pas le genre à pleurer, il avait couru et son visage était trempé de sueur. Il avait des taches de rousseur aussi, de minuscules points orange, et une tristesse qui m'était inconnue et qui m'a glacé. Il ne me regardait même pas et, les yeux fixés sur le parc, cherchait à me gommer de son paysage. Sur le siège avant, le policier l'appelait Sandy et le connaissait d'ailleurs très bien. Le garçon a réclamé sa mère. Ce n'était pas un anonyme pour eux, il était très probablement toxico, même si ça n'arrangeait en rien mon cas.

L'avocat m'a dit que le juge avait été indulgent : « Pour les gens dans votre situation, en général, c'est la prison. Trois ans minimum. Estimez-vous heureux. »

Il m'avait présenté au juge comme un vieil homo pathétique et bigleux, et ç'avait marché, en grande partie parce que c'était la vérité. Le juge m'a donné deux cents heures de travaux d'intérêt général, mais, à cause de l'âge du jeune homme, il n'a pu faire autrement que de m'inscrire sur le registre des délinquants sexuels. La vraie punition, ce furent les voisins, évidemment. J'ai eu droit aux graffitis à la bombe sur ma porte. Quant à ta sœur, ça ne lui a pas fait énormément plaisir non plus. Elle ne venait plus me voir. Pas facile à expliquer, une chose pareille, surtout à elle. Je ne sais même pas comment je te l'aurais expliquée, à toi l'obsédé de la discrétion ; tu préférais qu'on nous voie comme des compagnons, ce qui était devenu plus facile avec l'âge, mais je n'aurais pas cru que tu ne me citerais pas parmi tes proches. Il a fallu que je demande à Sylvie d'appeler l'hôpital pour leur dire que j'étais de la famille, sinon ils ne m'auraient pas laissé te voir. Jusque sur les formulaires tu m'as refusé une place, tu t'es nié toi-même. Heureusement, Sylvie m'a autorisé à tout garder. Même l'argent de l'assurance. Je lui ai donné les boutons de manchettes de ton père. Je me disais qu'elle les voudrait peut-être pour un de ses fils. Le sens des convenances lui est venu sur le tard. Elle m'a laissé décider de tout concernant tes soins. Après la signature du consentement, elle m'a pris la main. Elle savait que, dès lors, tu m'appartenais, elle savait aussi ce que je perdais, ce que nous perdions tous les deux. Tandis que nous attendions que tu nous quittes, elle était assise en face de moi et nous regardions ton pouls faiblir sur l'écran. Elle tenait à toi autant que moi.

Il ne traîne pas quand il vous attrape, l'implacable engrenage : la circulation qui ralentit, la respiration qui chute comme une hirondelle en piqué. Je te tenais ferme alors, je t'avais arrimé, toi pétrifié dans une vie qui te fuyait, ancré dans le silence, mais tu m'as échappé et une quiétude sereine s'est emparée de la chambre, une douceur qui t'a attiré contre elle pour t'emporter ailleurs. Un adieu de gentleman.

Nous n'étions pas nombreux à tes obsèques. Tous nos amis sont morts ou en maison de retraite. Il y avait moi, bien sûr, ta sœur et son fils, pas celui qui est en prison, le grand avec sa fiancée noire, elle s'appelle Belle, mais lui, c'est comment déjà ? J'oublie toujours. Je sais que l'autre, c'est Edward, mais le blond ? Un grand gars sympa. John ou Jo, ou peut-être James ? Je crois bien que c'est James. Toujours est-il qu'ils m'ont invité à dîner chez eux, mais ils ne m'ont jamais rappelé. Sylvie a dû leur raconter l'épisode du parc.

Quant à l'abominable Albert, on ne l'a pas vu. Il continue de haïr les gens, même après leur mort. Il n'accepte pas que James et Belle soient ensemble, alors même qu'ils attendent leur premier bébé pour septembre, son premier petit-enfant. Sylvie pense qu'il va changer d'avis, mais, qu'il le fasse ou non, eux s'en moquent. Albert les amuse plutôt qu'autre chose.

Ils vont bientôt fêter leurs noces de rubis, au Bowling Club.

Les nôtres auraient été en mars et je sais que tu n'aurais jamais voulu, mais je compte marquer le coup. Je vais couper six roses de notre jardin et les déposer sur ta tombe. Je vais acheter une bouteille de champagne, un champagne de prix, et je la déboucherai là où tu reposes, je la boirai et peut-être que je pleurerai. Les passants ne verront qu'un vieil homme avec un manteau de laine et une pauvre petite casquette pour lui tenir chaud à la tête. Ils se diront que Joseph William Grant était mon frère, un cousin peut-être, ou un ami, mais plutôt un parent. Ils se méprendront totalement parce qu'ils le voudront bien, mais si quelqu'un m'interroge, me demande si quelque chose ne va pas, je lui dirai. Je lui dirai ceci : « Non, ça ne va pas, mon amant est mort. Il s'appelait Joseph et, aujourd'hui, ç'aurait été nos noces de rubis. »

Ensuite je rentrerai, un peu pompette, prêt à me mettre au piano. Je jouerai des chants de Noël et du Mozart, tout ce que tu aimais. Puis je m'endormirai sur le canapé et c'est un chien qui me réveillera. Je n'ai plus que lui désormais.

NELLY

Quand la musique s'arrête, les rideaux bougent, le voilage ondule. Il nous regarde depuis ses fenêtres, dans son gros gilet de laine. Il arrose, il taille, il élague, il tond, tout le temps à nous surveiller, mais je le vois. Il ne le sait pas. Personne ne le sait, mais je l'aurai. Je l'aurai, ce petit monsieur.

LENNIE

Je suis entré en contact avec le camp d'en face. Avec la plus jeune, surtout. Elle s'appelle Nelly. J'aime bien ce prénom. Elle est adorable, s'exprime remarquablement, sent le linge propre et la vanille, tandis que l'aînée dégage des odeurs que, personnellement, je ne prêterais pas à quelqu'un d'aussi juvénile. Elle, c'est Marnie, c'est une jeune personne très directe elle aussi. Elle m'a immédiatement interrogé sur mon passé : « Vous êtes un pervers ? Parce que tout le monde dit ça ici. »

Je lui ai dit la vérité. Que faire d'autre ? À quoi bon mentir ? Tout le monde est au courant, de toute façon. Étonnant la façon dont elle a accepté ça. Elle doit évoluer dans un milieu où ces choses-là sont pensables. Mais il y en a trop lourd derrière ses grands yeux verts. Je suis triste pour elle de voir autant de fraîcheur, de droiture lacérées par des chiens enragés, de voir une enfance ainsi massacrée. Nelly, elle, se cramponne à son jeune âge, semble plus vulnérable ; hélas, elle devient femme, et très vite me semble-t-il, comme ma cousine Sue, des seins à onze ans, ses règles à douze. Pauvre Sue. Finalement, elle ne se sera jamais mariée et n'aura jamais eu d'enfants à elle. De peur qu'elle tombe enceinte, sa mère l'a empêchée de vivre, alors elle est restée à la maison pour s'occuper d'elle jusqu'à sa mort. Elle avait peur de son ombre, Sue.

Nelly est une enfant brillante, qui pratique le violon comme une professionnelle. Au début, elle s'est montrée un peu réticente pour jouer avec moi, comme si elle n'était pas sûre d'elle, mais sa sœur l'a poussée en lui disant que c'était important. Alors elle a bien voulu. Elle rayonnait, il fallait voir ça, mais sans faire oublier sa tristesse intérieure et ses blessures.

Nelly est aux antipodes de Marnie. Elle a l'air moins débrouillarde. Nelly a un trait assez distinctif, elle donne l'impression d'avoir avalé un dictionnaire, caractéristique plutôt bienvenue vu le langage auquel je suis exposé dans le quartier, mais tout aussi déroutante. Elle est mignonne, on doit se retourner sur son passage, et elle est bien plantée, je suis sûr qu'elle s'en sortira. On a tendance à ne pas voir la beauté quand elle est singulière, mais je pense que l'étrangeté qui est la sienne on l'interprétera comme une prise de distance délibérée. En fait, ces filles-là ont surtout besoin de parents. L'une comme l'autre. Pauvres chéries.

Nelly m'a demandé de l'aider à planter la lavande. Au début, je n'étais pas très chaud, je l'ai dit, le temps ne me paraissait pas propice, mais je n'ai pas voulu lui faire de la peine. Et puis Bobby n'arrêtait pas de creuser la terre, il n'y avait pas moyen de le faire revenir. Cet imbécile de chien, il peut être très désobéissant quand il veut. Chez moi, il passe son temps à déterrer le lierre. J'avais aussi un peu peur que d'un seul coup leurs parents débarquent. Le père m'aurait tué. Mais j'y suis allé, disons que j'ai enjambé la clôture, ça fait tellement plaisir de parler à quelqu'un, on se parle peu par ici. À ce moment-là, la plus grande est arrivée. J'ai cru qu'elle allait se mettre à crier et appeler au secours, mais non, ça ne l'a pas émue, elle avait l'air trop fatiguée pour ça. On a parlé de jardinage et de leurs lavandes, de mes roses et de l'état de la rue (c'est un vrai chantier en ce moment). Après, je les ai invitées à dîner. Elles sont manifestement livrées à elles-mêmes et personne ne doit être seul pour le réveillon. Au début, elles ont un peu hésité, c'est bien normal, mais en voyant Bobby frétiller de la queue elles ont dû se dire qu'elles n'avaient rien à craindre et ont donc accepté. Et, de fait, nous avons passé une soirée formidable.

Oh, Joseph, pouvoir parler à quelqu'un, cuisiner pour quelqu'un, j'étais aux anges ! Avec Marnie, qui m'a aidé à faire la vaisselle, on a discuté. Nelly regardait la télé en mangeant la moitié de la tarte aux pommes du dessert et une boîte entière de crème anglaise. Elle devait mourir de faim. Marnie m'a interrogé sur ma condamnation et, je lui ai répondu – pourquoi mentir ? –, mais je suis encore sidéré qu'elle l'ait pris aussi bien. Elle n'a pas trop relevé, comme si elle avait entendu bien pire dans sa vie, ce qui m'a quand même mis mal à l'aise car, d'où qu'elle vienne, elle doit savoir que j'ai abusé d'un enfant, de sa pauvreté et de sa détresse, en me disant que la mienne passait avant. Peu importe que j'ignore son âge, ça n'aurait rien changé qu'il eût vingt-neuf ans. J'ai commis une faute. J'en suis malade rien que d'y penser.

Marnie dit que ses parents sont partis en Turquie. Elle m'a demandé de ne pas en parler et je n'en parlerai pas. Les deux sœurs sont rentrées vers 1 heure du matin. Et elles reviennent demain. Ce ne sont pas elles qui me l'ont demandé, c'est moi qui le leur ai proposé. Leur compagnie m'enchante. Je vais faire une tourte à la viande et des pommes de terre au four, des petits pois et peut-être un crumble mûres-framboises. Tu en raffolais, de ce crumble, et moi, cachottier, qui ne voulais pas te donner la recette de peur que tu me quittes et que tu le fasses pour un autre... Quelle importance, maintenant. Le secret, mon amour, c'est le zeste de citron. Je râpais très finement la peau d'un citron, j'opérais quand tu avais le dos tourné et je cachais le tout sur l'étagère du haut, dans le buffet, sous l'escalier. Je faisais mon crumble à chaque nouvel an, avec des fruits que nous avions ramassés pendant l'été et conservés au congélateur, c'était devenu une sorte de tradition. Il y avait longtemps que je n'avais pas fait honneur à une quelconque tradition, quel plaisir de renouer avec elle.

MARNIE

Avec Gene comme engrais, on se dit avec Nelly que ça devrait pousser dans le jardin. Ma sœur et moi, on a pas trop la main verte, c'est pas comme notre fouineur de voisin, le pédophile. Hier, il est venu ici, il est sorti de derrière ses affreux voilages qu'il appelle rideaux. Son nom, c'est Lennie, j'ai eu la peur de ma vie en le voyant au fond du jardin, avec son chien qui se faisait les dents sur nos lavandes, heureusement qu'il lui a mis une laisse. Je sais pas à quoi elle pensait, Nelly, en l'amenant vers les fleurs. Quelle buse, celle-là ! En tout cas, il a pas l'air du tout d'un pervers, c'est qu'un vieil homo qui s'est fait faire une gâterie par Sandy Lane. Un vieux plein de remords, plein de honte, même qu'à un moment j'ai bien cru qu'il allait pleurer. J'avais un peu pitié de lui, un petit peu seulement : c'est quand même un pervers s'il est prêt à payer. Quand il m'a décrit le gars qui l'avait tripoté, j'ai failli m'étrangler : « Un jeune avec les cheveux roux, d'à peine seize ans. » J'ai vu tout de suite qui c'était. Sandy Lane, c'est pas son vrai nom, évidemment, son vrai nom, c'est Sandy Simpson, on l'appelle comme ça parce que c'est là qu'il vit, dans les ruelles et les passages, les arrêts de bus et les gares.

Avant, on jouait ensemble avec Sandy. J'en faisais ce que je voulais, comme si ç'avait été un chien ou autre, et puis, un jour, il a plus voulu jouer avec moi, il a acheté un ballon et il s'est mis à taper dedans dans les escaliers. Il faisait plein de bruit et il a pris plein de baffes.

Un moment, sa mère était copine avec Izzy. Dans la journée, elles buvaient du vin, et le soir, elles écoutaient Britney. Elles s'enroulaient des pailles souples, ces trucs ridicules, autour des oreilles comme si c'étaient des micros et elles remontaient leur chemisier, on leur voyait les bourrelets. Elle s'appelait Anne, la mère de Sandy. Elle a fini en prison pour avoir défiguré une fille avec une bouteille. Selon elle, la fille en question bécotait son copain, sauf que le copain, il était aux toilettes. Elle lui a enlevé la moitié du visage, à la fille. Elle y est bien restée un an et, après, elle a rejoint les cathos intégristes. Elle a arrêté la drogue et découvert une vie qu'elle connaissait pas et, Sandy, son seul enfant, elle l'a plus reconnu non plus, mais pas parce qu'elle l'avait oublié.

Le pauvre Sandy, il était tout mignon, tout roux, avec ses yeux bleus et ses petites taches de rousseur, sa peau de pêche. Il suivait sa mère partout, comme un petit chien. Il l'aimait comme les petits garçons aiment leur maman : assisté et confiant, à la réclamer et à l'attendre, assis sur le trottoir devant les pubs, par tous les temps, pendant des heures parfois, en mangeant des chips et tout ce qu'on lui donnait dans la rue. Et les rencontres. Sandy a de quoi haïr sa mère jusqu'à la fin de ses jours, il se fout royalement de sa repentance et prend plaisir à se poster devant l'église avec un manteau crasseux de clochard. Il lui demande de l'argent, vient mendier à ses pieds, il l'appelle « ma petite maman », lui dit « je t'en supplie » et « pardonne-moi », il l'oblige à s'écarter, à se reculer. Maintenant, les paroissiens sont au courant. Ils savent qui elle est. Ce qu'elle a été. Et fait. Ils comprennent pourquoi elle vient s'asseoir sur leurs prie-Dieu en regardant les icônes, en quête d'un jugement, d'une expiation pour cet enfant qui l'attend, toujours et encore, sur le trottoir.

NELLY

J'avais espéré qu'il serait gentil. Il est charmant. Amusant comme garçon, et un chic type avec ça. Qui accompagne les crêpes de crème au citron et s'adonne à Beethoven comme à Bach. C'est un excellent pianiste et nous formons un duo très correct.

J'ai d'abord admiré ses roses, puis sa porte, peinte et vernie, avec une plaque de cuivre. La nôtre est défoncée et cassée, la vitre, brisée, a été remplacée par une planche. Pas très reluisant tout cela. Lui sent le talc, possède des tasses de porcelaine avec les soucoupes assorties. Que j'aime me saisir d'une tasse à thé... Il présente le pain et les gâteaux sur de petites assiettes. Tout cela était assez épatant. Recherché. Raffiné. Et puis j'ai joué du violon. On m'a un peu forcé la main. Marnie arrive toujours à ses fins, voyez-vous, quitte à contraindre votre nature. Si seulement elle était au courant de mes cauchemars et de ce violon danseur qui tire les morts de leur sommeil. Si seulement elle les avait vus comme moi se lever de leurs tombes et valser au son d'une mélodie de mon cru.

LENNIE

Tout cela ne me dit rien qui vaille.

Les filles viennent dîner ici tous les jours. Je n'y vois pas d'inconvénient. J'aime bien ça, vous me connaissez, j'adore recevoir, mais, ce soir, pendant le repas, j'ai remarqué entre Nelly et Marnie un échange de regards furtifs, bizarres, une collusion autour de ma tarte aux pommes, une sorte d'affront qui faisait suite à une question tout à fait banale de ma part. Je leur avais demandé combien de temps leurs parents pensaient être absents. Cela faisait maintenant un mois et, si j'y réfléchis, la dernière fois que je les ai vus, c'était aux environs de Noël, avant mon départ pour la mer.

D'ailleurs, j'ai fait tout le voyage en voiture. J'ai failli me tuer. Il faisait un temps épouvantable. Il y avait de la neige partout, et le sentier jusqu'à la maison, j'ai bien cru ne jamais en voir le bout. Il est devenu très difficile de voyager, mais ça ne me gêne pas. Le monde, j'ai déjà vu. Les pyramides. Les jardins suspendus. La tour Eiffel. La tour de Pise. Ah, l'Italie... Mon Italie. La cuisine, l'architecture, les petites rues de Sienne qui conduisent immanquablement vers des paradis pour gourmets. J'aurais pu y vivre le reste de mes jours, mais toi, non. Toi, tu étais amoureux de ton Écosse. Si j'avais su que ce serait là que tu me quitterais, j'aurais davantage insisté pour qu'on s'installe ailleurs. Ce pays est en dessous de tout et, avec les retraites que l'on touche de nos jours, difficile de parler d'État providence. Heureusement que je ne compte pas là-dessus, c'est un scandale. Les pauvres, quand ils ne meurent pas de froid par crainte d'allumer leurs radiateurs, ils crèvent de faim, de peur d'acheter une tranche de jambon.

Je prends le cottage de Firemore comme un prix de consolation. Il est vrai que nous nous y sommes fabriqué pas mal de souvenirs. Si je n'étais pas en probation, je m'installerais là-bas demain.

Quant aux filles, elles me cachent quelque chose. Et si leurs parents ne rentraient pas ? Et s'il leur était arrivé quelque chose ? Et s'ils croupissaient dans une prison espagnole pour trafic de stupéfiants ou de substances quelconques ? Allez savoir dans quel pétrin ces crétins-là se sont mis. Mais les filles savent et ne disent rien. J'aimerais qu'elles m'en parlent. Je ne veux pas être pris au dépourvu quand ils décideront de réapparaître, mais j'ai de plus en plus l'impression qu'on n'y aura pas droit ; à leur retour, je veux dire. Elles ne parlent jamais d'eux, ne font aucun commentaire à leur sujet, pas même pour dire où ils sont, pas la moindre note d'aigreur, elles le savent bien, pourtant, que je peux tout entendre. À croire qu'elles les ont effacés. Pour être franc, j'aimerais juste savoir combien de temps encore je vais pouvoir leur faire à manger, écouter Bach ; oh, ce bonheur que Nelly fait entrer chez moi, je me dis que je ne mérite pas toute cette beauté, mais ces couleurs-là, j'en ai besoin, moi ! J'ai tort de vouloir connaître le temps qu'il me reste à regarder la télévision avec quelqu'un, à faire la lecture à quelqu'un, à m'occuper d'une personne autre que toi, que moi, à attendre que Marnie soit rentrée pour aller me coucher (d'ailleurs il s'en passe de belles entre elle et le marchand de glaces, je ne suis pas tombé de la dernière pluie, quand on pense qu'il anime des goûters pour les enfants...). *Pour des moments d'exception, appelez Mick !* Je lui dirais bien un mot, mais je ne suis pas sûr d'être le mieux placé. J'aimerais qu'elles me parlent. Peut-être que leurs parents se la coulent douce au soleil, après tout. Soûls, probablement, sur une plage quelconque, comme l'autre fois, mais ça fait plus d'un mois maintenant, c'est bizarre, non ? Je ne me souviens pas de la dernière fois où j'ai vu l'un ou l'autre. Ce n'est pas qu'ils me manquent, mais combien de temps au juste comptent-il laisser leurs enfants seules au monde ?

Je me demande si ça leur dirait d'aller à la mer pendant les vacances scolaires. Ça leur ferait un bien fou de sortir de chez elles, l'endroit est magnifique au printemps, au milieu de nulle part mais tranquille, il n'y en a pas deux au monde comme celui-là. J'aurais bien besoin de me changer les idées, je n'ai pas trop le moral en ce moment et je suis de plus en plus étourdi. Évidemment, si ces parents indignes réapparaissaient sans crier gare, je ferais la une du *Sun* pour enlèvement. Je vais en toucher un mot aux filles. Voir ce qu'elles en pensent. Ça donnerait un coup de fouet à tout le monde, un sérieux coup de fouet.

MARNIE

D'après la conseillère d'orientation, Mme MacLeod (une bobo entre deux âges qui cherche à faire le bien parmi la racaille de Maryhill), la seule chose qui m'empêche de sombrer pour de bon dans la délinquance, c'est mon don d'apprentissage. Comme Nelly, je posséderais des qualités que je gaspillerais à cause de « tendances profondément destructrices », c'est ce qu'elle a écrit sur mon bulletin, allusion au fait que je fume, que je bois et que j'ai avorté, une seule fois en fait, ce qui m'empêche pas d'afficher une moyenne de A malgré un investissement modéré à nul, c'est d'ailleurs pour ça qu'ils me méprisent, parce qu'ils peuvent pas s'en attribuer le mérite ; autrement dit, l'intelligence devrait récompenser les élèves non fumeurs et vierges, et pas les dépravés qui ont des junkies morts dans leur jardin.

Même si je déteste l'école, j'aime bien y aller, surtout après les vacances, qui ont toujours été pour moi le pire moment de l'année, celui où il fallait subir Gene et Izzy et leur vision tordue de l'esprit de Noël. J'aime l'école pour son ordre. Pour sa routine. Je trouve la sonnerie du collège étrangement rassurante et, évidemment, y a mes copines. Susie et Kimbo. Je les vois en dehors, bien sûr, mais pas en même temps. Le collège, c'est plus pratique pour toutes se réunir. Sans compter qu'on mange gratuit.

Selon Mme MacLeod, je m'entoure volontairement d'« éléments peu recommandables pour saboter mon épanouissement ». Évidemment Mme MacLeod sait rien des personnes qui sont autour de moi et ignore que je les choisis pas toujours.

En tout cas, avant Noël, la mère MacLeod a organisé un « temps d'échange » avec Wendy Carter et Lorna Holland pour tenter de me socialiser avec des « éléments recommandables » du collège, des filles qui sentent le musc blanc et le dentifrice. On s'est rencontrées à la bibli, en théorie pour former un groupe d'étude. Y a eu un gros moment de gêne parce qu'on avait rien en commun. Elles, leurs parents, ils sont comptables et avocats, moi, ils sont enterrés dans le jardin. Et puis Wendy a proposé qu'on aille manger au Burger King, et a royalement payé pour tout le monde, et après on a été se promener au jardin botanique. Au début, je me disais que ça allait me prendre la tête, mais, au bout d'un moment, Lorna a sorti du fond de son Louis Vuitton un paquet de clopes et un flacon design avec, dedans, un mélange vodka-jus de grenade génial, alors on a commencé à bien se marrer, mais Lorna, elle a tout fichu par terre en parlant des antioxydants contenus dans le jus de grenade, comme quoi c'était bon pour la peau et la ligne, à croire que c'était pour ça qu'on en buvait. Le truc avec Lorna, c'est que dès que tu te sens bien avec elle, elle se met à te dévorer des yeux et, pendant une demi-seconde, tu te dis *Mais qu'est-ce que je fous avec cette tarée ?*, mais après, elle t'offre une clope et tu te rappelles que finalement elle est sympa, mais en même temps tu te dis que c'est quand même un boulet.

Il faut pas se fier aux apparences, ça, c'est sûr, parce que ces filles « recommandables », elles le sont pas tant que ça. J'avoue que j'ai été un peu sciée de les voir fumer et boire, je me disais qu'elles étaient de milieux trop favorisés pour fumer, que c'était même débile. En fait, peu importe d'où on vient. On fume parce qu'on en a envie, et c'est pas nos origines ou notre avenir supposé qui changent quoi que ce soit, mais pour certains profs, fumer dans les chiottes, c'est forcément avoir des problèmes. Ils pigent pas que si on fume dans les locaux du collège, c'est pas pour se rebeller contre le système, le système, on y pense même pas, c'est juste qu'on a envie d'une clope. C'est une technique de survie, y a beaucoup de profs qui fument, mais personne déboule dans leur salle en jugeant leur existence et leur avenir et en leur mettant des heures de colle.

Même si j'ai des A partout, mon haleine chargée en tabac et mon absence évidente de candeur les autorisent à secouer la tête de consternation, comme si j'étais condamnée à les décevoir et me planter. Je parie que, devant Lorna, ils secouent jamais la tête, surtout avec les bons gros chèques que son papa signe pour la caisse des écoles, mais, dans l'esprit des gens, richesse rime pas avec laisser-aller ni stupidité avec aisance. Pour quelqu'un comme moi, avoir des bonnes notes, c'est presque une perte de temps, d'ailleurs je m'en fous, mais le problème, c'est que je réponds bon à toutes les questions ; on en dira pas autant de Lorna, qui passe son temps à faire croire aux adultes qu'elle possède les vertus qu'apparemment j'ai pas, alors qu'en fait Lorna elle est nulle, elle a besoin de moi pour se dépêtrer de pas mal de problèmes scolaires. D'ailleurs, elle m'a demandé de faire ses devoirs en me disant qu'elle était prête à me payer.

Franchement, je me demande jusqu'à quand elle va garder l'étiquette de « recommandable », Lorna, elle est au bord de la rupture. Samedi, elle fait une fête, ses parents sont au Maroc. Et qui est-ce qu'elle a appelé en premier sur son portable ? Ses potes ? Non. Une entreprise de nettoyage ? Gagné ! Elle devra être là le lendemain pour nettoyer le bazar qui s'annonce. Dans mes qualités préférées, la prévoyance vient juste après la finesse d'esprit. C'est ce qui s'appelle savoir masquer les traces de ses forfaits. En tout cas, moi, j'irai à sa fête. Tout plutôt que de rester dans cette maison qui pue.

NELLY

Mais que diable se passe-t-il avec les abeilles ? On me parle de catastrophe écologique, d'holocauste environnemental.

Tous les jours je m'interroge sur les causes de cette atteinte à notre écosystème. Les produits chimiques, dit-on, les pesticides. Je ne comprends pas, vraiment pas. L'extinction menace et nul ne semble s'en soucier.

Si j'ai peur ? Et comment que j'ai peur !

LENNIE

Nelly n'est pas forte. Elle est faible, facilement meurtrie. Ce n'est pas le genre à pousser de grands cris, sauf quand elle dort, et puis, bien sûr, il y a le violon. Je dirais que, musicalement parlant, elle est en avance sur son âge. Nous avons joué de très jolis duos ensemble ; hélas, je n'ai plus mon niveau d'antan et, certains jours, je me demande même si je sais encore jouer. Je ne sais pas ce que j'ai ces temps-ci, j'oublierais ma tête si elle n'était pas vissée sur mes épaules. Nelly est pratiquement au sommet de son art, c'est évident, rien à voir avec sa sœur qui se soûle tous les week-ends, qui rentre au milieu de la nuit en chantant à tue-tête et en se faisant remarquer par tous les voisins.

J'aimerais bien que Bobby reste dans leur jardin. Il retournerait tout si on le laissait faire.

MARNIE

Ce soir, Kimbo et Susie se sont pointées chez moi avec une bouteille de rouge, le meilleur de la supérette. Susie avait des sous, piqués à sa grand-mère, et elle était bien partie pour se mettre minable. Je leur avais déjà envoyé un SMS en disant que j'étais malade, et c'était vrai, si on compte la gueule de bois comme maladie. La soirée chez Lorna est partie en vrille. Je me rappelle pas grand-chose, je me suis réveillée chez Lennie. Il était à côté de moi, dans un fauteuil, avec une cuvette de vomi à ses pieds. Il m'a fait avaler un œuf cru et j'ai gerbé tout ce que j'ai pu, mais je me suis sentie mieux après. Ensuite, il m'a fait un sandwich au bacon et du thé. Nelly est restée à distance, il valait mieux parce qu'elle commence à me courir, celle-là. À force de sécher les cours, elle va nous faire remarquer.

J'ai peur d'être enceinte. La nuit dernière, je suis rentrée sans mon collant, impossible de mettre la main dessus. J'ai demandé à Lennie s'il l'avait mis au sale, il a fait son gêné, m'a dit que j'en avais pas quand je suis revenue, que j'étais quand même gonflée. Maintenant, il sait que je suis une vraie salope.

Je me rappelle pas avoir couché avec quelqu'un, peut-être avec ce crasseux de Kirkland Milligan. Il me court après depuis des mois, peut-être que lui, il sait où il est, mon collant ? Petit con.

Et donc Susie et Kimbo ont déboulé, Susie en fausse fourrure et Kimbo en pantalon de treillis. Susie m'a demandé si Gene était dans les parages et sa question m'a un peu troublée. Je lui ai répondu qu'ils étaient partis en vacances avec Izzy. Elle a voulu savoir où exactement. « En Turquie », je lui ai dit. Ce à quoi Kimbo a ajouté qu'ils avaient sûrement envie de fuir cette puanteur : « Parce qu'elle empeste la Javel et la merde, cette maison. »

Je lui ai expliqué que les toilettes étaient bouchées. Elle en a pas reparlé, mais elle a raison, l'odeur de Gene est partout, même par ce froid, à croire qu'elle colle aux murs. J'avais pas envie de boire ce soir-là, mais j'ai quand même pris un petit fond. Susie était pénible et boudait un peu, du coup on s'est senti obligées de boire. En plus, elle m'a bombardée de questions sur Izzy et Gene. Et puis le vin a fait son effet, mais Susie en a renversé sur sa robe et, comme elle voulait aller en boîte après, elle a foncé sur l'armoire d'Izzy. J'ai rien pu faire pour l'arrêter.

J'avais pas mis les pieds dans la chambre de Gene et Izzy depuis des semaines et c'était le souk. Les draps détrempés, en chiffon sur le matelas encore marqué par le cadavre de Gene. Les produits de maquillage d'Izzy répandus sur sa commode, des couvercles partout. Ses sous-vêtements qui traînaient par terre, là où elle les avait ôtés. Des cendriers pleins de mégots. Une bouteille de vodka à moitié vide. Du linge sale partout et, bien sûr, l'autre odeur. La leur. Un mélange nauséabond de nicotine rancie et de parfum éventé, de déodorant bon marché et d'alcool sec. Ça m'a filé la nausée. J'ai essayé d'ouvrir une fenêtre, j'avais besoin d'air, mais trop tard. J'ai vomi partout. Après ça, personne a voulu rester dans la chambre et Susie a attrapé la jupe rouge en Skaï sur un cintre dans l'armoire d'Izzy et l'a emportée dans la mienne pour l'essayer. Elle lui allait comme un gant.

C'est là que Nelly est entrée et qu'elle a vu Susie avec des fringues d'Izzy. Je croyais qu'elle était encore chez Lennie et, en la regardant, j'ai vu ce qu'elle voyait. J'ai vu Izzy. Nelly a pété un câble et Susie a pas compris ce qui lui arrivait. Nelly s'était jetée sur elle. Kimbo a dû la tirer en arrière par les cheveux, mais Nelly s'est dégagée et elle est repartie à l'assaut. Je me souviens pas de ce que j'ai fait, je sais que j'ai aidé ni l'une ni l'autre. Susie avait le visage tout griffé et elle était couverte de bave, celle de Nelly. La jupe d'Izzy était en lambeaux.

Et c'est pour ça que j'avais pas envie de les voir chez moi. Je savais qu'il se passerait quelque chose dans ce genre-là, ça nous pendait au nez depuis des semaines. Nelly, elle était dans un état second, une vraie malade. Pour Kimbo, y a des rats dans la maison. Elle me l'a dit dès qu'on est sorties. Elle a dit que les rats, elle les sent, comme certains chiens sentent les cancers. Pour elle, y en a sûrement un de mort quelque part dans la chambre d'Izzy et Gene. Si elle savait ce qui est mort, dans la chambre d'Izzy et Gene.

NELLY

Ce n'était pas un fantôme, c'était une voleuse. Comment a-t-elle osé prendre les vêtements de ma mère ? Comment a-t-elle osé porter les vêtements de ma mère ? Elle n'en avait pas le droit. Et Marnie qui était là, comme si de rien n'était. Scélérates ! Une paire de claques, voilà ce qu'il lui fallait. Comment Marnie a-t-elle pu les conduire dans leur chambre ? Comment a-t-elle pu les amener chez nous en sachant ce qu'elle sait ? On ne pouvait le tolérer. Elle m'a mise dans une situation impossible. Il n'y avait d'autre issue que la violence.

MARNIE

Gene a fait des allers et retours en cure pendant les deux tiers de sa vie. La dernière fois, mamie Lou est venue et l'a enfermé dans sa chambre. C'était une vraie poule mouillée, il réclamait sa maman, des trucs comme ça... Elle s'approchait de lui que pour lui donner à manger et, des fois, pour le gifler.

Quand mamie Lou venait nous garder, c'est ce dont je me rappelle le mieux de toute mon enfance. Je me souviens aussi de ses chansons. Elle avait chanté dans les pubs et après sur des croisières, une fois Gene parti de la maison. Elle avait une voix incroyable. Elle adorait Billie Holiday et Ella Fitzgerald. Patsy Cline et Dinah Washington, des trucs que j'avais jamais entendus avant. Quand Gene se mettait à aller mieux, ils chantaient ensemble. Des vieilleries en général. Je les revois danser dans la cuisine. J'ignorais même que Gene savait danser. Avec mamie Lou, il avait l'air de quelqu'un d'autre, d'un autre Gene, ce qui plaisait pas du tout à Izzy.

Pour le départ de mamie Lou, Gene organisait une soirée. Il louait un karaoké et mamie faisait danser la *macarena* à tout le monde, à des gens qu'elle connaissait absolument pas, c'était marrant. Je saurais encore faire la *macarena*. Il y avait aussi Susie et Kimbo, on chantait des chansons des Spice Girls en buvant du panaché. Elle aimait bien quand je chantais, mamie Lou. Elle disait qu'elle était fière de moi. Nelly chantait pas du tout, personne la poussait, elle finissait par s'endormir sous la table de la cuisine, aux pieds d'Izzy.

Izzy détestait ces moments-là et boudait toute la soirée. Surtout parce qu'elle savait pas chanter. Ça l'empêchait pas de se ridiculiser en se risquant dans les crescendos des chansons d'amour. Je me souviens des yeux qui se plissaient d'horreur, des petits gloussements et de mamie Lou qui cachait ses sourires narquois derrière la braise de sa cigarette. Izzy était tellement gênée qu'elle s'enfermait dans les toilettes et que nos invités devaient aller faire pipi dans le jardin.

Izzy, elle était très jalouse de mamie, parce qu'elle chantait bien, mais aussi parce qu'elle faisait faire à Gene des choses dont elle, Izzy, était incapable. Izzy disait que mamie Lou aimait Gene comme une mère a pas le droit d'aimer son fils, elle disait que si mamie Lou l'avait moins aimé, Gene aurait sans doute été un autre homme. Mamie Lou l'entendait, mais la laissait dire. Elle savait comment s'y prendre avec Izzy. Quand il fallait parler et quand il fallait se taire. Mamie traitait Izzy comme une piqûre d'insecte : surtout ne pas se gratter sous peine d'aggraver les démangeaisons. Je sais pas ce qu'elle pensait de Nelly, elle aimait lui faire la lecture, elle lui apprenait à rester tranquille. Nelly gigote beaucoup des jambes, surtout quand elle dort. Une fois, mamie nous avait emmenées à Rothesay sur le *Waverley*. C'est un bateau à roues. On était sur la Clyde, le bateau filait, et elle nous a dit : « Le silence est une force, les filles. » C'était étonnant comme phrase et je sais plus pourquoi elle avait dit ça, mais je l'ai jamais oublié. Et puis elle a dit : « Regardez l'eau. Si elle pouvait parler, vous l'aimeriez moins. »

J'aimais bien ce qu'elle disait. J'aimais bien qu'on me caresse les cheveux, qu'on me complimente sur ma peau et qu'on écoute mes histoires, qu'on me regarde et qu'on m'aime. Même maintenant, après toutes ces années, les paroles de Lou comptent plus pour moi que tout ce que je peux me raconter à moi-même.

Lou était restée six mois, elle devait rester plus, mais quelqu'un a appelé pour dire qu'un certain William était tombé malade. Gene était hors de lui. Il en voulait à ce William, même sans le connaître. Je me souviens qu'ils se sont engueulés, que Lou a pleuré et qu'ensuite ils ont fait la paix. À peu près un an plus tard, Izzy nous a appris que Lou était morte. Elle avait eu une crise cardiaque. On est pas allés à l'enterrement, Izzy a pas voulu, et Gene non plus, il était en prison à l'époque.

NELLY

Notre téléphone a rendu l'âme. Sans prévenir. Impossible d'appeler le commissariat et impossible d'appeler une ambulance. Vous rendez-vous compte ? Pour une tuile, c'est une tuile.

Où passe tout l'argent ? J'aimerais qu'on me le dise. Mère et père nous ont sûrement laissé quelque chose. Un maigre pécule certainement, mais assez pour faire les courses, j'imagine, payer l'électricité pendant un temps, le gaz aussi et une note de téléphone qui promet d'être salée. Moi, je crois qu'il faudrait qu'elle surveille mieux son porte-monnaie. Qu'elle commence par compter les pièces plutôt que les billets. Elle doit se montrer plus avisée en termes de budget.

« Peut-être qu'on a pas besoin de téléphone, après tout ? m'a-t-elle dit.

– Mais enfin, me suis-je récriée, tout le monde a besoin d'un téléphone. »

Quelle engeance, celle-ci !

MARNIE

Heureusement qu'y a les cartes prépayées, mais Nelly partage pas mon enthousiasme et fait comme si je jetais l'argent par les fenêtres. Elle me demande jamais comment on s'en sort, elle considère que ça roule tout seul. Heureusement aussi qu'on a les allocs et des parents assez malins pour avoir évité la case mariage. Izzy aurait toujours voulu, mais Gene non, ça fait qu'on a deux chèques qui arrivent, mais pour combien de temps ?

Ils en parlaient souvent, de se marier je veux dire, et Nelly, ça la faisait délirer, elle se rendait pas bien compte qu'ils étaient complètement bourrés et qu'ils racontaient n'importe quoi. Izzy dessinait des robes de mariée et Nelly trouvait des bagues en plastique pour que Gene les offre à Izzy. Ils sont même allés jusqu'à décrocher les voilages et à piquer des fleurs dans le jardin de Lennie pour faire un bouquet, mais c'est Gene qu'ils avaient maquillé en mariée. Ils étaient ridicules, Izzy et Gene, à déambuler enroulés dans les rideaux, à moitiés soûls, Gene avec son voile improvisé retenu par une passoire en fer, je suppose que c'était censé être son diadème, et Nelly qui les suivait dans son déguisement de sirène. Quelle mascarade… J'en étais malade d'être obligée de faire semblant, mais je l'ai fait, juste pour leur lancer du riz. Ils pensaient que je jouais le jeu, mais non. Je les aurais étouffés avec ce riz si j'avais pu, je leur en aurais fourré dans tous les orifices.

Nelly fait comme si rien ne s'était passé entre elle et Susie, mais Susie, elle, elle lui en veut encore à mort, même si Nelly s'est excusée parce que je lui ai dit qu'elle avait intérêt à le faire. Kimbo m'a demandé si Nelly était schizophrène, je lui ai dit que non, parce que c'est la vérité. Elle entend pas des voix ni rien, elle est différente des autres, c'est tout, et elle cherche pas à le cacher, ce qui est loin d'être mon cas. Moi, j'ai passé mon temps à me cacher.

LENNIE

Il est bien seul, le soldat Marnie... Cette enfant est pleine de contradictions. Elle cherche votre compagnie, vous apprécie et, en même temps, elle a peur d'être avec vous.

Il y a un garçon qui téléphone sans cesse sans laisser son nom. Il est épris d'elle, c'est évident, et je peux comprendre pourquoi. Marnie est une très jolie jeune fille, tout en étant différente de sa sœur. Marnie a le visage plus rond. C'est le jour et la nuit, en vérité. Marnie se maquille, use et abuse des roses et des rouges. Nelly, elle, ne tolérerait même pas du baume sur les lèvres, ce qui me surprend, moi qui croyais que les filles adoraient tester les rouges à lèvres et les eye-liners. Mes sœurs adoraient se mettre un peu de rouge. On s'en mettait tous, mais ce n'était qu'un jeu. J'enfilais le peignoir de ma mère et ses bigoudis, on rigolait bien et on la taquinait, j'agitais mon doigt en l'air en proférant des menaces comme elle faisait, ce qui la mettait dans une rage...Elle a toujours su, pour moi. Comment en aurait-il été autrement ? Sans être d'une folle exubérance, il était évident que je ne m'intéressais pas aux femmes, et depuis tout petit. Je savais que mes sœurs étaient au courant. J'étais leur confident privilégié et longtemps nous avons été très proches, jusqu'à ce que ce secret n'en soit plus un. Elles n'ont pas été correctes du tout avec moi. Je les avais pourtant toujours soutenues. Jeanette au moment de son avortement, Roberta pendant sa liaison avec son charpentier marié. C'est toujours vers moi qu'elles se tournaient quand ça n'allait pas, mais quand mon tour est venu de réclamer du soutien, elles m'ont laissé tomber comme une vieille chaussette. Je ne le leur ai jamais pardonné et j'ai toujours veillé à mettre la plus grande distance entre elles et moi. Je me suis senti abandonné, ils me manquaient tous. Ils me manquent encore, mais ensuite je t'ai rencontré. Toi, mon frère. Mon amant. Mon salut. Sans toi, ce chemin aurait été un calvaire.

Je suis content que les filles puissent se reposer l'une sur l'autre, quel chemin de solitude sinon, alors je les laisse avec leurs secrets et tout ce qu'elles ont en commun. C'est un ciment pour elles, un moyen de se sentir fortes. C'est important de garder cette force, elle vous relie à la vie, vous oblige à avancer, même si ce n'est qu'avec un chien.

MARNIE

Pour la Saint-Valentin, j'ai reçu une carte de Kirkland Milligan, celui que je suspectais de m'avoir sautée à la fête chez Lorna, quand j'étais bourrée et que j'avais perdu mon collant. Quand je lui ai posé la question, il l'a très mal pris et il m'a dit que j'avais filé mon collant sur une chaise et que je l'avais enlevé moi-même. Avant de le jeter sur quelqu'un. Pour être honnête, j'ai une sorte de blanc après le karaoké. Je revois Susie chanter. Pour Susie, le karaoké, c'est du sérieux, comme si elle s'attendait à voir Simon Cowell surgir à côté d'elle. Elle déprime un peu en ce moment. Elle est comme ça, des fois, Susie, mais ces jours-ci elle est un peu plus sombre, elle a pas envie de sortir comme avant. Kimbo a dit que c'est parce que maintenant c'est une artiste et qu'elle tient à préserver son énergie créatrice pour la scène. Susie lui a dit d'aller se faire foutre. Quand je disais qu'elle était sombre... En tout cas, Kimbo, moi et Lorna, on a chanté comme des casseroles, mais on s'est bien marrées. Je me suis mise minable à cette fête, j'ai vraiment fait n'importe quoi. J'ai commencé à chanter sans karaoké. Une des potes de Lorna, une teigne de Kelvinbridge, s'est mise à ricaner, mais Susie est venue à la rescousse, ça s'est un peu arrangé mélodiquement parlant, et ensuite Kimbo est arrivée, le volume est monté, et puis Lorna et, d'un seul coup, on chantait plus on braillait, comme nos mères quand elles ont picolé, je suis pas sûre que les autres invités aient beaucoup apprécié, mais on rigolait tellement qu'on s'en foutait. Kirkland a chanté un truc gnangnan en me montrant du doigt dès qu'il était question d'amour, de blessure ou de déglingue en général, Susie et Kimbo elles étaient pliées. Ça le gênait pas de passer pour un débile, tout le monde sait bien que j'en ai rien à faire de lui. Mais, pour Susie, je suis une peste. Elle considère qu'on doit avoir un minimum de gratitude pour quelqu'un qui demande qu'à vous aimer et que sinon on est nul.

Il est sûrement sympa, Kirkland, mais il est toujours habillé en noir et il se lave jamais les cheveux, il dit qu'au bout d'un moment ils se nettoient tout seuls. Il a un côté écorché vif, il s'évertue à te prouver que tu peux lui faire confiance, alors qu'en fait, comme tous les mecs, il cherche juste à se glisser dans ta culotte. Il persiste à me faire des CD de groupes qu'il croit que j'ai jamais entendus. En ce moment, il est à fond sur New Order et il me bassine avec les morceaux, leur signification. Ce qu'il sait pas, c'est que Gene était fan absolu de New Order, du temps où ils s'appelaient New Order évidemment, parce que avant, Gene me l'a expliqué, c'était Joy Division.

Tout ça, j'ai envie de lui dire et de le remettre à sa place, mais il va penser qu'on a quelque chose en commun, or je veux rien avoir en commun avec Kirkland, donc j'assume mon infériorité dans l'espoir qu'il me laisse tranquille. Je passe mon temps à lui faire oui de la tête en priant pour qu'il aille me chercher un verre parce que j'ai la flemme d'aller au bar. Mais il bouge pas. Il se croit super intéressant.

Il y a autre chose qui me fatigue chez Kirkland, c'est sa conviction d'être dans l'humanitaire, il parle tout le temps de l'Afghanistan et de l'Irak, comme si les connaissances remplaçaient le courage, comme si penser à ces pays-là et en parler, c'était la même chose que d'être sur place et de se battre contre ces rebelles qu'il abomine tant, il ferait moins le malin s'il fallait vraiment la faire, la guerre.

C'est un gros pénible, en fait, et il considère qu'on en sait toujours moins que lui. C'est le genre de type qui se dit fier d'être en marge, qui se trouve supérieur en restant à l'écart des autres. Ce qu'il pige pas, c'est que les vrais marginaux feraient tout pour pas l'être. Quand on est vraiment marginal, ça se voit pas. Ce sont des gens qui donnent l'impression d'être intégrés alors qu'à l'intérieur ils le sont pas. Ce sont des gens qui feraient tout pour paraître normaux, mais en sachant secrètement qu'ils sont tout sauf normaux.

Vous allez sûrement vous dire que je le déteste. Un peu, sans doute, ça m'agace de voir l'éventail de choix qu'il a. Si je le connais, c'est uniquement parce qu'il était en classe avec Lorna. Elle s'est fait virer, maintenant elle est dans notre collège, mais, lui, il la lâche pas et, en ce moment, nous non plus. Kimbo et Lorna sont d'ailleurs très liées. Comme elles veulent toutes les deux être artistes, elles passent des heures chez Lorna, dans son studio, je leur en veux pas. Lorna, sa maison, elle est incroyable. J'en ai jamais vu une comme ça. C'est une maison de ville sur Great Western Road avec trois niveaux, une voie privée et un parking. Lorna a le grenier. C'est comme un studio, avec entrée indépendante. Ses parents lui laissent faire ce qu'elle veut, pas parce qu'ils sont morts mais parce qu'ils travaillent. Son père, il est avocat, et sa mère, qui en fait est pas sa mère, secrétaire juridique. Lorna peut pas la saquer.

En ce moment, j'ai Susie sans arrêt sur le dos, avec sa curiosité malsaine pour Gene et Izzy. Je lui ai dit qu'ils étaient en vacances, mais elle veut savoir quand ils rentrent. Elle dit qu'elle s'inquiète de me voir toute seule. Je lui ai dit que j'étais pas toute seule. Que j'avais Nelly. Elle et Mick, ils me prennent bien le chou en ce moment, ils sont complètement obnubilés par la disparition de ces deux moins-que-rien. En quoi ça les regarde ? On dirait qu'ils ont que ça à faire. Susie, elle a pourtant le rôle de Nancy dans la pièce du collège, et Mick, une cargaison de came à revendre. Il a l'air de m'en vouloir ces temps-ci, comme si j'y étais pour quelque chose, c'est un peu vrai d'ailleurs, mais pas de la façon qu'il croit.

J'ai passé la matinée à laver par terre et sur les murs. J'arrive toujours pas à débarrasser la maison de cette odeur de mort. Nelly, elle, affirme ne rien sentir du tout. J'ai même lavé leur literie. J'ai tout remis propre, comme s'ils étaient jamais partis, mais il reste une tache sur le matelas, l'espèce de liquide qui sortait de Gene l'a traversé de part en part. On aurait sûrement pas dû le laisser là aussi longtemps. Il y a des tas de choses qu'on aurait sûrement pas dû faire.

Pour l'instant, j'ai les mains abîmées par la Javel et j'entends Nelly jouer du violon pour Lennie. J'irai les retrouver après, pour le petit déj', j'aime pas le prendre ici.

NELLY

J'ai reçu des cartes, trois au total, de personnes dont je ne sais rien. Une avec un chien et un cœur. Une avec des fleurs autour d'un cœur. Et un cœur clignotant qui chante une petite chanson rigolote sur les roses. Toutes proviennent de garçons que je connais à peine.

« Kip m'a dit de te donner ça », m'a dit Shirley. « Matt m'a dit de te donner ça », m'a dit James. « Patrick m'a dit de te donner ça », m'a dit Margo.

Toutes sont couvertes de « Je t'aime ». Elles m'ont donné la nausée et je les ai jetées dans la poubelle la plus proche. Comment osent-ils m'envoyer ce genre de choses ? Je suis une élève sérieuse, moi. Je n'ai que faire des cartes et des sottises de cette sorte. Ils devraient garder leur argent pour des causes plus nobles et me laisser en paix.

J'ai réfléchi quelque temps à ce mot, « amour », et j'ai repensé à mamie qui avait enfermé père dans le grenier, sans son vin ni ses maudites petites cuillères. J'en garde un souvenir net, d'une précision extrême.

« C'est par amour que je fais ça », m'avait-elle dit en mettant la clé dans sa poche de pantalon.

Nous étions en décembre. À la veille de Noël. Je revois Marnie dans une crèche vivante en train de taper sur la mère de Dieu avec un cintre. Et je revois père, père faisant déguerpir *manu militari* un homme qui importunait ma mère. Mère avait dit que c'était un méchant, mais ma grand-mère m'avait expliqué que c'était ma mère qui était méchante. « Vous n'avez pas honte ! s'était écriée mamie. Avec deux enfants dans la maison, en plus ! »

Mère en avait pleuré.

Je m'interroge souvent sur la honte de ma mère et je repense à cet inconnu au crâne dégarni qui pleurait des larmes de sang à ses pieds.

« Pitoyable créature, avait soupiré mamie.

– Vous en êtes une autre », avait lâché mère.

Une fois père parti avec mamie (et la maréchaussée locale), mère a entonné une chanson. Une chanson pour la rendre forte, une chanson pour la rendre triste, une chanson pour la faire danser. Je crois avoir dansé moi aussi, il me semble qu'elle m'a forcée, je n'invente rien, ce n'est pas mon genre.

MARNIE

Je l'aurais tuée.

Je rentre un vendredi et je tombe sur Big Brian, le génie du contrôle des absences, qui m'attend avec une lettre pour mes parents, il tient à la leur remettre en mains propres. Il me fait la leçon, comme quoi c'est pas bien de sécher les cours, même si normalement cette heure-là est libre, me rappelle qu'elle est consacrée à l'étude surveillée et me tend un coupon rose, à savoir que je suis convoquée chez le principal lundi pour qu'il me répète exactement la même chose, alors que j'ai une excellente moyenne et que l'étude surveillée, j'en ai pas trop besoin. Ensuite il me demande où sont passés mes parents, il sait qu'ils touchent le chômage, me dit que ça fait plus d'une semaine qu'il se casse le nez à notre porte, bref où est-ce qu'ils sont à la fin ? Il sous-entend qu'ils auraient un boulot, en gros qu'ils percevraient des indemnités tout en travaillant, comme si ça le regardait, ça me fait presque rire, c'est trop drôle de penser à Izzy et Gene se levant le matin pour aller bosser. Je réfléchis à ce que je pourrais lui répondre sans éveiller ses soupçons. Je lui dis qu'on a un chien et qu'ils doivent être partis le promener, je lui propose de les attendre, comme s'ils allaient arriver d'une minute à l'autre, tout en sachant que c'est vendredi et qu'il va avoir envie de se rentrer avant les embouteillages, du coup il me dit que c'est pas la peine et il s'en va en me laissant la lettre.

Évidemment, il sait que je vais l'ouvrir et, comme il veut pas qu'elle aille à la poubelle, il me dit que mes parents doivent contacter le principal adjoint avant la fin du mois pour prendre rendez-vous, sinon ça ira mal pour eux, autrement dit pas question de la mettre à la poubelle. C'est alors que se produit ce dialogue surréaliste :

« Sinon, tout va bien, Marnie ?

– Ben oui !

– Tu sais, si tu as besoin de quoi que ce soit, n'hésite pas à venir nous voir, nous ne sommes pas tes ennemis, c'est important pour nous de maintenir quelqu'un comme toi dans le droit chemin, tu comprends ? »

J'approuve de la tête. Il monte dans sa voiture et, avant de partir, me lance : « Passe un bon week-end ! ».

Et il démarre. J'ai envie de pleurer, qu'est-ce qu'il en a à foutre de mon week-end ? Mes yeux tombent alors sur notre porte d'entrée, toute défoncée, elle a toujours été comme ça, mais j'ai l'impression de la voir pour la première fois et ça me fout les boules. Il y a du contreplaqué à la place de la vitre, je revois encore la chaîne stéréo passer au travers, la clôture est cassée autour du petit jardin encombré de saloperies. D'un banc de musculation dont personne s'est jamais servi. D'un carton qui déborde de vêtements. De godasses et d'objets inutiles qui traînent partout. On avait fait ce qu'on avait pu pour mettre de l'ordre quand on les avait enterrés, mais c'était trop pour nous. Je regarde chez Lennie, sa pelouse impeccable. Je regarde les maisons d'en face, je vois des jouets, un vélo contre un mur. Je vois de l'ordre et de la tenue. Je vois des lieux habités. J'ai honte et j'ai envie de tout remettre d'aplomb, de donner à cet endroit le visage qu'il devrait avoir. Je sais que c'est impossible. Je rentre et, à la place, je déchire l'enveloppe et c'est là que je découvre que Nelly a sauté des cours, et plus souvent que je le pensais. La lettre dit qu'Izzy et Gene peuvent être tenus légalement responsables et le mot « responsables » est souligné.

J'entends alors la clé de Nelly tourner dans la serrure et je me place à côté de la porte pour pouvoir la choper au passage et lui mettre une rouste. En me voyant, elle prend peur, elle comprend pas ce que je fais là. Quand je lui dis que j'ai une heure de libre, elle me fait :

« Cette heure n'est pas libre, c'est de l'étude surveillée.

– Arrête tes conneries ! Putain, mais tu... »

J'arrive pas à articuler.

« Mais que se passe-t-il, à la fin ? elle a demandé.

– Tu as reçu ça, voilà ! »

Je lui lance la lettre.

« Je crains qu'il s'agisse d'un malentendu, ma chère. Je ne manque jamais l'école.

– Ah bon ? Parce que, d'après ça, tu as séché pas mal de cours.

– Je n'ai rien "séché" du tout, comme tu dis. Je lisais. À la bibliothèque. À la bibliothèque du collège.

– T'as rien à faire à la bibli, bourrique, tu dois être en cours.

– J'apprends bien plus de choses à la bibliothèque et je n'ai pas à supporter le charivari de cette classe de demeurés. »

C'est là que je lui ai mis une beigne. Elle m'avait soûlé avec ses grands airs.

Bilan : du sang partout et une dent de cassée. Mais, sur le coup, je m'en suis pas voulu et, même, j'aurais aimé lui faire encore plus mal, elle a eu de la chance que je me retienne.

Après, je suis allée retrouver Mick et on a baisé. J'avais pas envie et je me suis sentie sale après. Je me sens toujours sale avec Mick. Je sais pas pourquoi j'accepte. Surtout, je regrette d'avoir tapé ma sœur, elle est partie en larmes. Je voulais pas lui faire peur, c'est elle qui a commencé. Je suis terrifiée. Et y a personne pour aller au collège et ils vont rappeler. Je sais pas quoi faire.

NELLY

Marnie m'a corrigée. Elle m'a battue, il n'y a pas d'autre mot, et un vendredi, en plus !

« Non mais tu as vu ce que tu as fait à ma dent ? me suis-je écriée.

– Je t'emmerde ! », m'a-t-elle répliqué.

Quelle vulgarité. Quelle grossièreté.

Mais que j'ai horreur des vendredis… On ne pouvait pas leur faire confiance. Des week-ends entiers sans dîner, des week-ends entiers à écouter des inconnus ramenés à la maison par un père inconséquent, qui buvaient et se soulageaient sur le tapis.

Et cette odeur ensuite. Une odeur épouvantable.

Je regrette amèrement d'avoir fait l'idiote, vraiment. Je ne tiens pas plus que Marnie à voir des fonctionnaires sur le pas de notre porte. Je ne souhaite qu'une chose, pouvoir lire et me préserver des garçons, et de leurs remarques sur mon corps. Je hais mon corps. Je hais les garçons et, aujourd'hui, je hais Marnie. Que le diable l'emporte.

LENNIE

J'ai passé un bon savon à Marnie hier, je n'ai pas mâché mes mots. Il a fallu conduire cette pauvre Nelly chez le dentiste. Marnie lui a fait sauter une dent en lui tapant dessus. J'ai eu du mal à garder mon calme, vraiment, mais elle s'est mise à pleurer. Elle m'a dit qu'elle s'en voulait, qu'elle ne savait pas ce qui lui avait pris.

« Je veux savoir ce qui se passe, lui ai-je dit.

– Je vois pas de quoi tu parles…

– De vos parents. Où sont-ils, à la fin ? »

Elle a pâli, comme si elle ne m'entendait pas. En me retournant, j'ai vu Nelly qui la fixait, les yeux écarquillés, implorants, qui la suppliait de ne rien dire. Marnie avait l'air honteuse. Sa sœur aussi. Je suis sorti de la pièce en secouant la tête, déçu. On ne pourra rien faire si elles ne me confient pas ce que je sais déjà : leurs parents ne reviendront pas de sitôt et ces enfants ont été abandonnées.

Ensuite, j'ai disputé Marnie pour avoir frappé sa sœur, je m'attendais à ce qu'elle râle, en bonne adolescente qu'elle est, et j'étais prêt à mettre cette petite demoiselle à la porte, mais elle a été d'accord avec moi, d'emblée. Elle m'a presque remercié, comme si elle cherchait en moi un père, d'ailleurs je ne m'étais pas comporté autrement. Je lui ai demandé de s'excuser auprès de sa sœur.

Elle l'a fait, mais Nelly n'a pas eu un regard pour elle, évidemment, et, malgré mes efforts, elle ne lui a pas pardonné. Je ne peux pas l'obliger si elle n'en a pas envie. J'ai dit à Marnie de nettoyer la cuisine. J'étais en train de faire du pain et j'avais laissé un peu de désordre, mais, je dois le reconnaître, elle s'est acquittée de sa tâche. Ensuite, j'ai exigé qu'elle nettoie les toilettes et elle s'est exécutée. Je lui ai demandé de m'apporter son sac d'école, un pauvre petit cartable vert constellé de noms de garçons et de groupes de rock. Je lui ai fait faire ses devoirs, elle n'a pas mis bien longtemps, mais tout était correct. Elle est douée, je dois l'admettre. Je l'ai autorisée à dîner, mais en la privant de dessert, je lui ai dit qu'elle dormirait ici ce soir et qu'elle se coucherait tôt. Elle a demandé à prendre un bain. J'ai dit oui. Elle n'a même pas rouspété, à aucun moment, ce qui est étrange en soi. Il était à peine 20 heures, je m'attendais au moins à ce qu'elle se rebiffe, mais non, elle a obéi sans broncher, et c'est là que j'ai compris qu'elle cherchait quelqu'un pour la recadrer, quelqu'un de concerné par ce qu'elle faisait, en bien comme en mal. Tout s'est éclairé. Ces filles-là ne cachent rien, elles ont toujours vécu ainsi. L'absence de leurs parents est une terrible réalité et cette réalité, c'est la leur depuis leur naissance. Alors, j'ai eu mal pour Marnie, et pour Nelly, et soudain j'ai compris l'attachement de Marnie pour des filles comme Susie et Kim. Ce sont des points d'ancrage dans sa vie. Une sorte de famille pour elle, un horizon, des personnes à qui se fier.

Après son bain, elle est allée au lit comme je le lui avais ordonné et je lui ai apporté du lait et le sablé que je lui avais refusé un peu plus tôt. Nelly n'a pas apprécié ces attentions. C'est une vengeance qu'elle recherchait et, ne l'ayant pas obtenue, elle a boudé. Un peu plus tard, je l'ai prise à part :

« Ta sœur a besoin de toi.

– Je me moque bien de ce dont elle a besoin. »

Ne sachant pas quoi lui répondre, je suis allé dans la salle de bains et, en ramassant la serviette de Marnie et son linge, je suis tombé sur sa culotte, roulée en boule dans sa poche de jupe. J'ai alors senti un poids énorme me tomber sur les épaules, car je ne sais vraiment pas comment protéger Marnie contre elle-même. Vraiment, je ne sais pas.

MARNIE

Punaise, il m'a pas ratée Lennie, hier soir et, depuis que j'ai frappé Nelly, je le trouve un peu distant. Je lui ai dit que je regrettais, mais je sais pas si ça a suffi. Ce matin, j'étais super gênée et je suis rentrée chez nous me faire un brunch liquide. Vodka et jus de canneberges. Ça m'a calmée. J'ai demandé à Susie de venir, mais elle était en répète de théâtre et Kim était à Partick avec Lorna, elles cherchaient un appart'. Les parents de Lorna lui ont demandé de vider les lieux. Dernièrement, ils l'ont envoyée chez un psychiatre, mais ça s'est retourné contre eux parce que, après deux séances, il a demandé à voir toute la famille. Du coup, ils ont plus voulu entendre parler de lui. Pauvre Lorna, moi qui pensais qu'elle avait tout ce qui lui fallait, je m'aperçois qu'elle est pas mieux lotie que nous. Elles sont très mignonnes toutes les deux, Lorna et Kim. Lorna aime bien poser sa tête sur les genoux de Kim, et Kim aime bien jouer avec ses cheveux. Je crois qu'elles sont amoureuses. Susie supporte pas, elle pense que Kim prend pas ses médicaments et, pour elle, être homo, c'est une sorte de maladie. D'ailleurs elle m'a dit qu'elle trouvait leur relation anormale ; entendre ça de la part de quelqu'un qui a passé plus d'un samedi soir à genoux, et devant des mecs qu'elle connaissait à peine – même si c'est moins vrai depuis peu. C'est une vraie bonne sœur, ces temps-ci, on la sent moins portée sur la chose, mais elle est d'une humeur…

Je vois Mick ce soir. Il est pas à prendre avec des pincettes en ce moment. Il pense que je lui cache quelque chose au sujet de Gene ; il a raison, mais c'est pas ce qu'il croit. Il est super anxieux, toujours pendu au téléphone avec Julie, ils doivent un paquet d'oseille. Ça la rend folle, elle est sans arrêt sur son dos. Certains soirs, on y est encore à 2 heures du mat' et, pour l'instant, personne a trouvé bizarre qu'un camion de glaces vende encore des cônes en pleine nuit. Je bosse pour Vlado en ce moment, d'après ce que j'ai compris, et je m'arrange pour être impeccable, mais il me regarde toujours comme une merde.

Gene et Izzy touchent plus le chômage, ils sont pas allés pointer. Au début, l'argent des glaces a suffi, mais, après, on nous a coupé l'allocation logement, du coup on est très mal. Comme évidemment il est pas question de déménager, il va falloir payer le loyer, d'une façon ou d'une autre. Mon boulot chez Mick me rapporte dans les cent cinquante livres par semaine. Il me donne aussi des doses d'acide quand j'en ai besoin. À choisir, je préfère boire un coup, alors en général je les revends à Kirkland.

C'était génial chez Lennie l'autre soir. Je sais que je l'ai gonflé, mais il s'est vite adouci et il m'a apporté du lait et mon sablé. Il faut rien de plus, des fois, un peu de douceur. Il a aussi accepté d'aller au collège pour éclaircir cette histoire d'absences de Nelly. C'est vraiment notre bouée de sauvetage, sans lui on serait perdues.

Après le lait et le sablé, je me suis endormie direct, mais ensuite je me suis réveillée et j'ai commencé à me poser des questions. Je me disais que, tout ce confort, toutes ces gentillesses, c'était trop, que j'y étais pas habituée et que ça me faisait peur. Il fait tout pour qu'on reste et, après, c'est dur de pas lui dire ce qu'il y a de caché dans le jardin.

LENNIE

Nelly fait toujours des cauchemars. Je l'entends à travers la cloison. Je lui ai donné la chambre d'amis. Elle n'aime pas être seule chez elle. Je ne lui en veux pas, c'est un dépotoir. Pas étonnant non plus que Marnie soit toujours partie avec ses copines. Il y en a une qui est gouine, ce qui m'a un peu surpris. De nos jours, tout le monde affiche clairement ses tendances, et très tôt en plus. Celle-là, c'est Kim. Pour être franc, j'ai du mal avec les lesbiennes. Certaines sont très compliquées. Elles ont toujours l'air d'en vouloir à la terre entière pour une raison ou une autre, je trouve que, par bien des côtés, c'est plus facile d'être homo pour un homme que pour une femme, il y a beaucoup de pression sur les femmes. L'hétéro moyen ne voit pas très bien ce qu'une femme peut être d'autre qu'une femme. Les lesbiennes sont mal vues parmi les hétéros ; les pédés, elles les agacent, sans plus. Ça m'a amusé, la façon dont Kim m'a parlé, comme si nous étions du même bord, comme si nous étions des hommes, presque. Je ne l'ai pas mal pris du tout, mais j'ai tout fait pour lui rappeler qu'elle était une femme et pour lui dire qu'on pouvait parfaitement être homo et féminine, même si certaines préfèrent endosser un rôle plus masculin dans la vie. Kim m'a tout l'air d'être proche de Marnie et il y a fort à parier qu'elle l'aime. Qu'elle la désire. On ne sait pas trop sur quoi reposent ses amitiés quand on découvre sa différence, vous savez, au début, quand on prend conscience de ce qu'on est. Je me souviens m'être attaché à un garçon qui s'appelait Toby, on a été assez copains à une époque, mais je ne l'aimais pas plus que ça. J'avais juste envie de le toucher. Il a fini par épouser une vieille bique du nom de Lillie.

C'est Nelly qui me préoccupe, elle pleure toujours la nuit, comme toi quand ton frère est mort. Pauvre David, si jeune. En escalade à Milngavie. Il avait tout juste la cinquantaine. Sa femme l'a suivi peu après. Cancer.

Elles m'ont demandé d'aller voir le principal du collège de Nelly, lundi, elles veulent que je me fasse passer pour leur oncle. Il paraît qu'elle a manqué des cours. Selon Marnie, on ne peut pas faire autrement que de tricher sur mon identité, mais je suis inquiet pour les conséquences. Et si on me reconnaissait ? Je pourrais avoir des ennuis. De gros ennuis.

NELLY

En général, je dors comme un loir, mais, la nuit dernière, quel raffut il y a eu, des hurlements et des quolibets à notre porte. Je n'ai pas compris ce qu'ils criaient, je n'ai pas réussi. Des ivrognes, sans doute. Au début, je me suis demandé si le pot aux roses n'avait pas été découvert, si on ne venait pas nous incarcérer pour nos méfaits, mais non, c'était un simple tapage nocturne, des individus peu soucieux du sommeil des autres. J'aurais dû appeler la police, mais je ne voulais pas réveiller Lennie.

Ce matin, quand j'ai ouvert les yeux (un peu plus tard que prévu), j'ai trouvé Lennie occupé à repeindre sa barrière et sa porte. C'est un homme méticuleux à l'extrême, mais je ne vous cache pas que l'odeur m'a quelque peu incommodée. Mais s'il fallait le faire, il fallait le faire, il n'y a rien d'autre à dire. La propreté est voisine de la sainteté, dit-on, et il faut bien rester propre, quand même.

MARNIE

Y a pas longtemps, Lennie s'est fait emmerder par des gens du quartier. Ça arrive tout le temps, en fait, mais, là, c'est allé assez loin, ils ont bombé sa porte et sa barrière, en pleine nuit. Quand il s'est levé le lendemain, il a repeint par-dessus, qu'est-ce que tu veux faire... Il savait que j'avais vu les inscriptions, mais il m'en a pas parlé et, du coup, j'ai rien dit non plus. Je sais pas ce que Nelly en a pensé, sûrement ce qu'elle en a voulu. Elle est tout le temps chez Lennie en ce moment. Elle vit là-bas, elle passe par derrière, presque tous les jours, elle mange avec lui, dort dans sa chambre d'amis et joue du violon. Lui, il est trop content d'avoir quelqu'un à s'occuper, tu parles, et Nelly, elle en redemande, évidemment.

C'est sûrement pas facile de se prendre en charge à son âge. On essaie de pas y penser, on fait semblant d'être comme les copines, mais, au fond de soi, on sait que c'est pas vrai. On est tout seul. Tout seul pour faire le ménage et payer les factures, tout seul pour faire les lessives et sécher ses larmes. Pas étonnant qu'elle soit toujours fourrée chez ce vieux papy, dans sa maison qui sent le pain tout chaud. Lennie, lui, il l'aime comme sa petite-fille. Elle a besoin de ça, d'affection, de chaleur, et dans un endroit qui sent autre chose que la Javel et la mort. D'ailleurs, l'autre jour, je m'en suis voulu d'avoir laissé

Gene chez nous pendant trois jours avant de l'enterrer, comme un post-scriptum à lui-même. Il faut les enterrer tout de suite.

Lennie commence à avoir des soupçons, et son abruti de clébard aussi. Il est sans arrêt à renifler du côté des fleurs. L'autre jour, je l'ai surpris qui pelletait de la terre entre ses pattes comme un dément, il avait carrément sorti le bras de Gene, j'ai failli me trouver mal. Heureusement, y avait personne et j'ai pu remettre le bras sous terre. Au chien, je lui ai filé un bon coup de pompe dans le train, il l'avait pas volé. Il a aboyé un petit coup et Lennie est sorti de sa cuisine avec un torchon à la main. Je pense pas qu'il m'ait vue.

« Qu'est-ce qui se passe, Marnie ?

– C'est Bobby qui creuse dans les lavandes, tu peux l'appeler ? »

Malgré mon coup de pied au cul, j'ai encore trouvé cette petite charogne qui reniflait autour de la cabane où j'ai mis Izzy, mais Lennie l'a rappelé et il s'est barré. Il a disparu chez lui par la porte-fenêtre.

« À 17 heures, le dîner, Marnie ? »

Je confirme de la tête, j'adore dîner chez lui, n'empêche que le chien, il va peut-être falloir que je lui règle son compte.

LENNIE

Je suis allé au collège en me faisant passer pour l'oncle Leonard. Là, j'ai été reçu par une femme avec de vilaines dents, Mme MacLeod. Bardée de bijoux exotiques. Du bois et des turquoises partout. Et des relents d'église, à cause du patchouli. Elle était tout sourires, bien sûr, très soucieuse d'accompagner les filles tout au long de leur « parcours éducatif ». Le jargon qu'ils emploient dans les écoles, de nos jours, ça défie l'entendement. Nous avons évidemment évoqué les absences de Nelly, qui, je le lui ai assuré, ne se reproduiront pas. Il est hors de question qu'elle manque les cours. Totalement hors de question. L'école, c'est pour ces filles la seule chose qui fonctionne. Pour Nelly, nous avons fini par tomber d'accord sur une semaine de consigne, ce qui m'a fait de la peine après coup, mais si c'est le seul moyen de la maintenir au collège, il faut le faire. Elle est également tenue de se présenter à cette Mme MacLeod chaque matin. Elle ne va pas apprécier, mais qu'y faire... Si elle ne reste pas au collège, c'est une assistance sociale, et pas cette Mme MacLeod, qui viendra sonner chez elle pour demander des comptes. Et alors, tonton Leonard, il n'aura plus son mot à dire, ça, c'est certain.

Ensuite, nous avons parlé de Marnie. Elle s'est montrée particulièrement concernée par son cas. Elle est même allée jusqu'à me sortir ses copies. Que des A et des A+. Je mentirais en disant que je n'ai pas été surpris. Je n'ai pas vu cette enfant travailler une seule fois, imaginez-vous que je ne l'ai même jamais vue un livre à la main… D'elle, je n'ai jamais aperçu que ses fesses de rat courir après le bus ou sauter à l'arrière du camion de glaces. Selon ce professeur, Marnie a un problème de comportement, mais je me demande ce que ça peut lui faire. Avec de telles notes, elle peut bien braquer des banques, je m'en fiche. Je me demande pourquoi cette femme se fatigue à dénoncer son tempérament, mais l'école a tellement changé. Personnalité, diversité culturelle, on leur apprend même le gaélique, je me demande bien ce qu'ils vont en faire du gaélique, il n'y a plus grand monde qui le parle en Écosse aujourd'hui. Ils devraient leur enseigner l'espagnol et le français, l'allemand même, les langues d'ailleurs, les inciter à défendre de vraies causes, des causes planétaires, à courir le monde avec assurance, à savoir commander un sandwich au jambon au Pérou, mais non, il n'y en a que pour l'Écosse, toujours à arpenter la boue du passé, ce Parlement qui défend une langue cantonnée à des déserts d'emploi, ces îles minuscules où l'on élève des vaches et où l'on se marie entre cousins. Je ne sais pas… Mais on ne peut pas forcer les gens, Joseph. Bref, cette dame m'a demandé ensuite où étaient passés les parents et je lui ai dit qu'ils étaient en vacances, alors elle a voulu connaître mon degré de parenté avec eux et je lui ai dit que j'étais l'oncle de la maman par alliance, au deuxième degré. Elle a semblé s'en contenter. On s'est beaucoup souri.

Elle m'a bien retenu une heure, j'ai dû signer un papier pour confirmer que notre « échange » avait bien eu lieu, l'« échange » se résumant à un tête-à-tête dans une antique salle de classe qui sentait le renfermé et le crayon-feutre. Ai-je précisé que le tableau noir a disparu ? De nos jours, on utilise des « tableaux blancs » sur lesquels on écrit avec de gros marqueurs épais. Ça doit leur coûter une fortune en stylos.

En ressortant, j'ai pu parcourir les couloirs. L'école a des odeurs éternelles, dirait-on. Le désinfectant et la chaussure de sport sont des parfums qui lui appartiennent en propre, mais plus celui de la craie, dommage. J'ai vu l'exposition de peinture des troisièmes, beaucoup de pichets et de pommes, une paire de chaussons de danse avec une rose et une jolie tapisserie avec une coccinelle. À dire vrai, j'étais content de partir et, en sortant, j'ai vu une immense affiche montrant un couteau de cuisine barré d'une croix. PAS D'ARMES, était-il écrit. Puis une autre, en forme de panneau de signalisation : PAS DE DROGUE DANS L'ENCEINTE DU COLLÈGE, avec, en photo, des comprimés, des aiguilles et une cigarette allumée. Honnêtement, je crois que tu aurais été déboussolé.

Je me pose des questions sur ces jeunes. Prends Kim, par exemple. Elle est homo, elle n'a même pas dix-huit ans et elle dispose d'une liberté qui me fait rêver. Moi, à dix-huit ans, jamais je n'aurais pu révéler mon homosexualité à mes parents, je leur ai distillé l'information au compte-gouttes, sur des années. Côté professeurs, elle fait partie d'un groupe de soutien aux homosexuels et ils se réunissent après la gym. J'ai perdu mon poste pour avoir embrassé un professeur, pour t'avoir embrassé, toi. Les temps ont changé. Dans ce collège, nous aurions été conseillés. On nous aurait sûrement organisé un week-end de détente à Paris.

De toute évidence, Marnie est quelqu'un d'important dans leur petite bande, elles sont réunies par des blessures communes, par les souffrances qu'elles ont endurées. Et la vie en ville n'a sans doute rien arrangé. L'abandon et la pauvreté, que de ravages ils font chez les enfants, ils les contraignent à faire main basse sur tout ce qui se présente – à se jeter sur tout ce que leur proposent des inconnus, consolations artificielles ou pratiques odieuses.

J'aimerais emmener Marnie et Nelly loin d'ici, mais elles n'ont même pas de passeport, elles sont enchaînées à ce sort funeste jusqu'aux seize ans de Marnie. Et ensuite ? Un abonnement légal à une existence d'assistées. On ne peut s'y résoudre ni y aspirer, elles méritent mieux que ça et, si Dieu m'accorde le temps de me racheter de mes fautes auprès de ce pauvre jeune homme, j'espère pouvoir le leur prouver.

NELLY

Je me roule en boule et je crie. M. Domble ne sait pas quoi faire et va chercher l'infirmière. Je ravale ma douleur en silence. Ils vont chercher Marnie. Je m'élance vers elle, je l'attrape aux épaules en tirant sur son col en V. Elle me saisit les mains et les repousse. Me dit de me calmer. Je me sens bête, j'ai l'impression d'être un bébé. J'essaie de les oublier, eux qui sont dans le jardin, de toutes mes forces, mais je n'y parviens pas, ils vivent encore dans ma tête, avec une netteté... Je vois Izzy penchée sur l'épaule de Marnie et je vois Gene. J'ai envie de crier, mais les yeux de Marnie me l'interdisent. Elle m'aide à me relever et on nous autorise à rentrer chez nous.

« Lennie se pose des questions », lui dis-je.

Elle fait semblant de ne pas entendre, ce qui me remplit de frayeur. J'insiste :

« Lennie veut savoir où ils sont passés. Mais comment est-ce que je peux lui dire, à lui qui m'apprend Chopin ?

– Continue à faire des crises comme ça et tout le monde va être au courant », lâche-t-elle d'un ton sec.

Notre vie est un enfer et, depuis quelques jours, la colère me submerge. À cause peut-être des réalités qu'on ne peut pas gommer, des contraintes que m'imposent les autres. Oh, maudite Marnie, maudite soit-elle avec son caractère. Je ne suis qu'une douleur.

MARNIE

Elle a fait une crise à la bibli et j'ai dû la ramener à la maison. Elle avait l'air maline. Elle a failli m'enlever mon pull. Je l'ai relevée et j'ai essuyé sa robe vite fait, elle était pleine de poussière. Mme MacLeod nous a laissées partir plus tôt.

En sortant, j'ai pris sa main. J'ai pas pu m'en empêcher. Je déteste quand elle est comme ça, mais j'éprouve aussi d'autres choses pour elle. Elle tremblait comme une feuille et, tout au fond de moi, j'avais envie de la prendre dans mes bras mais, rien que d'y penser, ça m'a fichue mal à l'aise et j'ai eu honte.

En levant les yeux vers les cris qui venaient des fenêtres du collège, j'ai vu ceux de sa classe qui gueulaient « Anormale ! » et « Gogol ! », j'avais la haine. J'ai essayé de me souvenir de leurs têtes pour la leur mettre en purée. C'est ma sœur, ils ont pas le droit. En arrivant chez Lennie, je l'ai installée sur le canapé. J'ai dit à Lennie qu'elle avait eu une crise à l'école. Je lui ai expliqué qu'elle en faisait de temps en temps et il a pas posé de questions, pas une seule, je l'ai béni. C'est épuisant de chercher tout le temps des réponses. Nelly s'est endormie et je suis retournée au collège. Je me sens plus en sécurité là-bas. Je sais pas quoi faire d'elle quand elle est comme ça et, quand elle va se réveiller, je sais que j'aurai rien à lui dire. C'est comme ça en ce moment.

LENNIE

Nelly a mis du sang partout sur le canapé. Heureusement qu'il y avait la housse en plastique. Comme Marnie était repartie en cours, j'ai dû aller chercher des tampons moi-même. J'ai pensé à la pharmacie, mais je suis connu là-bas, alors je suis allé au supermarché et je les ai cachés sous une boîte de corn flakes. Une fois le moment de panique passé, quand elle a compris qu'elle n'allait pas mourir sur place, elle avait l'air d'une perruche ensanglantée. Pourquoi est-ce que je saigne ? Pourquoi est-ce que j'ai mal au ventre ? Combien de temps ça va durer ? J'ai failli hurler. Comment peut-on arriver à l'âge de douze ans, presque treize, sans rien savoir sur le sujet ? Mes sœurs étaient impatientes de grandir, à onze ans elles bourraient leur soutien-gorge de mouchoirs en papier et, au premier saignement, elles ont sauté au plafond. En revenant, j'ai donné les tampons à Nelly, mais, de toute évidence, elle ne savait pas s'en servir. Je n'ai pas su quoi lui dire. Je ne sais pas non plus comment on s'en sert, alors je lui ai fait de l'Ovomaltine et je lui ai donné un biscuit au chocolat.

J'ai dû lui parler du pénis et du vagin, ce qui n'a pas été le plus facile, évidemment je n'ai pas employé exactement ces mots-là, mais, sur le chapitre des MST et de l'avortement, je suis allé droit au but, surtout avec une jeune fille à l'éclosion aussi rapide et gracieuse. Je n'étais peut-être pas obligé de lui parler de l'avortement, mais, dans mon idée, plus tôt elle connaîtrait les conséquences des rapports prénuptiaux, mieux ce serait. Peut-être devrais-je aussi parler pénis et vagin à Marnie, lui dire ce qu'une jeune fille comme il faut peut et ne peut pas faire avec. Elle n'en sait pas plus long que sa sœur.

MARNIE

J'arrivais pas à mettre la main dessus. C'est Izzy qui l'avait fait, cet album photo. Elle avait rassemblé toutes nos photos de famille, le peu qu'il y avait, dans un classeur noir en les fixant avec de la colle et du Scotch. Je la revois en train de le constituer, elle y mettait tout son cœur. Elle arrêtait pas de me passer des photos de bébés sous le nez. Y en avait une en particulier, prise dans un parc, quand Nelly avait à peu près un an. Izzy la tenait contre sa poitrine et Nelly riait en montrant quelque chose au loin avec son doigt. Moi, on aurait dit que je m'éloignais d'elles, que je m'élançais vers l'endroit que Nelly regardait derrière l'appareil, peut-être un toboggan à dévaler ou une balançoire sur laquelle jouer. C'est Gene qui tenait l'appareil.

J'avais un vague souvenir de cette photo dans la main d'Izzy, je me souvenais d'elle en train de la contempler, une tasse de thé à la main, l'air triste, comme si elle voulait pas la voir, mais qu'elle pouvait pas s'empêcher de la regarder. Cette photo était pas comme les autres et, quand j'étais entrée dans la pièce, elle l'avait cachée.

Il faisait un froid glacial dans leur chambre. On avait laissé la fenêtre ouverte pour éliminer l'odeur de Gene et on avait oublié de la refermer. J'ai serré mes bras autour de moi, c'était la Baltique. Dans ma tête, je les voyais encore, je pouvais presque sentir leur présence, même si je savais qu'ils étaient pas là, mais, dans cette pièce, impossible de pas penser à eux. Je revoyais Gene assis dans le lit, qui tirait sur une cigarette, un journal à la main. Du coin de l'œil, il regardait Izzy glisser de son jean dans une jupe, de ses tennis dans des chaussures, se mettre des chouchous dans les cheveux et du parfum sur les poignets. Et Nelly près de Gene, père et fille côte à côte en train de lire, tranquilles. Gene qui attrape un mug de thé et le boit d'un trait en faisant du bruit. Nelly qui grignote un biscuit en faisant tomber des miettes entre les pages de son livre. Je suis au bout du lit, à bricoler une croûte qui me reste d'une chute. Izzy m'engueule, mais je l'envoie bouler, c'est rien, c'est qu'un genou. L'impression qu'on s'aimait alors, que c'était mieux, ça devrait me tenir chaud, mais non, ça me retourne, ça me barbouille le cœur. Je reviens à la froideur de la chambre et à leur lit en fer, le squelette sur lequel ils dormaient et qui est en train de rouiller, le matelas absent, évacué de nuit, la toile maculée d'une auréole qui empestait. On l'a brûlé quelques jours plus tard dans une ruelle du quartier et, au bout d'une semaine, on est retournées pour voir s'il était parti. On a rien retrouvé, à part des ressorts noircis et un conteneur à ordures fondu.

L'album d'Izzy est à côté du lit, ce qui me fait dire qu'elle s'est endormie en le tenant entre ses mains, qu'il a glissé par terre pendant qu'elle regardait les photos de ses enfants quand ils étaient bébés, celles de sa mère, ou peut-être celle de Nelly et moi en train de jouer dans l'herbe avec nos impers assortis. Je me demande si cet album la rendait profondément heureuse ou profondément malheureuse, c'est comme ça, les photos, elles disent tout ce qu'on leur fait dire, personne garde celles qui sont muettes.

L'album photo est noir et, à l'intérieur, Izzy a inscrit tous nos noms et nos dates de naissance, elle a inscrit le nom de sa mère et la date de naissance de sa mère, la date de décès de sa mère. Elle a pas écrit n'importe comment, elle s'est appliquée comme si son encre avait quelque chose d'important à dire.

Les toutes premières images sont celles d'Izzy bébé, inimaginable, mais c'est bien elle, en couleurs défraîchies, un bonnet sur la tête, assise bien droite dans un landau Silver Cross. J'en trouve une autre, Izzy à deux ans peut-être, dans les bras de sa mère, ma grand-mère, une petite brunette avec des cheveux comme des baguettes de tambour. Elle a des yeux verts comme on en voit jamais, comme les miens, mais plus clairs. Poudrés de lavande sur les paupières et soulignés de noir. Elle porte une minijupe verte et un col roulé orange, des semelles compensées, tellement épaisses et massives qu'à côté ses chevilles ressemblent à des petites billes de verre.

Toute l'enfance d'Izzy tient en huit photos, pas une de plus, mais il devait y en avoir d'autres. De son père peut-être, mais elles ont disparu. Balancées. Brûlées. Bannies.

Ensuite, je tombe sur une image prise peu avant la mort de sa mère. Au dos, Izzy a griffonné : « Maman et moi 12 mai 1991 ». Là-dessus, Izzy a que dix-sept ans. Elle est assise à côté de sa mère, qui a les traits tirés et le visage jaune, décharné par le cancer et creusé par le sourire que lui impose l'appareil. Izzy sourit elle aussi, son long bras passé en travers du lit de sa mère, sa main tenant la sienne. C'est une scène tendre, un adieu, comme celles qu'on prend dans les gares et les aéroports, mais rien de tout ça ici, la mère d'Izzy est en train de mourir, elle en a plus que pour quelques jours et elles se reverront plus jamais. La photo suivante montre Izzy plusieurs mois après, enceinte de moi jusqu'aux yeux et soumise à Eugene Doyle, il tient d'une main une canette de bière et de l'autre Izzy.

C'est au milieu de l'album que je trouve la photo que je cherchais. Derrière, Izzy a écrit : « Rothesay juillet 1995 ». On voit des bateaux au fond et un pré entouré d'un mur de galets. Je comprends qu'il s'agit d'un parc à cause du portique verdâtre derrière nous. Le temps est clair, c'est une belle journée, le soleil brille, l'air est pur. J'en ai aucun souvenir, tout ce que j'ai, c'est cette photo, une photo de bonheur, et pourtant Izzy avait l'air amer en la regardant. Des regrets ? De la haine ? Et si Izzy nous haïssait ? Je me pose la question.

Je sais pas pourquoi j'ai vomi et pourquoi j'avais chaud, pourquoi j'étais toute collante de peur. Pourquoi j'ai bu de la vodka avec du lait au chocolat et des crackers. Pourquoi j'ai tout le temps honte de moi. Pourquoi ils me manquent, ces dégénérés, mes parents malveillants, égoïstes. Je sais même pas pourquoi j'étais triste ni pourquoi j'ai sorti la photo de l'album et l'ai pliée dans ma poche arrière, ni pourquoi je pleurais une mère absente et un père absent. C'est là que j'ai compris : je pleurais ce que j'aurais dû connaître. C'est pas la photo d'une famille que j'ai dans ma poche arrière, c'est la photo de quelque chose dont elle a jamais vraiment voulu. Nous, on est arrivées par hasard et, même si elle nous tenait la main, nous embrassait le front et venait parfois nous border, elle avait toujours cette fêlure dans le regard, comme si elle se disait : « Qu'est-ce que je fais là ? ». C'est ce qu'elle nous a laissé endurer qui me fait dire ça.

J'étais seule dans la maison et j'entendais Nelly jouer du violon, le même morceau en boucle, c'est dingue la vitesse à laquelle elle s'empare de ce qui l'attire, la façon qu'elle a de s'imprégner de ses obsessions, de les essorer jusqu'à la dernière goutte. J'adore le violon, sincèrement j'adore, le voir danser avec elle, avec tout son être, mais pas aujourd'hui, aujourd'hui j'ai envie de défoncer le mur et de la choper par son cou de poulet, de l'étouffer, tout plutôt que l'entendre rabâcher son Bach et ses sonates sinistres, faire taire son archet qui bourdonne comme une guêpe dans mon oreille.

Le cirque que ç'a été pour lui montrer comment on met un tampon. Elle était tétanisée, elle comprenait rien. Je lui ai dit : « Tu veux que je te montre ? ». Elle a fait oui de la tête. J'ai posé mon pied sur la cuvette des W-C et je lui expliqué qu'il fallait « le glisser dans le canal vaginal ». Elle était complètement en panique, elle m'a traitée de grosse dégoûtante, elle a commencé à se mettre des coups sur la tête et puis, finalement, elle a tiré le papier sur le rouleau fixé au mur et elle se l'est enroulé autour de la main jusqu'à former une espèce de boule de neige. Et elle se l'est fourré dans le pantalon et a remonté sa culotte. Elle pouvait à peine marcher. Je déteste quand elle est comme ça. Je lui ai dit : « Ça va pas tenir, ça va tomber. » Elle a continué à secouer la tête. Y a pas moyen de lui parler quand elle est comme ça. J'ai fini par lui acheter des serviettes. Elle les a prises, en faisant la gueule évidemment, comme si c'était de ma faute à moi si Izzy était pas là pour lui montrer.

NELLY

Une seringue blanche. En coton, mais d'un rugueux... Abominable. Je saigne si chaud et si épais que j'ai l'impression d'être toute dure à l'intérieur. Tous les mois, m'ont-ils dit. Tous les MOIS !? S'il veut couler, eh bien qu'il coule, ce sang, ai-je dit. Selon Marnie, ce n'est pas hygiénique.

Ils m'ont raconté des choses tellement horribles que j'en suis toute chavirée. Ils ont parlé de garçons et de bébés, ils ont parlé de choses avec lesquelles notre mère était brouillée.

Il faut que je m'habille en adulte, a dit Marnie en utilisant des mots comme « responsabilité » et « maturité ». Je suis responsable. Je suis mature.

« Ils sont sensibles ? m'a-t-elle demandé.

– Mais de quoi me parles-tu ?

– De tes seins. C'est comme ça que tu sauras, le mois prochain. Les miens, ils sont toujours sensibles. Des fois, ils me font super mal », m'a-t-elle dit.

J'ai du mal à trouver mes mots. Pas facile à dire, et à sa propre sœur, en plus. Elle m'a parlé de beaucoup de choses aujourd'hui, Lennie aussi, mais je reste sourde à leurs paroles. Je reste sourde à tout.

Tout cela me dégoûte.

MARNIE

Kimbo, elle est homo, elle fait la fière en ce moment, tout le monde est aux petits soins pour elle, surtout au collège, même Lennie l'écoute. Tout le monde est mobilisé pour la soutenir, sauf sa mère, qui est effondrée. Apparemment elle se dit qu'elle aura jamais de petits-enfants et elle s'en remet pas, mais Kimbo lui a quand même rappelé qu'elle avait encore un utérus. Pas facile pour Kimbo. Sa mère et son père savent plus où se mettre. Elle vient de leur reprocher de pas s'être occupés d'elle depuis qu'elle est au monde. Sa mère est devenue folle en entendant ça, c'est vrai que ses parents lui passent tout, mais d'après Kimbo, c'est par facilité. Elle a pas tort, à mon avis. Ils l'ont laissée fumer à onze ans et sortir après 10 heures du soir presque tous les week-ends. Elle leur a reproché de pas être de bons parents. Ils tombaient des nues. Elle leur a dit que, sous leurs dehors de parents-copains, ils l'avaient négligée. Il faut reconnaître que c'est les seuls spécimens au monde à avoir été surpris par la révélation de la sexualité de Kimbo. Elle a toujours fait hommasse, toujours été très agressive, et même un peu sadique à vrai dire. Elle disait que, si elle frappait les femmes, c'était pour masquer son attirance pour elles. Maintenant, elle s'en veut, elle s'est excusée auprès de filles comme Sarah Pitt, une toute petite avec des cheveux moches. Faut pas oublier que, l'année dernière, Kimbo s'était fait renvoyer une semaine pour l'avoir défoncée à coups de latte. Dernièrement, y a eu le truc de médiation organisé par – devinez qui ? – Mme MacLeod. Kimbo a demandé pardon à Sarah et Sarah lui a pardonné, on discute pas avec une adolescente psychotique qui dépasse le quintal. Kimbo est devenue une abonnée de la médiation, il faut dire qu'elle a tabassé pas mal de monde en son temps, du coup ça fait beaucoup de palabres et beaucoup de bisous, Mme MacLeod est aux anges.

En ce moment, Kimbo est dans l'émotion brute, elle a envie de montrer sa chair, une façon comme une autre d'attirer l'attention sur ses piercings et évidemment sur son nouveau tatouage qui, personnellement, me sort par les yeux. C'est son nom. En chinois. Elle connaît pas de Chinois, mais ça fait rien. Ah oui, elle veut plus qu'on l'appelle Kimbo. Elle dit que c'est un nom qu'on lui a donné parce qu'on avait besoin de mettre une étiquette sur le masculin qui est en elle, mais sans se demander ce qu'il voulait dire, ce masculin, et que, du coup, ça faisait tarte. Elle dit que Kim est une femme qui aime les femmes et que Kimbo était une femme qui s'aimait pas, donc maintenant ce sera Kim. Elle dit qu'on est pas obligées de l'enfermer dans des stéréotypes. C'est son mot en ce moment. « Cliché » aussi, elle aime bien.

La semaine a été longue et je suis morte. Kim me tanne pour que je me fasse faire un tatouage, mais ça me dit rien. D'abord, ç'a l'air douloureux. Susie, elle en a un, tu parles. Aucune volonté, celle-là. Une couronne de lierre autour de la cheville, pour sa mère. Je comprends pas ce qui pousse les gens à se faire écrire leur nom ou leurs secrets sur la peau, pourquoi ils les gardent pas pour eux, comme moi ? Comme cette fille que j'ai vue au Barras l'été dernier. Grande. Blonde. Des dreadlocks, la trentaine, une vraie BD vivante. Sérieux. Des pieds à la tête, que des tatouages, j'avais l'impression que tout son corps me hurlait des trucs.

Jamais j'aurai de tatouage. Mes secrets, ils sont gravés en lieu sûr, à l'intérieur de moi, et j'ai bien l'intention qu'ils y restent.

NELLY

D'abord elles se sont moquées de moi, ensuite elles se sont fâchées.

« Tu peux pas garder tes affaires de gym sous ton uniforme, m'a avertie Sharon. C'est dégoûtant, c'est pas hygiénique. Il faut les enlever et prendre une douche, comme tout le monde.

– Je ferai comme bon me semble », lui ai-je rétorqué.

Elle m'a saisie par les revers de ma veste.

« Enlève-moi ces putains de fringues ou je te les enlève moi-même ! a-t-elle éructé.

– Non », ai-je murmuré.

Alors elle m'a attrapée. A tenté de me déshabiller, mais je me suis défendue comme un beau diable. Je ne comptais pas me laisser faire.

« Mais c'est une vraie anguille ! », a fait Sharon en riant.

Et tout le monde a ri.

« Maintenez-la par terre ! », a-t-elle lancé.

Je me suis retrouvée dans le plus simple appareil et, avant d'avoir pu dire ouf, j'étais sous la douche, savonnée dans les moindres recoins.

« Donnez-lui une serviette », a crié Sharon.

Je hurlais encore, peut-être même que je pleurais… Tout cela est flou maintenant.

« Sèche-toi ! », m'a ordonné Sharon.

Je n'ai pas été assez bête pour lui désobéir et je me suis séchée.

« Si je te prends dans ce vestiaire après la gym à ne pas te doucher ou à repartir avec tes affaires sous ton uniforme, ça ira mal. Vu ? Grosse souillon ! »

J'ai fait oui de la tête et, à compter de ce jour, j'ai veillé à ne garder sous mon uniforme que mon maillot et ma culotte et à prendre une douche avant de partir. Après cela, tout est rentré dans l'ordre, même si Marnie m'a conseillé de porter un soutien-gorge.

« Jamais je ne ferai une chose pareille, lui ai-je dit.

– Très bien. Ne mets pas de soutif. Fais-toi baffer par Sharon et n'en mets pas. Je m'en fous, après tout, m'a répondu Marnie.

– Parle-lui, Marnie. Toi, elle t'écoutera.

– J'ai pas envie qu'elle m'écoute. J'ai envie que toi tu l'écoutes et j'ai envie que tu m'écoutes aussi. Mets un soutien-gorge, bordel ! Prends-en un à moi. »

Je suis allée fouiller dans les tiroirs de Marnie. Elle a un attirail là-dedans... Que de la dentelle et du satin. Des rouges et des bleus, des roses et des jaunes. J'ai opté pour un blanc et un noir. « Super, Nelly », a fait Marnie d'un ton approbateur.

Elle l'a réglé sur moi et j'avais envie de pleurer.

« Je ne peux pas, gémissais-je en essayant de me dégager.

– Ils vont tomber si t'en mets pas. Ça va les empêcher de sauter partout et, si tu trouves le bon, les garçons vont arrêter de les regarder. »

J'ai fini par trouver le bon. « Eh ben voilà, Nelly, t'es magnifique ! »

La semaine suivante, quand je suis arrivée en gym avec mon soutien-gorge, Sharon m'a adressé un sifflement admiratif, j'ai rougi et j'ai eu envie de me rhabiller. « Ça te va bien, m'a dit Sharon. Tu as un beau petit corps, dis-moi ! »

Dans le vestiaire, les autres filles ont acquiescé et nous sommes allées en sport. Je me sentais bien avec mon soutien-gorge, au basket j'avais plus d'aisance pour sauter vers le cercle. J'avais moins mal.

Après, j'ai pris une douche. Sharon a approuvé en hochant la tête.

Elle a été gentille avec moi dans le vestiaire. Après cela, j'ai néanmoins veillé à limiter mes rapports avec Sharon Henry au strict minimum. C'est une rustre qui ne sait pas se tenir et qui passe son temps à glousser avec les garçons. Je ne sais pas comment ils la supportent.

MARNIE

Je suis arrivée en retard. J'avais pas de sous pour prendre le bus, du coup j'ai dû marcher, et puis j'avais envie de faire croire à Kirkland que je viendrais pas. Je veux pas lui donner de faux espoirs. Il est sûrement sympa comme garçon, mais c'est pas mon genre et je tiens à ce qu'il le sache, donc j'allais pas me casser à cavaler, sans compter que je me suis paumée et que j'arrivais pas à trouver sa maison. Je me suis tapé tous les escaliers de la rue pour lire les noms sur les portes. Dans un immeuble, y en avait douze sur l'interphone. J'ai fini par trouver le sien, Milligan, gravé sur une plaque tarabiscotée toute dorée et j'étais sur le point de frapper quand j'ai vu le heurtoir, un de ces engins ! Sérieux, j'arrivais à peine à le soulever, ce bazar. Du coup, j'ai essayé de frapper avec mes petits doigts musclés, mais la porte était balèze et je me suis fait mal. Ça commençait sérieusement à me gonfler de me cailler dans le froid, alors j'ai décidé d'essayer avec les pieds, j'ai mis un ou deux coups de pompe jusqu'à ce que la porte s'ouvre et que Kirkland apparaisse, tout content de me voir, mais, à ce moment-là, il a regardé derrière moi en disant : « Vous étiez où ? ». Dans mon dos, j'ai entendu une voix de femme lui répondre : « En courses. » En me retournant, j'ai vu à qui il parlait, à un couple, la bonne trentaine, qui sortait d'une Coccinelle. J'ai cru mourir.

« Tu veux un coup de main ? a demandé Kirkland à la maman.

– Avec plaisir », a répondu la maman à Kirkland.

J'ai suivi le mouvement.

« Je peux vous aider ? a demandé Marnie au papa.

– Je crois que ça va aller », a répondu le papa à Marnie.

La voiture était là depuis tout à l'heure et ils m'avaient vue martyriser leur porte d'entrée à coups de pied...

Il m'a pas fallu longtemps pour m'apercevoir qu'ils me prenaient pour la copine de Kirkland et encore moins pour comprendre qu'ils sautaient pas de joie. J'ai eu envie de les détromper et de les rassurer en leur disant que je toucherais pas à Kirkland même avec des pincettes, mais j'avais tellement honte avec l'histoire de la porte que j'ai rien dit du tout.

Ils présentaient bien, ils faisaient jeunes. Sa mère m'a demandé de l'appeler Fiona et son père m'a dit qu'il s'appelait Gus. Elle faisait chicos, lui non, mais ça se voyait qu'ils avaient de la thune. J'ai appris après qu'elle était journaliste, et que lui il écrivait de la daube pour la télé.

Ils sont restés de glace pendant un moment, mais ils ont bien vu que, pour Kirkland, ils allaient devoir se dégeler, et puis de toute façon ils avaient des tonnes de questions à me poser.

Première question : « Et donc tu es où au collège, Marnie ? ».

La question la plus perfide qu'on puisse poser à Glasgow, avec « Tu habites où ? », parce que répondre Maryhill, c'est beaucoup trop vague. Croyez-moi ou pas, mais y a de jolis coins à Maryhill, mais c'est pas là que j'habite.

Ça devrait suffire de dire Maryhill, mais non, ma réponse allait confirmer ou infirmer leur jugement à mon propos. Ça m'a donné envie de prendre une petite revanche et de les laisser mariner.

Je me suis rapprochée de Kirkland et j'ai fait comme si j'étais sa copine en posant ma main tout à côté de la sienne, en le touchant à peine, mais assez pour produire l'effet désiré chez M. et Mme Ils-ont-les-idées-moins-larges-qu'ils-croient. Et j'ai porté l'estocade :

« J'habite à Sighthill, Gus, mais cette année je suis à la Maryhill Academy.

– Ça fait une trotte, dis donc !

– C'est un bon collège. C'est important, non ? »

Évidemment, j'habite pas à Sighthill, j'ai juste dit ça pour les faire sursauter un peu et, comme prévu, y a eu comme un temps mort sur leurs deux visages.

La question qu'il a gardée pour lui : *Comment mon fils a-t-il fait pour tomber sur une salope de Sighthill ?*

Les trois questions qu'elle a gardées pour elle : *Qui es-tu ? Une toxico ? Une pute ?*

Dans la pièce, la tension était délectable, tout le contraire du thé vert qu'ils m'avaient servi dans une minuscule théière avec des tasses assorties grandes comme des coquetiers. Ils crevaient d'envie que je les interroge là-dessus pour pouvoir me raconter leur séjour paradisiaque au Tibet. Y avait pas cinq minutes qu'on était ensemble qu'ils me donnaient déjà envie de gerber ; leur thé, aussi, d'ailleurs.

Pour détendre l'atmosphère, Kirkland leur a dit que j'étais dans la classe de Lorna. Fiona aime bien Lorna. Son nom a ramené de la sérénité dans la pièce, elle lui a même trouvé du talent. Apparemment Lorna joue de la guitare. Comme ils sont très branchés là-dessus, nous voilà partis sur les programmes de découverte à Maryhill. C'est ce que fait Susie, en théâtre. Ensuite, ils ont taillé les parents de Lorna pour leur conservatisme, mais c'était pour mieux montrer à quel point eux se trouvaient en phase avec elle. Ils ont enchaîné en disant qu'ils verraient bien Kirkland médecin, qu'il irait en Afrique, et ça m'a sidérée parce que je savais pas qu'il voulait faire médecine ni aller en Afrique. Mais Kirkland les a calmés :

« Je vous l'ai dit, j'ai pas envie d'être médecin.

– Bien sûr que si, a fait Fiona.

– Nan, j'ai pas envie.

– On ne dit pas "nan" à sa maman, on dit "non", a corrigé Gus.

– Je dis juste que je serai pas médecin.

– Mais avant, tu voulais..., a argumenté Fiona.

– Vous voudriez qu'il soit médecin ? », ai-je demandé.

Fiona m'a lancé le regard le plus venimeux que j'aie jamais vu, avant de m'expliquer : « Kirkland a été très gâté par la vie. Comme nous, d'ailleurs. C'est important d'en faire profiter les autres. C'est ce que nous pensons. Nous sommes bouddhistes. »

Ça m'a pas surprise outre mesure, ça se voyait qu'ils étaient bouddhistes. J'ai regardé autour de moi et, je vous le donne en mille, à la place de la cheminée, y avait la statue en bronze du petit gros. Avec un genre de fontaine miniature à côté.

« Donc vous vous dites qu'il peut sauver le monde ou un truc comme ça ?

– Kirkland réussit tout ce qu'il entreprend, a lâché Gus, définitif. Tu sais, fiston, on n'est pas non plus obligé d'aller dans le tiers-monde ni d'être médecin, il suffit d'apporter sa pierre à l'Univers, de créer un monde au-delà de soi-même. En étant ingénieur, peut-être.

– Je vais y réfléchir, a dit Kirkland, qui comptait pas y réfléchir un seul instant, pas parce qu'il s'en fiche, mais parce qu'ils lui disent ce qu'il doit faire et qu'à seize ans personne n'est encore fixé.

– Et toi, Marnie ? Tu as des projets d'avenir ?

– La coiffure. Mais pas dans le tiers-monde. Peut-être sur Byres Road. »

Évidemment, ils en attendaient pas moins et je voulais surtout pas les décevoir. Ils auraient été heureux d'apprendre que je voulais être avocate, ça les aurait tranquillisés, mais ils le méritaient pas.

J'ai tendu la main vers la théière miniature, pas par goût pour leur thé de merde, mais parce que j'avais repéré que Fiona était une grande maniaque et que le fait que je me serve moi-même, malgré tous leurs grands discours sur les vertus du partage planétaire, la stressait. « Laisse-moi faire », elle m'a dit.

J'ai dégusté en faisant tout un cinéma et des bruits de succion extasiés, comme si, parce que le thé était vert, ma vie entière allait s'en trouver transformée.

Ils ont fini par se bouger un peu et par me faire à manger. Des paninis. Mais végétariens et bio, tu penses. Ç'avait dû leur coûter un bras. J'ai eu envie de tout laisser dans mon assiette, juste pour les emmerder, mais je me suis retenue. J'avais une dalle d'enfer. Après ils ont attaqué sur le cancer, comme quoi le bio, c'était vraiment l'avenir, sans se douter une seule seconde que c'était inabordable et qu'y avait des tas de gens qu'étaient déjà bien contents de pouvoir manger tous les jours à leur faim. J'ai pas pu avaler grand-chose.

Le dessert est arrivé avec un café, enfin un espresso, et, comme leur thé pourri, dans des coquetiers. J'ai pris la décision d'offrir à Kirkland un bon gros mug des familles à Noël, pour faire de l'ombre à la dînette de sa maman. Fiona m'a servi une énorme part de gâteau, mais elle a eu du mal à masquer son malaise : au fond, elle avait envie que je me tire et que je revienne jamais et elle flippait trop de me voir emmener son petit garçon à Sighthill pour le mettre sous héro.

D'un seul coup, Gus nous a annoncé qu'il était de Sighthill. Sans donner de détails ni rien, mais il avait l'air gêné. Je lui ai pas posé trop de questions, même si je mourais d'envie de savoir comment on pouvait se retrouver dans une maison de ville à Kelvinside quand on venait de Sighthill, pendant que lui se demandait comment une fille de Sighthill pouvait se retrouver dans sa cuisine de créateur.

« Et ton père, Marnie, que fait-il ?

– Il est agent de change chez LGL, Fiona.

– Ah oui ?

– Nan, c'est un alcoolo. Il est parti quand j'étais toute petite. »

Ç'a jeté un froid. J'ai eu envie d'éclater de rire, parce que c'était à moitié vrai, sauf que, dans l'état où il était maintenant, il risquait pas d'aller bien loin.

« Je suis navré, Marnie, a fait Gus.

– Marn, l'ai-je repris alors que c'est pas mon prénom et que ça sonne mal.

– D'accord, Marn. »

Lui non plus, il a pas trouvé ça terrible. « Je sais ce que tu endures, a poursuivi Gus, ce que c'est de vivre avec des gens comme ça. » Il s'était complètement liquéfié. Fiona, elle, avait envie de se fourrer dans un trou de souris quand il partait dans ce genre de confidences.

« Mon père buvait, mais il a arrêté. On a repris contact et il a cherché à réparer le mal qu'il avait fait, tu vois, mais c'était trop tard. Il est mort l'année dernière.

– Et votre maman ?

– Le cancer. Ça fait dix ans qu'elle est partie. »

Je m'apprêtais à compatir, mais j'ai pas eu le temps. Fiona a lancé : « Un autre café ? » pour annoncer la fin du repas et l'imminence de mon départ.

« C'est parfait, merci. Je suis pas très espresso, lui ai-je dit.

– On va y aller, Marn, s'est exclamé Kirkland en appuyant sur le "Marn".

– Ravie de vous avoir rencontrés », ai-je dit à Gus et Fiona, mais, pour être franche, ça valait seulement pour Gus, maintenant que j'en savais un peu plus sur lui.

Avant que je parte, on est allés dans la chambre de Kirkland, officiellement pour prendre mon manteau, en fait pour que je lui revende deux *jellies* (merci Mick !). Kirkland en raffole. Maintenant, je sais pourquoi.

LENNIE

Il s'appelle Robert Macdonald et a abandonné sa femme et sa fille. Il m'a expliqué qu'il avait été alcoolique et m'a fait part de sa honte d'avoir battu Isabel et sa mère. Je n'ai pas trop su quoi penser de tout cela. Il m'a dit qu'Isabel avait dix ans quand il est parti. Il m'a exprimé ses regrets et son besoin de s'excuser auprès de cette femme – qui, par ailleurs, a elle-même abandonné ses enfants. Il m'a dit qu'il recherchait Isabel depuis longtemps. Aujourd'hui, Robert T. Macdonald est artisan et voudrait se faire pardonner. Il fabrique des fauteuils à bascule et les vend sur Internet, pour la plupart à des Américains. Il a cherché à impressionner Nelly en lui disant qu'il avait beaucoup changé, mais Nelly, effrayée par de telles affirmations, ne savait pas à quoi s'en tenir face à quelqu'un qui, pour elle, n'était rien d'autre qu'un inconnu.

Il est d'une sincérité irréfléchie et je peux pas nier avoir été intrigué par ses yeux, identiques à ceux de la cadette de ses petites-filles. Je lui ai dit qu'Isabel et Gene étaient en Turquie. On n'avait qu'une envie, qu'il s'en aille. Je lui ai dit que j'étais très proche de sa fille et l'ai assuré qu'elle ne serait pas de retour avant septembre. Je lui ai expliqué qu'elle était artiste et peignait des paysages. Il a été content de l'apprendre, Nelly aussi. Dans un certain sens, cela l'a soulagé en atténuant légèrement ses remords : il s'est dit qu'elle avait construit sa vie malgré lui et qu'elle ne l'avait pas subie à cause de lui. Si seulement c'était vrai. À cet instant, j'ai eu envie de lui dire la vérité, il l'aurait mérité. *Votre fille est une traînée et personne ne sait où elle est.* Évidemment, je n'en ai rien fait. C'est un homme très grand. Il a des mains comme des pelles.

En partant, il m'a remercié pour le thé et le gâteau au citron que j'avais fait la veille au soir. Personnellement, je l'avais trouvé un peu sec, mais il en a pris deux tranches, ce qui était fort aimable de sa part. En tout cas, il m'a confié une photo de sa fille et, immédiatement, j'ai été frappé par la ressemblance avec Marnie. Robert m'a demandé de la remettre à Isabel, il y avait un numéro écrit au dos, c'était une photo ancienne, décolorée par endroits, représentant un homme beaucoup plus jeune – je me suis dit que c'était lui – qui serrait dans sa main celle d'un enfant en qui j'ai reconnu Isabel. Cette photo a bouleversé Nelly. Elle se l'est accaparée et n'a plus voulu la lâcher. Il l'a remarqué et nos regards se sont croisés. C'est alors que Marnie est arrivée : elle a ouvert la porte d'un seul coup et a surgi, trempée jusqu'aux os.

Il a dit : « Isabel ! ».

NELLY

Un type aux cheveux grisonnants s'est présenté comme notre grand-père, le père de notre mère.

Lennie a été très bien, comme toujours, il ne s'est pas attardé sur ses aveux de maltraitance. Moi, en revanche, ils m'ont effrayée.

Nous avons dû mentir à cet homme, nous n'avions guère le choix. Qu'importe de dire la vérité à un inconnu, puisqu'il en sait trop peu et ne peut juger de rien.

Mère est partie, nous n'y pouvons rien, mais il me tardait que ce monsieur, qui venait de dévorer la presque totalité du gâteau de Lennie, s'en aille. Et avant que Marnie revienne, car elle risquait fort de défaillir en le voyant.

MARNIE

Il dit qu'il a déjà été à Barcelone, à Séville, au Maroc et en Égypte. Qu'il voyageait pour chercher des modèles de menuiserie. De meubles. À un moment donné, il a parlé de fauteuils. J'ai eu envie de m'arroser d'essence et d'allumer une clope. Il était lourd, mais d'un lourd... J'ai eu droit à toute sa vie. En regardant la photo d'Izzy toute petite serrant la main de son père, j'ai eu envie de lui balancer un truc à la tête. J'imagine la douleur de ma mère en tombant là-dessus, je l'imagine en train de se souvenir de sa vie au-delà de cette photo et j'imagine son coup au cœur. Il nous a raconté qu'il la battait, qu'il battait sa femme, et même s'il regrette ses péchés il est trop tard pour se racheter. Il a pas l'air de s'en rendre compte, mais moi si, et Nelly aussi. C'est pathétique et triste, mais pas pour lui. Pour sa fille, morte et à moitié enterrée. J'avais envie de boire et de fumer, mais c'était pas trop possible. J'avais qu'une hâte, qu'il dégage, mais Lennie s'est mis à faire passer les tasses et les soucoupes, les briquets et les cendriers. C'est là que je me suis dit *Oh et puis merde !* et que j'ai sorti une cigarette, histoire de voir la réaction de papy, il a un peu tiqué, je lui en ai proposé une, mais il a refusé en me disant qu'il avait arrêté en découvrant Jésus.

J'ai fumé en le regardant dans les yeux, tels deux cow-boys qui se jaugent dans la poussière de la piste avant de dégainer. Mon arme était chargée. Inutile de vérifier. En guise de balle, j'avais une fille morte. Lui, je sais pas.

« Elle nous a dit que vous étiez mort.

– Eh bien, c'est faux !

– Visiblement..., ai-je constaté.

– Ce gâteau est divin, Lennie, non vraiment ! a fait Nelly pour détendre l'atmosphère, mais sans trop de succès. Tu es un vrai chef pâtissier, mon vieux ! Nous tenons là une perle, n'est-ce point votre avis, M. Macdonald ? »

L'espace d'un instant, il a rien dit, comme tous ceux qui rencontrent Nelly pour la première fois. Il est resté abasourdi et muet. Il cherchait à comprendre, sans y parvenir. Il a hoché la tête. « Il est excellent », il a dit à Lennie.

Nelly m'a souri avec, dans l'œil, une lueur de connivence. Jamais on dira à cet inconnu où se trouve Izzy. On gardera notre secret, on le gardera envers et contre tous.

LENNIE

Quand les filles l'ont trouvé sur le canapé en se réveillant, elles n'étaient pas spécialement joyeuses, et quand je dis « elles », je pense plutôt à Marnie, mais je suis chez moi et j'invite qui je veux. En tout cas, en la voyant, il est devenu tout pâle et a failli tomber dans les pommes. Elle ressemble tellement à Isabel petite qu'il en est presque mort de saisissement, ce qui m'a un peu surpris puisque, maintenant, elles n'ont rien à voir l'une avec l'autre. Nous avions passé la soirée à discuter, rien de plus. Je voulais me faire une idée du bonhomme. Les protéger. Il n'a pas toute sa tête. Je l'ai vu à ses yeux.

J'ai d'abord lancé la conversation sur la politique. C'est un conservateur farouche, et très religieux. Ensuite, il s'est mis à parler de ses voyages, visiblement certain de me fasciner, mais j'ai moi-même un peu bourlingué dans ma vie et je n'ai guère été impressionné. Je lui ai découvert des failles, des failles secrètes. Je l'ai trouvé terne.

Il a gagné pas mal d'argent avec son activité et ne fait pas mystère de ses revenus. Il a l'intention d'en offrir la plus grande part à la fille qu'il a perdue, en pensant sûrement se rattraper, peut-être la faire changer d'avis, mais il n'en sera rien et, de toute façon, ce n'est pas ce genre de geste qu'elle attend. Il vit à l'aise, sait tenir une maison et entend couler des jours heureux. Il a un emplacement au Barrowland, un atelier qui marche bien et un apprenti dont il est fier, un jeune gars qu'il a trouvé dans la rue, nous a-t-il expliqué. Il lui verse un petit salaire pour s'occuper du stand et lui apprend le métier. Le jeune habite dans l'atelier. Selon Robert, c'est un menuisier-né. C'est formidable ce qu'il a fait pour ce gamin-là, ça m'impressionne, mais pour le reste ? Il m'a l'air assez aimable, mais il y a chez lui une tension, je le sens, une sorte d'aigreur et c'est ce qui me contrarie. Il me dit qu'il a un site web et se surnomme « L'authentique artisan ». Les Américains se pressent chez lui, mais il faudra autre chose qu'un slogan accrocheur pour attirer l'attention de ses petites-filles, ça, j'en suis persuadé.

Il s'intéresse à elles, c'est évident, même si Nelly l'a sans doute déstabilisé et qu'il a été visiblement agacé de voir Marnie fumer. Il veut tout savoir d'Isabel, c'est normal, mais je n'ai pas grand-chose à lui dire sur sa fille, et le peu que je sais il n'est pas prêt à l'entendre. Il est plein de remords et de honte, et m'a raconté sur son ex-femme, la mère d'Izzy, des histoires qui m'ont empli de pitié pour leur fille, mais l'image d'Izzy vautrée dans son Caddie, jambes écartées, buvant du Buckfast au goulot, m'est revenue et a quelque peu dilué ma compassion.

Il m'a demandé si, à mon avis, elle le recherchait. J'ai fait non de la tête. À cet instant, il m'a ému. Il a fait celui qui s'en moquait, mais je savais qu'il n'en était rien.

Le petit déjeuner était copieux. Chez moi, il l'est toujours : saucisses, bacon, pain grillé et œufs (en ce moment, j'essaie désespérément de remplumer Marnie, elle n'a que la peau sur les os, celle-là). À mon avis, elle est anorexique. L'autre jour, je lui ai demandé comment elle se sentait et, comme de bien entendu, elle m'a répondu que tout allait bien avant d'attraper un toast et de filer dehors plus vite que l'éclair.

Elles passent l'essentiel de leur temps ici. Elles se faufilent par l'arrière pour que les voisins ne les voient pas, encore qu'ils ne remarquent pas grand-chose, on peut même dire qu'ils sont quasiment aveugles : l'absence de deux parents indignes et l'abandon de deux enfants martyres sont quand même passés inaperçus... Ça me rend malade. Il y a de quoi, non ?

MARNIE

Lennie a gardé le père d'Izzy chez lui pour la nuit. J'ai cru mourir en le trouvant sur le canapé. Il m'a demandé ce que je comptais faire aujourd'hui. J'ai dit : « Rien » et je suis sortie avant qu'il me pose d'autres questions.

Qu'est-ce qu'il fait ici ? Qu'est-ce qu'il veut ? En tout cas, il manque pas d'air pour débarquer comme ça à l'improviste. Et qu'est-ce qu'il espère, au juste ? Qu'Izzy se pointe et lui tombe dans les bras ? C'est sûrement ce qui se passerait, la connaissant, si elle avait encore des bras en état de marche. Elle était comme ça, toujours à faire plaisir à tout le monde, incapable de dire non, même à Gene.

Il arrête pas de nous demander si on a besoin de quelque chose, mais plutôt manger de la merde que d'accepter son fric. Je me dis que, s'il avait été un meilleur père, on aurait peut-être eu une meilleure mère.

Ce qu'il va faire maintenant, c'est rester là et l'attendre et, comme il verra rien venir, il va poser d'autres questions. On est mal. Si on a pas eu trop de difficultés à planquer Gene et Izzy sous les fleurs, c'est uniquement parce que, à part Mick, personne cherche à savoir ce qu'ils sont devenus. En bref, Gene revendait pour lui et, quand il est « parti », il devait à Mick beaucoup de blé. D'après Mick, ça se chiffre en milliers de livres, mais, ces milliers de livres, c'est à Vlado qu'il les doit et, comme ses associés, Vlado se fout pas mal que Mick puisse pas payer, du coup Mick a dû vendre la moitié de ce qu'il y avait chez lui, dont une belle télé à écran plan, mais ça a pas suffi. D'ailleurs, Vlado est passé au camion l'autre soir. J'étais en train de réviser à l'arrière. Il m'a pris le bouquin des mains, l'a feuilleté et m'a demandé si je connaissais la différence entre le périmètre d'un cercle et son diamètre.

J'ai répondu :

« La circonférence d'un cercle est la longueur de la ligne courbe qui en fait le tour.

– Et comment la trace-t-on ?

– À l'aide de son centre et de son rayon.

– Quel est le rapport entre la circonférence d'un cercle et son diamètre ?

– Pi.

– Très bien », il a dit en me rendant le livre.

Puis il m'a détaillée des pieds à la tête, comme il avait fait dans l'escalier, et il a ajouté :

« L'école, c'est mieux qu'ici, non ?

– Sûrement, oui. »

Il a rien répondu, comme s'il s'était parlé à lui-même, comme s'il avait rien dit du tout.

Quand Mick est revenu de la tour, Vlado l'a pris à part. Vlado est plus grand que lui, plus jeune, plus fort. Il a le visage dur, les yeux doux. Ses cheveux sont noirs et fins, ils lui tombent un peu sur le visage. Il porte un trois quarts de l'armée. Des bottes en cuir. Il sent le propre, comme s'il sortait de la douche.

En tout cas, je voyais bien qu'ils parlaient de moi, ils se retournaient tout le temps vers moi en hochant la tête, en faisant des grimaces. Vlado a enfoncé son doigt dans l'épaule de Mick, l'a poussé un peu, je sais pas ce qu'ils se disaient, mais Mick avait l'air d'avoir peur. Quand il est revenu au camion, je lui ai demandé ce que Vlado lui voulait et il m'a dit :

« Il veut plus que tu travailles pour moi.

– En quoi ça le regarde ?

– Ça le regarde, c'est tout.

– Alors, c'est comme ça ? Plus de tournées ?

– Plus de tournées.

– Il t'a demandé de me virer ?

– Je suis désolé.

– Mais moi, j'en ai besoin, de cet argent !

– Je m'en fous que t'en aies besoin. Ton père, il a mon fric et, tu vois, si je le trouve, je lui taille la gorge à ce connard.

– Et nous ?

– T'as quinze ans. Je suis marié. On n'en parle plus. »

J'ai rien trouvé à lui répondre. Il a garé le camion une minute.

« Si Gene réapparaît, appelle-moi. S'il se pointe et que tu m'appelles pas, tu vas t'en souvenir, poulette. Compris ?

– Tu me dois de l'argent.

– Quand ton père m'aura donné le sien, je te donnerai le tien. »

Et il a redémarré. J'étais pas tout près de la maison, j'avais que trois livres en poche et il était tard. Ce Vlado, j'ai envie de le tuer. La manière dont je gagne de l'argent, c'est pas ses oignons, mais Mick, il tremble devant Vlado comme devant ceux qui l'emploient. Ces gens sont dangereux. Ça lui apprendra à être gourmand. Comme Gene avait des contacts dans les facs et les universités, Mick a dit qu'y avait du fric à se faire. Mais c'était avant le départ de Gene.

Je sais pas où il a mis ça, sa planque je veux dire. Je sais que c'est pas dans la maison, mais ça pourrait, alors tous les jours avant l'école je fouille un nouveau coin, mais rien.

Ç'a vraiment été une semaine de merde, franchement. Nelly a oublié son anniversaire et elle s'est fâchée quand on le lui a rappelé. Lennie lui avait fait un gâteau, mais elle l'a balancé contre le mur. Sérieux. Après, elle s'est mise à pleurer et ensuite à hurler. Une scène d'apocalypse. Lennie était horrifié. Il lui avait offert une jolie boîte de parfum, et moi, des boucles d'oreilles, mais du coup j'ai préféré les garder parce que c'est vraiment la dernière des garces. J'étais contente de la voir partir dans sa chambre. Lennie aussi. Elle est trop bizarre, des fois. J'aime pas dire ça, mais c'est vrai. Pourquoi elle arrive pas à être normale ?

Après, je suis allée chez Kirkland et on a baisé, je sais pas pourquoi. Quand on a eu fini, il a voulu me câliner mais, moi, j'avais juste envie de me casser. Franchement, je me sens mal d'avoir fait ça avec lui. Il a voulu me filer du fric pour rentrer en taxi et j'ai cru qu'il me prenait pour une pute, je lui ai dit : « Va te faire foutre, je vais marcher ! ». Après, il était mort de honte et il a proposé de me raccompagner, mais je lui ai dit qu'il était que 9 heures du soir et que les violeurs commençaient leur journée qu'après la fermeture des pubs. Il a trouvé ça drôle, mais c'est parce que c'est un âne. Ensuite, il m'a laissée partir et il a essayé de m'embrasser, mais je l'ai pas laissé faire. Je l'aime pas, même pas un peu.

NELLY

Ah, j'en veux à Lennie pour son gâteau de grande et à Marnie pour son cadeau de grande. Comme si j'avais besoin de boucles d'oreilles… Mes oreilles ne sont pas percées. C'est un jour comme les autres, cela a toujours été un jour comme les autres et, pour moi, il ne change rien. Si seulement ils avaient pu ne pas s'en souvenir, comme moi… Un gâteau et des cadeaux. Des bougies et une inscription au sucre glace : « Treize ans » et « Bon anniversaire ! ». Comment ont-ils osé ? Intolérable. Exaspérant. Je ne veux pas en entendre parler. Ce n'est pas mon anniversaire. Cela n'a jamais été mon anniversaire, à moins que Marnie ait oublié la mémoire défaillante de mère et de père et, à chaque fois, notre attente. Leur bouche arrondie quand on le leur rappelait, la honte d'avoir eu à le leur rappeler… Peut-être Marnie a-t-elle oublié ses treize ans à elle, quand père lui avait dit qu'elle était une femme désormais et l'avait poursuivie de pièce en pièce avec des marguerites et du gin… Moi, je ne l'ai pas oublié, car il faut être inconscient pour proposer de l'alcool à une adolescente. C'est interdit. On peut s'attirer les pires ennuis avec la justice en incitant un mineur à boire. Heureusement, elle n'en a pas bu, pas une goutte, mais lui, si, et en abondance pour autant qu'il m'en souvienne. Mère s'était endormie et n'avait pas paru le moins du monde passionnée par cette soirée, pas même par Marnie, contrainte elle, d'aimer les marguerites, une fleur qui pourtant ne la passionne pas du tout.

LENNIE

Nelly était furieuse. Dommage car je lui avais fait un beau gâteau d'anniversaire, une génoise à la framboise, fourrée de crème au beurre, avec une sauce à la liqueur épatante. J'ai failli hurler quand elle l'a lancé contre le mur. Elle aurait pu au moins y goûter avant. Quel caractère cette enfant, elle pleurait tout ce qu'elle savait, tandis que, moi, je me demandais comment j'allais ravoir ma tapisserie. Elle aurait mérité une bonne fessée. J'imagine la tête de ma mère si j'avais lancé ne serait-ce que la valeur d'une cuillerée à café dans la maison… C'est qu'elle était très stricte, ma mère. Quant à mon père, lorsque j'étais encore à la maison, il passait le plus clair de son temps dans un fauteuil, près de la fenêtre, à lire ses journaux et à nettoyer ses lunettes. Je ne pense pas qu'il ait levé les yeux sur moi une seule fois en trente-cinq ans et, si cela lui est arrivé, c'était uniquement parce qu'il était tombé sur les fesses et qu'il avait besoin d'aide pour se rasseoir dans son fauteuil. « Tu es un chef, Lennie », me disait-il alors.

Quand ma mère est morte, il s'est retrouvé tout seul dans la maison. Allait-il en partir ? Certes non. « Je suis ici chez moi et j'entends y rester, je ne tiens pas à me ratatiner dans un lit d'hôpital. Je préfère mourir derrière cette porte ! », s'exclamait-il, et c'est exactement ce qui s'est produit. Il avait appelé ma sœur Eve en disant qu'il se sentait souffrant et en lui demandant de passer, mais Eve n'avait pas pu et cette peste m'avait appelé, quel culot quand même… Il avait fait une attaque et son petit corps était si froid que je n'aurais pas pu dire depuis combien de temps il gisait là, mais pas trop longtemps, les vieux ont toujours froid, c'est connu. Pour autant, j'ai culpabilisé, et pendant longtemps. Même maintenant, je me demande si je n'aurais pas pu faire plus vite, mais, bon, j'étais en train de dîner et je ne me doutais pas qu'il allait mourir.

Je me demande souvent où j'aimerais mourir. Je suis vieux et, depuis peu, mal en point. Le médecin me dit qu'il faudrait que je passe une IRM, histoire d'écarter certaines hypothèses. Je pense que ça ne me ferait pas de mal.

Je me fais bien du souci, ces temps-ci. Je ne sais pas trop pourquoi, surtout pour mon chien… oh… je me fais du souci en ce moment, c'est pour le chien… du souci. Et le chien. Je me fais du souci pour le chien. Je suis soucieux pour le chien.

NELLY

Robert T. Macdonald n'a pas fait allusion à mon anniversaire. Il n'était pas au courant et je m'en suis félicitée. Il n'y avait donc ni gâteau ni bougies. Mais des œufs et du bacon. De la nourriture de prolétaire. Il y avait aussi des galettes de pommes de terre, mais je n'y tiens guère. Chacun ses goûts.

J'ai noté qu'il faisait un bruit de terrassier en buvant son thé. Il m'a proposé des haricots. Il m'a proposé du Coca dans un verre. Il n'y avait pas de corn flakes. « Moi, il me faut mes céréales... », ai-je annoncé.

Il en a parlé à la serveuse. Elle a fait un signe de tête et m'a apporté un mini-paquet de Krispies.

« Non, ai-je suffoqué d'horreur, il me faut des corn flakes. Des corn flakes. De grâce ! Ceux-là, je ne peux pas les avaler. C'est des corn flakes que je veux !

– Très bien, calme-toi. On va t'apporter des corn flakes », m'a-t-il assuré.

Sa voix était douce et je me suis sentie tout à fait apaisée.

La serveuse n'a pas tardé à revenir.

« Pouvez-vous remporter celles-ci ? a-t-il demandé. Ce sont des corn flakes qu'il nous faut.

– J'avais bien compris », a-t-elle ironisé.

Méchante femme. Avec ses boucles d'oreilles qui pendouillaient, ses ongles comme ceux de Nosferatu en personne… Créature insignifiante et malsaine.

Quelques minutes plus tard, elle est revenue avec un paquet de taille identique avec, à l'intérieur, le meilleur aliment qui soit. J'ai versé mon Coca sur cette bolée croustillante qui s'est mise à pétiller. « C'est bon, non ? », m'a-t-il fait avec un sourire.

J'ai fait oui de la tête : « C'est meilleur que tout ! ».

Il m'a posé des questions, des questions sur Izzy, sur Gene, mais surtout sur Lennie. Moi, je n'avais pas de questions, pas pour Robert T. Macdonald, je n'avais que des réponses, que des mensonges. Par les temps qui courent, le mensonge est une nécessité. Je ne lui ai pas parlé non plus de notre voyage à la mer. Cela ne le regardait pas, rien ne le regarde.

PRINTEMPS

LENNIE

Des vallons verdoyants et des collines ocre tout au long du chemin jusqu'à Firemore. J'avais fait des sandwichs pour la route. Jambon-fromage. Une Thermos de thé. Je suis très thé. Des briques de Ribena et des yaourts pour les filles. Des choses qu'aiment les enfants. Des bricoles à grignoter et des barres chocolatées, et puis des nounours en guimauve.

Les filles ont été étonnées que je sache conduire. J'avais dû louer une voiture, évidemment, une espèce de 4 x 4, une grosse, très spacieuse, rien à voir avec ta Saab chérie, qu'est-ce que tu pouvais l'aimer, cette voiture… Je t'avais supplié de t'en débarrasser, mais il n'y avait rien eu à faire, même quand un pneu avait éclaté à la sortie d'Inverness. Il pleuvait à verse et plus une goutte de thé. Un froid de canard. Avec cette voiture-là, on n'allait pas tomber en panne, elle avait un lecteur CD et tout ce qu'il fallait, Marnie était ravie. Il y avait même des petits casques, comme dans les avions, du coup Marnie a pu écouter ce qu'elle voulait.

Je pouvais voir les filles dans le rétroviseur. Marnie qui secouait la tête en rythme et Nelly qui dessinait des sourires sur la vitre. Elle paraissait assez en forme, elle a lu un peu, mais elle a surtout fait des sudokus. À peu près toutes les deux heures, il fallait sortir le chien pour qu'il se dégourdisse les pattes, mais en laisse pour qu'il ne se sauve pas. Ces moments enthousiasmaient Marnie. Cela dit, je ne pense pas qu'elle ait beaucoup d'affection pour mon chien.

Il a fallu marcher en plein vent jusqu'au cottage. Nous avions garé la voiture à côté du mur de galets, il se fait vieux, il tombe en ruine, mais nous avons quand même réussi à l'escalader sans trop de problèmes.

Elles ont été fort impressionnées par le cottage, moi, ce spectacle, évidemment j'y suis habitué, mais les voir admirer le paysage me l'a en quelque sorte fait redécouvrir, du coup je l'ai trouvé plus pittoresque que d'ordinaire, surtout lorsque la mer bondit sur la plage comme un chien qui gambade.

Quand nous avons ouvert la maison, elle était glaciale, mais il y avait pas mal de bûches dans la grange et j'ai réchauffé les lieux en un rien de temps. Nelly et Marnie sont descendues jusqu'à l'eau et j'ai préparé à dîner.

En lavant les pommes de terre, je les regardais par la fenêtre, à croire que je passe mon temps à les épier, sûrement pour essayer de glaner des informations, mais elles sont très discrètes sur les trous qu'il y a dans leur vie. Elles ont lancé des cailloux et ramassé des coquillages, comme le font tous les enfants au bord de l'eau. J'ai vu Marnie atteindre la limite du sable, là où l'eau déferle en rouleaux avant de repartir. Au début, je me suis un peu inquiété, mais elle s'amusait, c'est tout, elle a mouillé ses chaussettes. Nelly s'était trouvé un bâton et dessinait des cœurs sur le sable ; elle écrivait des prénoms à l'intérieur, de garçons sans doute. Ce n'était pas du goût de Marnie, qui s'est assise toute seule, un peu à l'écart. Nelly est allée la retrouver, s'est assise près d'elle, puis elle a passé ses bras autour d'elle et l'a serrée.

Je n'aurais pas dû être témoin de cette scène, c'était un moment intime, mais j'étais pétrifié derrière ma vitre. Ensuite, elles ont marché, main dans la main. Chaleureuses. Proches. Impénétrables. Le chien les a suivies, clopin-clopant.

Le repas qui a suivi a été délicieux, Nelly nous avait fait un crumble, toute seule, aux pommes et aux mûres. Elle s'était bien débrouillée. Elle m'avait observé en cuisine peu de temps auparavant, pour être franc il y avait un petit peu trop de pâte à mon goût, mais nous y remédierons. Je lui ai montré comment accommoder l'agneau, un beau gigot avec du romarin et un peu d'ail, ensuite nous avons mangé et un peu discuté, comme une vraie famille.

Marnie m'a fait part de son intention d'aller à l'université, mais sans trop savoir encore quoi étudier. Elle a du mal à voir plus loin que l'adolescente qu'elle est encore.

Elles m'ont posé beaucoup de questions autour du cottage, comment nous en étions devenus propriétaires, etc. Je leur ai expliqué que tu l'avais hérité d'Edward, l'obscur oncle maternel, la folle effarouchée du Somerset ; je ne parlerais pas d'antécédents familiaux, mais enfin un aveugle avec les yeux bandés aurait deviné qu'il était homo, ce n'était pas bien difficile vu son peu d'intérêt pour les dames, et il avait donc choisi de vivre en reclus. Pour moi, c'était un exil. Ce n'est que plus tard que nous nous étions dit que ta famille était sans doute au courant depuis le début, mais qu'elle s'était mise d'accord avec Edward pour l'héberger dans ce cottage, avec sa honte et sa volonté de se cacher à ses propres yeux. Toi, tu avais dû vivre dans la terreur qu'ils découvrent la vérité à ton sujet car ta situation était tout à fait semblable, pas de compagne attitrée et une cohabitation avec Lennie, le bon vieux copain de fac. Cette ignorance était feinte, si tu veux mon avis.

C'est avec une grande tristesse que nous avions fouillé dans la solitude qu'il avait laissée derrière lui. De vieilles affiches de boxe montrant des hommes en sueur, torse nu, avec leurs ecchymoses et leurs protège-dents. Une collection de cassettes vidéo avec notamment un coffret du *Fantôme de l'Opéra* et un intérêt assez troublant pour la reine d'Angleterre.

C'était lui rendre hommage que de vivre ici comme nous l'avions fait, d'apporter à cette retraite de bord de mer une consolation inespérée, dans une transparence qu'il n'avait jamais connue de son vivant et avec un amour qu'il avait probablement appelé de ses vœux des centaines de fois. Nous nous sentions toujours divinement bien dans cet endroit, savourant une vision du monde à laquelle nous aspirions, dévorés d'appétit pour cet amour qui n'ose pas dire son nom, mon âme cousue à la tienne. Notre broderie enchantée.

NELLY

Quel merveilleux séjour ! Pêcher sur un bateau. Lire près du feu. Marcher sur la lande. Nous avons fait rôtir des marshmallows, dégusté des sardines sur du pain grillé. J'ai même dormi avec Bobby, il faisait un froid dans cette maison... Pas de chauffage central. Avec Marnie, nous avons aplani nos différends et, pour le coup de poing sur la bouche, je lui ai pardonné. Nous sommes de la même famille et nous nous devons de franchir cette période éprouvante en nous serrant les coudes. Laisser les parents enterrés et préserver son secret. C'est vraiment la plus formidable des sœurs. Je suis bien lotie, je suis en sécurité, même si elle n'a guère apprécié ce que j'ai écrit dans le sable. Ma sœur a un gros problème avec ceux qui réfléchissent par eux-mêmes et, évidemment, les pensées qui m'occupent ne coïncident pas toujours avec ce qu'elle attendrait de moi, mais je ne peux pas m'empêcher d'éprouver ce que j'éprouve ni de dire ce que je pense. En vérité, je garde souvent pour moi ce que j'ai sur le cœur et, en général, j'observe le silence. Pour l'instant, elle ne m'en demande pas plus et, sur ce plan-là, elle aura toujours ma loyauté.

MARNIE

En fait, j'avais pas envie d'y aller. Passer une semaine avec Nelly en étant coincée dans un trou paumé, ça me foutait les jetons. Concernant Lennie, c'est un gars formidable et, à l'heure actuelle, on pourrait pas se passer de lui, mais il se la joue un peu autoritaire ces temps-ci, il me dit sans arrêt ce que je dois faire. Il emploie des mots comme « jeune demoiselle » et adore celui de « consciencieux ». Sérieusement, ça me gonfle. Je sais qu'il essaie de m'aider, mais j'ai pas besoin qu'on m'aide. J'ai besoin qu'on me laisse tranquille. Dans quelques semaines, j'ai des examens. Je me tracasse pas ni rien, mais quand même, c'est stressant, toutes ces copies à remplir. Je finis toujours la première, et après il faut prendre son mal en patience et attendre qu'un autre ait fini parce qu'on nous laisse pas sortir tout de suite. Des fois, j'ai envie de pas y aller et de me saborder, d'avoir une panne d'oreiller ou je sais pas quoi. Un jour je l'ai fait pour un contrôle de maths. M. Weston avait trop les boules. Il m'a dit que je « gaspillais mon talent » et m'a donné cent lignes à copier. Trois pages de conneries à écrire, recto verso. Quelle enflure !

Le voyage s'est bien passé, on avait une bagnole sympa et, avec mon casque, j'ai pu m'isoler de Nelly ; mais j'avoue, pour une fois, elle avait pas trop de choses à raconter. Et puis il faut tout le temps qu'elle soit avec Lennie. Elle le considère comme un membre de la famille, comme son grand-père. Je pense qu'elle a besoin qu'on prenne soin d'elle, mais, en ce moment, c'est au-dessus de mes forces. Elle était excitée comme une puce avant de partir, elle a fait son sac trois jours avant et elle a lu durant tout le trajet : le bonheur !

La maison était fabuleuse, c'est le genre d'endroit où tu rêves d'habiter, mais punaise c'est loin et ça caille, mais quand même c'est excellent comme planque. On avait une plage et un bout de mer pour nous tout seuls, un endroit comme ça, tu y vas les yeux fermés. Avec Nelly, on s'est un peu embrouillées, elle avait écrit les noms d'Izzy et Gene dans un cœur sur le sable et, dessous : « Reposez en paix ». Je lui ai fait effacer et, après, j'ai boudé sur le sable pour bien montrer que j'étais en rogne. Elle a beaucoup regretté et elle m'a même fait pitié, surtout quand elle m'a prise dans ses bras. Je l'ai laissée faire. Elle l'avait pas fait exprès, pas vraiment. Elle est un peu barge et puis j'avais pas envie de gâcher nos vacances. Je savais que ce serait bien à cause de la mer, ça sentait bon, ça me calmait.

Lennie avait une barque, il est plein de ressources celui-là, il sait ramer et tout. Il nous a emmenées pêcher, on a rien attrapé, mais après, comme par magie, y avait de la truite au dîner... Lennie congèle tout. Il a de la sauce spaghettis qu'il sort de je ne sais où et des tas de Tupperware remplis de toutes sortes de sauces, il avait tout apporté dans un genre de glacière, avec des palourdes, des Saint-Jacques, du pain, et même des sablés. Il serait capable de se congeler le bras s'il était sûr d'en faire un bon bourguignon. C'est vraiment un accro de la cuisine, le genre à faire des amuse-gueules. Si vous voulez mon avis, c'est gâcher de la marchandise, on se bourre et, après, on n'a plus faim, mais il aime bien en faire et moi j'adore l'houmous. Je pourrais en boire avec une paille. Lennie, il pourrait passer littéralement des heures dans sa cuisine, sans blague, et son étagère à épices alors, il la vénère. Il a des trucs pas possibles là-dedans, comme des feuilles de laurier et de l'estragon, et vous verriez la cuisinière qu'il a, elle doit avoir cent ans, je sais pas comment ils l'ont amenée là.

L'autre chose que j'adore chez Lennie, c'est sa façon de mettre la table pour le dîner, on a l'impression d'être dans un trois étoiles. Il met une nappe avec des serviettes assorties, il prend des coquillages, des galets ou des fleurs, selon ce qu'il a trouvé ce jour-là, et il fait des couches dans un vase ou il les dispose sur des assiettes peintes à la main ; un jour il est allé chercher de la bruyère, il l'a nouée avec du fil, puis étalée tout en longueur sur un truc blanc en osier et il a ajouté des bougies, des coquilles, c'était trop féerique. D'accord, il cherche un peu à plaire à tout le monde, il a besoin d'être félicité et rassuré, comme un petit, et c'est assez gênant parce que, si je suis en train de faire quelque chose, mes devoirs, lire ou regarder la télé, il vient me chercher pour que je voie ce qu'il a ramené des courses ou les habits qu'il a repassés ou une marmite de soupe qu'il a préparée, c'est évident qu'il recherche de la gratitude, mais je sais pas comment manifester la mienne, sûrement que ç'a quelque chose de machinal chez moi, que je lui fais des sourires et tout ça, pour montrer ma reconnaissance, mais, lui, il attend autre chose, des gestes plus concrets, un merci peut-être, mais ça, je sais pas faire, ça me met mal à l'aise et j'ai horreur de ce ressenti-là. En fait, c'est un mot que je connais pas vraiment, il fait pas trop partie de mon vocabulaire et on peut pas dire que, dans ma vie, j'aie eu beaucoup de raisons de déverser ma gratitude, ni des parents qui m'aient donné envie de les remercier. Moi, quand je disais merci, c'était pour des trucs pas ordinaires. « Merci de pas être rentrés avec de parfaits inconnus et de pas m'avoir pourri la nuit avec *Blue Monday* » ; « Merci d'avoir acheté des œufs cette semaine, et pas du crack » ; « Merci d'avoir pris la peine d'aller aux toilettes et de pas en avoir mis plein le canapé » ; et, enfin et surtout : « Merci de t'être étranglée toi-même, Izzy, et de m'avoir facilité la tâche pour mettre ton cadavre dans le coffre à charbon. »

Ce genre-là, quoi. Pas banal comme gratitude. C'est brutal, je sais, mais qu'est-ce que vous voulez, avec le passé que j'ai, je devrais être serial killer. Je m'en sors pas mal.

Quand même, j'aurais bien aimé remercier Nelly pour le super repas qu'elle nous a fait l'autre soir. C'est un vrai petit chef depuis peu, celle-là. Elle nous avait préparé des palourdes à la sauce tomate. Lennie, il était pas peu fier. On a dansé toute la soirée. Je me suis bien amusée.

Je sais que je devrais avoir de la gratitude pour des gens comme Lennie, il a été incroyable avec nous, il prend soin de nous, mais il me fait peur. Je sais pas pourquoi, c'est comme ça.

LENNIE

C'était notre dernière journée au cottage. Je n'avais pas l'intention d'être désagréable. Nous étions tellement bien ensemble, au chaud, comme une famille. C'est parti tout seul. Nous avions pas mal marché le long de la baie pour pique-niquer. Nelly a ramassé des coquillages pour une boîte qu'elle a envie de fabriquer et j'avais emporté des couvertures, un panier de provisions, le poulet que j'avais fait rôtir le matin même, le pain cuit la veille au soir. Nous sommes allés à l'endroit où il y a du sable, sous le rocher en forme de feuille. Les filles ont retiré leurs chaussures et leurs chaussettes et ont couru dans l'eau, elle était gelée et j'ai eu peur qu'elles attrapent une pneumonie, mais qui suis-je pour faire taire les rires des enfants… J'avais apporté du thé dans une des Thermos, et de l'Irish coffee pour moi dans l'autre, ma recette personnelle. Et puis nous nous sommes mis à parler du papa et de la maman, et peut-être que je me suis un peu emporté. Je n'ai rien dit de déplaisant, je m'en suis tenu à rappeler les faits : ils sont partis et ne reviendront probablement pas. Marnie l'a très mal pris. Elle m'a accusé à demi-mot de vouloir les garder, elle et Nelly, pour moi tout seul, de vouloir jouer à la poupée, et m'a demandé laquelle des deux je préférais. Je lui ai dit que je les aimais toutes les deux de la même façon, je lui ai dit de ne pas s'en faire et que, tant que nous serions voisins, elle aurait toujours un toit pour l'accueillir. Elle m'a rétorqué que je vieillissais, que je ne pouvais pas faire ce genre de promesses, et c'est sans doute vrai. J'ai vu aussitôt que le retour des « monstres » l'inquiétait beaucoup, mais qu'elle comptait dessus. Je lui ai dit qu'il était assez invraisemblable, mais, à sa tête, j'ai vu qu'elle était fâchée, alors je lui ai rappelé qui ses parents étaient et comment ils avaient traité Nelly et comment ils l'avaient traitée, elle. Peut-être que le café m'était un peu monté à la tête, mais quand je pense à ces gens qui ont livré leurs enfants à elles-mêmes, qui les ont laissées se débrouiller dans un monde froid et cruel, sans même un mot pour dire où ils allaient ni une miette à se mettre sous la dent, leur sort m'indiffère. Elles méritent mieux, ces filles. Elles se tiennent propres, travaillent bien en classe et, avec les deux plaies qu'elles ont pour parents, c'est vraiment un miracle qu'elles soient encore en vie. Les enfants méritent d'être aimés et, quand on ne sait pas aimer, on ne devrait pas en avoir. En entendant cela, Marnie est devenue toute pâle et j'ai alors compris que je l'avais blessée. À bien y réfléchir, il ne m'était évidemment jamais venu à l'esprit qu'on puisse aimer des êtres aussi calamiteux, que Marnie les aimait, que Nelly pouvait les aimer et se faire aimer en retour. J'ai eu envie de m'excuser, mais la conversation ne s'y prêtait pas.

Marnie est alors partie toute seule. Nelly est restée et a mangé le reste du poulet. Plus tard, j'ai fait un strudel, Marnie adore le strudel et, quand elle est rentrée, elle m'a souri comme pour me dire qu'elle s'excusait, ce que j'ai apprécié, mais j'ai bien vu qu'elle avait pleuré, j'ai vu qu'elle en avait gros sur le cœur.

NELLY

Marnie est méchante. Pas un mot de remerciement pour l'excellent dîner que j'avais préparé, et puis s'en prendre ainsi à Lennie qui n'avait fait que dire la vérité... Comment peut-elle s'imaginer un seul instant qu'ils aient pu nous aimer ? Ils ne nous aimaient pas. Ils nous ont détruites, eh bien, qu'ils aillent au diable ! Ces sinistres créatures, leurs corps hideux qui pourrissent sous notre pelouse sont en train de contaminer tout le quartier. Je ne comprends pas les raisons qui poussent R. T. Mcdonald à vouloir absolument les retrouver. Alors qu'il commence une nouvelle vie, il cherche à renouer avec un couple de pauvres hères. De pauvres hères, j'ai bien dit.

LENNIE

Le retour a été long et sombre. Marnie, qui n'avait pas décroché deux mots jusqu'à Glasgow, s'est mise à disserter sur la beauté de la ville ou quelque chose d'approchant. J'ai su que sa bouderie avait pris fin lorsque nous avons échangé des sourires contrits. J'étais extrêmement soulagé, mais à notre arrivée nous attendait une carte de visite de Robert T. Macdonald qui nous sommait, et en lettres capitales s'il vous plaît, de l'appeler dès notre retour. Nous n'avons pas besoin de lui, en rien. Il sait que, jusqu'à preuve du contraire, les filles sont sous ma garde. Elles ne sont pas du tout, mais alors pas du tout pressées de déménager chez leur papy et attendent le retour de leurs insaisissables géniteurs. Ce type est complètement à côté de la plaque.

C'est Marnie qui l'a appelé, mais il n'a pas souhaité parler au téléphone et a demandé s'il pouvait passer. Au début, nous étions tous les trois réticents. Marnie avait des examens à réviser, même si je ne l'ai jamais vue s'épuiser dans ce domaine ; d'ailleurs, pour être franc, c'est un peu inquiétant car nul n'est infaillible.

Il est arrivé une heure plus tard, très remonté.

« Mais vous étiez passés où ? a-t-il aboyé.

– Qu'est-ce que ça peut te faire ? a répliqué Marnie.

– Ce que ça peut me faire ? Je suis ton grand-père,

nom de Dieu ! On ne s'en va pas comme ça sans prévenir personne ! »

Nous nous sommes regardés et avons décidé de ne pas lui dire la vérité.

« On était à Mull, a dit Marnie.

– À Mull, a-t-il répété. Qu'est-ce qu'il y a, à Mull ? a-t-il fait d'un ton sec.

– La paix et la tranquillité, mon cher ami », a répondu, à sa façon, Nelly.

On voyait bien que le style de Nelly l'agaçait, mais pas autant que son évidente ironie.

« Je me suis fait un sang d'encre. J'ai failli appeler la police. »

Cette remarque a semblé ébranler les filles.

« Pour quoi faire ? », a fait Marnie.

Il a eu l'air interdit. Il ne s'attendait pas à ça.

« Pour vous retrouver, pardi ! »

Le fait qu'il se donne le droit de les retrouver a irrité les deux filles, mais Marnie a conservé son calme.

« Tu comprends pas qu'on est sous la garde de Lennie jusqu'au retour d'Izzy et de Gene ? », a-t-elle ajouté.

Il a acquiescé mais, de toute évidence, ce genre de considération lui échappait.

« Et ils sont d'accord pour que vous partiez comme ça sans dire un mot à personne ?

– Effectivement. C'était quelque chose qu'on avait prévu bien avant que tu débarques.

– Je suis désolé, a-t-il fait. J'étais inquiet, voilà tout, vous êtes là et, l'instant d'après, vous n'êtes plus là.

– Je ne voudrais pas paraître inconvenante, est intervenue Nelly, mais as-tu conscience que nous venons tout juste de faire ta connaissance, que c'est encore tout frais ?

– Je le sais, mais je suis votre grand-père et je suis en droit de voir mes petites-filles et de savoir où elles sont.

– Vous n'êtes en droit de rien, l'ai-je interrompu. Ces enfants sont sous ma garde et votre fille n'était pas particulièrement favorable au droit de visite auquel vous dites pouvoir prétendre. Maintenant, si cela ne vous dérange pas, Marnie a du travail et il faut que je prépare le dîner.

– Vous lui avez dit que j'étais là ? a-t-il demandé, présumant que nous lui avions parlé, ce qui était faux, bien sûr, mais nous nous sommes bien gardés de le lui dire, et Marnie et Nelly ont une nouvelle fois échangé leur fameuse œillade.

– Elle aime pas être dérangée dans son travail. Elle a même pas de portable, a précisé Marnie. De toute façon, elle piquerait une crise si elle savait que tu es là, sûrement qu'elle rentrerait et qu'elle nous interdirait même de te parler. »

Il a rougi, non d'embarras, mais de rage.

« Peut-être pourrions-nous renouveler l'expérience du brunch un de ces jours ? a proposé Nelly.

– Ce serait avec plaisir, mais avec vous deux peut-être ? »

Il a posé sur Marnie un regard plein d'espoir, mais elle s'est contentée de hausser les épaules, elle se souciait de lui comme d'une guigne. Notre trio a alors été pris de bâillements et, fort heureusement, il a compris que nous ne le retenions pas. Il s'en est allé avec la fausse proposition de brunch bien au chaud sous son chapeau. Du moins j'espère qu'elle était fausse.

MARNIE

Notre escapade à Firemore a sûrement hérissé le poil de Robert T. Macdonald, mais il s'en est remis. Qu'est-ce qu'il espère, celui-là ? On sait quasiment rien de lui et, le peu qu'on sait, c'est pas brillant : il battait les siens et buvait comme un trou. Je sais bien qu'il prétend avoir changé, mais, encore une fois, qu'est-ce qu'on sait vraiment à son sujet ? D'accord, depuis leur idyllique petit déj' en tête à tête, Nelly n'a que son nom à la bouche. Elle est complètement folle, celle-ci. J'ai essayé de lui expliquer pourquoi il fallait garder nos distances avec lui, j'ai même dû lui rappeler qu'Izzy et Gene étaient morts, qu'ils sont pas du tout partis en vacances et qu'ils sont sous les fleurs. On avait dû encore déplacer Izzy, mais sur le côté de la maison cette fois, on lui avait creusé une petite tombe et on avait mis des cailloux dessus, mais après on les avait enlevés parce que ça faisait vraiment trop tombe, du coup il avait fallu racheter encore des plantes, mais, à vrai dire, ça faisait bizarre aussi parce que, sur le côté de la maison, y a pas de lumière, or les plantes ont besoin de lumière… On l'a laissée là quand même, c'était mieux que dans la cabane. Parce que, avec le chien de Lennie, elle avait pas une minute de répit.

Moi, en tout cas, je suis allée trouver Vlado. Il faut qu'il me rende mon boulot. Je peux pas payer le loyer.

Je peux rien acheter. Et y a des gens qui vont venir. Les services sociaux et R. T. Macdonald, si on fait pas attention. On va se faire expulser et tout le monde va savoir où sont Gene et Izzy. Il m'a mis dans un drôle de pétrin, Vlado.

Il se trouve qu'il habite Byres Road. Pas d'interphone, donc je me suis dit que ça devait être un trou à rats. Il y avait un vieux qui puait, endormi sous un tas de journaux tout gras. Disons qu'il avait l'air vieux, mais il aurait aussi bien pu avoir dix ans, impossible à dire. La crasse, ça masque pas mal d'imperfections. En entendant Bono brailler depuis l'appart' du haut, je me suis dit que j'allais commencer par là. C'était sûrement lui, le « M. V. Pavlovic » dont le nom était gribouillé sur un Post-it collé à même la porte.

J'ai dû frapper pendant cinq bonnes minutes. La musique était à fond. Il a fini par ouvrir, mais il était clair qu'il était moyennement heureux de me voir.

« Qu'est-ce que tu veux ?

– Vous avez demandé à Mick de se séparer de moi.

– Tu es trop jeune pour vendre de la drogue, pour toucher à ça. Rentre chez toi et occupe-toi de tes livres.

– J'ai besoin de cet argent-là.

– Ben trouve-toi un boulot !

– Mais j'en avais un !

– Oublie ça, petite. Rentre chez toi !

– Je suis pas petite. J'ai bientôt seize ans. C'est à vous de rentrer chez vous. »

Et j'ai éclaté en sanglots, ce qui l'a mis mal à l'aise. J'ai vu qu'il avait envie de me refermer la porte au nez, mais aussi que j'arrête de pleurer.

« Qu'est-ce que tu sais faire ?

– Je sais pas.

– On sait tous faire quelque chose. Il faut savoir s'adapter dans la vie.

– Comme vous ?

– Ma situation est très différente de la tienne. Mes choix sont limités dans ce pays. Je fais ce que j'ai à faire.

– Mes choix aussi sont limités.

– Tes parents, ils travaillent ?

– Non.

– Ils ont des problèmes ?

– Ils sont jamais là. C'est à moi de gagner des sous. De payer le loyer.

– C'est l'aide sociale qui verse le loyer, non ? »

Il avait réponse à tout.

« À eux, pas à moi. Eux, ils claquent tout. Il faut que je m'occupe de ma sœur. Pour pas qu'on se retrouve à la rue. J'en ai besoin de ce boulot. »

Là, il était mal.

« Je vais voir ce que je peux faire.

– Vous allez en parler à Mick ?

– Je veux pas que tu t'approches de Mick, d'accord ? »

J'ai fait oui de la tête.

« Reviens demain. À 7 heures. Du matin.

– Pourquoi ?

– Tu veux bosser ? »

Nouveau signe de tête.

« Alors sois là demain matin. »

Et il a claqué la porte.

Le lendemain, je me suis pointée à 7 heures. Je m'étais faite belle. Maquillage estival, mes chaussures préférées et un joli sac.

Quand il m'a ouvert, il a fait comme si j'étais en retard. Mais j'étais à l'heure. Ensuite il m'a regardée de haut en bas et s'est mis à rire.

« J'ai un truc qui va bien aller avec tes chaussures. »

J'étais toute contente, quand il m'a tendu un seau rouge.

« Entre. Mais enlève-moi ces chaussures ridicules. »

Il m'a dit que c'était du plancher et qu'il avait pas envie que ça marque.

Chez lui, c'est comme chez Ikea. Tout est couleur hêtre ou noir. Attention, c'est bien arrangé, mais je m'attendais pas à ça. L'escalier de l'immeuble est un peu trompeur, mais l'appart' est sympa. Y a un grand bow-window, magnifique, qui donne sur la rue, et une très jolie cheminée avec plein de photos dessus. J'avais envie de les regarder de plus près, mais je me suis dit qu'il allait pas aimer, alors je suis restée où j'étais.

« Tu vas faire mon ménage. Toutes les semaines, et tu tâcheras de pas ressembler à une petite pute. J'ai des voisins.

– Faites votre ménage vous-même ! », j'ai répondu en lui lançant le seau.

Il a trouvé ça drôle et il me l'a rendu.

« Reprends-le. Cinq heures par semaine, tous les samedis matin. Cent livres.

– Cinq heures. Ça me va !

– Tu es en… suppléance », il a précisé, mais en agitant la main comme s'il était pas sûr de ce qu'il disait.

L'anglais, c'est sa deuxième langue, donc…

« Qu'est-ce que vous voulez dire par "en suppléance" ? »

Je savais qu'il se trompait et j'avais envie de bien lui faire sentir, de le mettre dans l'embarras.

« En fait, je te teste.

– Vous voulez dire "à l'essai".

– Si ça veut dire que je te mets dehors si tu fais pas le ménage correctement, c'est ça. »

Ensuite, il m'a donné une liste et il est parti. Plutôt longue la liste, si vous voulez savoir. Il fallait que je fasse sa lessive, change ses draps, donne un coup sur ses DVD et CD parce que monsieur sait pas ce que c'est qu'une pochette, y en avait partout, ça m'a pris un temps fou. Ensuite, j'ai jeté un œil sur les photos. Il y avait lui et une fille de mon âge. Ils se regardaient, c'est pour ça que je me suis dit que c'était sa fille. En nettoyant, j'ai trouvé des tas d'autres photos de lui, de sa femme et de sa fille, du moins de celle que je prenais pour sa fille. Y en avait aussi avec des petits enfants. Ça raconte des tas de choses, les photos. J'ai compris qu'il avait grandi dans la ferme de ses parents et qu'il avait un grand frère, à moins que ce soit un cousin. Sur le mur de sa chambre, il avait accroché un diplôme d'université de chimie, il avait aussi plein de trophées de foot et de livres. Il lit pas mal. Sinon, il met pas d'après-rasage mais de l'huile de santal, et il porte des lentilles, ce qui me fait dire qu'il accorde de l'importance à son apparence – au sexe aussi d'ailleurs puisque j'ai trouvé un mégastock de Durex derrière la chasse d'eau. Voilà en gros ce que j'ai pu glaner en faisant son ménage. Toutes ses factures sont réglées parce qu'il a un petit tableau où il accroche les reçus et où, chaque semaine, mes cent livres m'attendraient dans une petite enveloppe jaune avec, écrit dessus : « Miss Marnie ».

NELLY

J'ai profité que Marnie était partie à Lochgilphead avec sa bande de marginales pour faire plus ample connaissance avec notre grand-père, Robert T. Macdonald, dans son atelier situé au Barrowland, un endroit où l'on trouve aussi bien du poisson et du pain que de la brocante.

Il nous a fait visiter son échoppe, entre le moelleux des copeaux et la dureté du chêne. Il était en train de travailler sur une tête de lit. Elle sera pour moi. Il y a des étoiles, magnifiquement sculptées. Je l'ai tout de suite adorée.

« Qu'en penses-tu, ma chérie ? m'a-t-il demandé avec une familiarité quelque peu prématurée, mais je ne lui en ai pas tenu rigueur.

– Mille mercis, Robert ! », lui ai-je répondu, sans pourtant que ma gratitude ait semblé l'émouvoir.

Robert a avec lui un jeune apprenti. Il l'a salué avec chaleur : « Voici Sandy, mon apprenti ! ».

Un jeune homme fort agréable et qui me disait vaguement quelque chose, encore qu'il ne m'ait pas laissé le loisir de l'examiner puisqu'il s'est esquivé en toute hâte pour aller chercher du lait – initiative d'ailleurs sans réelle urgence puisque personne ne nous avait encore offert le thé. Dieu merci, Lennie avait un gâteau au four car, tout à coup, j'en ai eu assez de cet atelier et j'étais très pressée de rentrer, mais, soucieux de ne froisser personne, nous avons invité Robert T. Macdonald à dîner avec nous. Il s'est confondu en remerciements, ce qui m'a fait dire aussitôt que nous avions bien agi.

LENNIE

Il lui a fallu quelques minutes pour me reconnaître. Je l'avais devancé. Ce sont ses yeux qui l'ont trahi, violets. Je les ai revus à l'arrière du fourgon de police, avec le mascara qui dégoulinait sur ses joues et ses cheveux roux rassemblés en queue-de-cheval. Ils étaient coupés court à présent, et propres. Il était beau garçon, mais c'était un gamin. C'est là que je m'en suis aperçu. Il portait un T-shirt noir en coton avec une inscription que je n'ai pas pu déchiffrer. Je n'arrive plus à lire grand-chose désormais. À un moment donné, son regard est tombé sur mes chaussures, je porte toujours les mêmes, à bord blanc avec des lacets rouges, ce sont les tiennes et nous faisions la même pointure. Ses yeux ont alors inspecté le reste de ma personne avant de croiser les miens. Il a légèrement tressailli, tenté de demeurer stoïque, de faire semblant de rien, mais il n'a pas pu et s'est enfui en prétextant une course à faire. Moi, je suis resté de marbre et personne ne s'est aperçu de quoi que ce soit. Je me suis dépêché d'annoncer que j'avais un gâteau en route. Robert T. Macdonald bouillait intérieurement et, conscient qu'il fallait l'apaiser, je l'ai invité à dîner. C'est très bien passé et, moins d'un quart d'heure plus tard, nous étions dans la voiture sur le chemin du retour. À notre arrivée, tout le monde a remarqué qu'il n'y avait pas de gâteau ; je suis allé aux toilettes, le cœur au bord des lèvres. En revenant à la cuisine, Nelly et Robert T. Macdonald s'étaient mis à éplucher des pommes de terre sur l'évier ; il y avait entre eux des rires et de la complicité – ce qui m'a inquiété, pour elle, et effrayé, pour nous tous.

MARNIE

À Lochgilphead, toutes les baraques sont peintes en blanc et c'est plein de vieux, y a que ça, ils sont partout : ils rasent le sol comme des robots de science-fiction, ils transportent leurs courses dans de gigantesques sacs en toile. Les vieux, ça prend pas de sacs en plastique. Pourquoi, je sais pas.

C'est une petite ville, avec quelque chose de propre et de frais, de pur aussi. Ça m'a fait du bien partout. À la maison, ça schlingue encore alors que j'ai lavé un millier de fois. Nelly, elle dit qu'elle sent rien, que tout ça c'est dans ma tête, mais je me fous de ce qu'elle dit, j'ai les mains pleines de crevasses à cause de la Javel.

Ça fait du bien de sortir de Glasgow de temps en temps, des fois je vais à Rothesay, je prends le train jusqu'à Wemyss Bay et, après, le ferry jusqu'à l'île de Bute. Pour être franche, j'y suis pas allée souvent. Une fois avec mamie Lou, une autre avec Gene et Izzy, mais ils avaient picolé pendant toute la traversée et ils ont foncé sur un bar en nous laissant sur l'Esplanade, Nelly et moi, avec de quoi nous acheter des frites, et une fois avec Susie et Kim. On s'est bien marrées, on était complètement pétées. On est allées se balader dans un bois qui donnait sur la mer. C'était sympa et la vue était trop belle. On a regardé les bateaux qui sortaient du port et qui rentraient. Après, on a gravé, disons gratouillé, nos noms sur des arbres. On a croisé deux types qui faisaient les crétins sur une balançoire, ils étaient du même âge que nous, mais ils sont pas restés longtemps. Y en avait un qui était mignon, Susie en pouvait plus, mais je voyais bien qu'elle lui faisait aucun effet, il se serait même pas fendu d'un bisou. Il a dit qu'il devait rentrer pour prendre le thé. Elle l'a mal pris et l'a traité de pédé, c'est là que son pote lui a lancé une motte de terre. Ç'a fait bondir Kimbo, elle s'est jetée sur lui, elle l'a cloué au sol et lui a mis une baffe en pleine poire. L'autre, qui regardait, est venu à son secours, au bord des larmes, en disant qu'il fallait qu'ils rentrent. Ils m'ont fait pitié, mais quand même, quand on est un mec, on se conduit pas comme ça, pas comme des pleurnichards et des peureux, on aurait dit deux gonzesses. Bref, on les a laissés partir, en leur disant bien que si on les recroisait dans le bois, on leur ferait la peau. Ils ont détalé comme des chevreuils qui entendent une brindille craquer. Une fois qu'ils ont été partis, on est tombées sur leurs images de foot, ils devaient se les échanger, des mecs de quatorze ans qui collectionnaient des vignettes, je le crois pas... Dans la jungle urbaine, ils tiendraient pas cinq minutes.

Lochgilphead, Kim a pas du tout aimé, c'est une fille de Glasgow, une vraie de vraie, elle s'est crue dans un remake écossais des *Femmes de Stepford* et elle avait qu'une hâte, se tirer de là. Lorna, elle, a adoré et acheté une tonne de sucres d'orge, je raffole de ça. Ça fait la langue rose et l'haleine mentholée, mais on était pas là pour les sucreries, on était là pour Susie. Elle voulait voir sa mère, internée dans l'unité psychiatrique locale.

Dans le bus, Susie était super inquiète. Elle avait demandé à sa grand-mère l'autorisation de faire le voyage, mais celle-ci avait refusé et lui avait interdit de reparler de ça, ce qu'on trouvait toutes injuste. Elle avait pas le droit de séparer Susie de celle qui l'avait mise au monde et qu'elle avait pas revue depuis ses trois ans. D'ailleurs, elle garde toujours sa photo sur elle, dans son portefeuille.

Susie a pas voulu qu'on l'accompagne à l'hôpital, elle tenait à y aller seule, alors on l'a attendue en ville.

On a voulu entrer dans un pub pour grignoter quelque chose, mais le barman a refusé de nous servir. Kim était verte de rage. On voulait juste un sandwich, voire une bière si c'était pas trop lui demander, mais rien à faire. Kim l'a traité de connard. Un type au bar s'en est mêlé : « Dégagez et allez vous acheter des glaces ! ». Kim l'a très mal pris : « Viens me répéter ça ici, espèce de bâtard ! », elle était prête à se battre avec un homme, à l'emmener dehors et à lui mettre une raclée. Le barman s'est mis à gueuler : « Arrête-toi là, Zorro, et fous le camp d'ici ! ». Le type du bar était mort de rire, il avait jamais vu quelqu'un d'aussi drôle de sa vie et, pour être honnête, Kimbo en faisait un peu beaucoup. On a fini par la traîner dehors.

On a atterri chez une espèce de caviste, dans un gourbi où on trouvait de tout, des jouets comme du jambon en tranches. Comme Lorna avait une fausse pièce d'identité et qu'elle payait par carte, il a bien voulu fermer les yeux et nous vendre une bouteille de vodka. On a pris aussi six canettes de Coca, emporté le tout dans les toilettes les plus proches, vidé la moitié des canettes et complété avec l'alcool.

Ç'aurait pu être marrant, mais ça l'était pas. Kim avait arrêté son traitement depuis une quinzaine et elle était pas à prendre avec des pincettes. Complètement givrée. Le moindre truc et elle partait au quart de tour. Avec

Lorna, elles étaient à couteaux tirés. Lorna craquait. En plus, elle arrêtait pas de faire des discours sur la bisexualité et ça mettait Kim hors d'elle. À un moment donné, j'ai cru qu'on allait se faire jeter du bus, surtout quand Kim a gueulé : « Si tu broutes des meufs, t'es une gouine, pour moi c'est simple ! ».

Lorna était morte de honte :

« C'est plus compliqué que ça.

– Arrête un peu, a repris Kim.

– La sexualité, la politique et la religion, les gens bien ne parlent pas de ça.

– Me fais pas rigoler avec ta religion ! La Bible, c'est n'importe quoi. »

Normalement, à côté de ces deux-là qui se chamaillaient autour du cunnilingus et de la parole de Dieu, j'aurais dû être gênée, mais j'étais habituée à ce qu'on s'étripe autour de moi. Susie leur a demandé de la fermer. Sûrement qu'elle avait pas envie que le reste du bus la prenne pour une homo elle aussi. C'était pas mon cas, de toute façon.

On pensait attendre Susie un siècle, mais, une heure plus tard, elle était revenue, l'air un peu hébété, sans qu'on puisse lire sur son visage ce qui s'était passé. On a fini par lui demander comment allait sa mère, mais elle a dit qu'elle avait pas envie d'en parler. Lorna a proposé d'aller se chercher quelque chose à manger. On crevait de faim et le bus du retour pour Glasgow était que dans quelques heures, mais Kim a dit que c'était pas le moment de manger. Lorna lui a dit d'aller se faire voir et a mis le cap sur le salon de thé le plus proche. Je suis restée avec Kim, mais j'avais vraiment envie d'aller avec Lorna. Susie, elle, elle est restée assise, sans dire un mot, mais au bout de dix minutes elle s'est mise à respirer bizarrement et elle a commencé à pleurer. Kim l'a prise dans ses bras et l'a serrée pendant un bon moment. Y avait du drame dans l'air, on avait déjà réussi à savoir ça.

Au début, j'ai pensé que sa mère était morte, mais non. En fait, on a appris qu'elle était même pas là, dans ce centre. Là-bas, personne connaissait d'Ivy Murphy et, quand Susie est rentrée chez elle, sa grand-mère a dû lui avouer la vérité : sa mère vit à Croydon et elle a une nouvelle famille. Elle a deux garçons, un qui s'appelle Noah et l'autre Peter. Elle a aussi un mari, Mike. Sa grand-mère avait des photos du mariage et des photos de sa mère avec ses enfants, en vacances avec eux, sur la plage avec eux... Et y avait des lettres, des tonnes de lettres, mais elle voulait pas que Susie les lise. Susie s'est pas laissé faire et sa grand-mère a cédé. Elles devaient être bien, ces lettres, le genre qu'une mère doit bien aimer recevoir de sa fille. Apparemment, sa mère vivait plutôt bien. Elle parlait de ses enfants et de la maison que son mari avait construite, elle parlait de là où ils étaient allés et d'où ils iraient. Son souci, c'était l'avenir, trouver de bonnes écoles pour les enfants, la grippe aviaire. Elle était vraiment inquiète avec cette grippe aviaire. Y avait aussi plein de messages de remerciement pour des cadeaux que la grand-mère avait envoyés à ses petits-fils. Mais pas un mot sur Susie dans ces lettres, pas un seul. Rien, à croire qu'elle existait pas et, comme si ça suffisait pas, y avait une lettre de l'année dernière où la mère de Susie écrivait à sa propre mère que ç'avait été formidable de la revoir après tant de temps, qu'elle avait manqué aux garçons et qu'elle espérait qu'elle reviendrait les voir. Susie est devenue folle. Sa grand-mère lui a dit qu'elle était allée dans un village de vacances avec eux. Susie s'est mise à tout casser dans la maison pendant que sa grand-mère restait assise sans bouger, en la laissant se défouler à coups de pied dans les murs, les portes et les fenêtres. C'est un voisin qui a appelé la police. La grand-mère était en état de choc. Il a fallu que Kim immobilise Susie au sol.

Quand je l'ai vue le lendemain chez sa grand-mère, Susie a pas dit un mot pendant un super long moment. Après, elle m'a demandé :

« Il est où, Gene ?

– Je sais pas, j'ai répondu, mais tout en me demandant pourquoi elle voulait savoir où il était dans un moment pareil.

– On va se marier.

– Pardon ?

– J'ai dit qu'on allait se marier, moi et Gene, dès que j'aurai mes seize ans. On s'aime, c'est pour ça que je sais qu'il est pas en Turquie avec ta vieille.

– Qu'est-ce que tu racontes ? »

Elle m'a sorti deux billets d'avion pour l'Espagne, un à son nom et l'autre au nom de Gene.

J'étais scotchée.

« On va partir ensemble et refaire notre vie loin de ce trou pourri. C'est pour ça que j'ai été voir ma mère, pour lui dire au revoir. »

Elle était toute triste, mais je m'en fichais. Moi, j'avais envie de l'étrangler. J'avais envie de lui faire plein de trucs, mais, sur le moment, j'étais incapable de bouger un seul muscle.

« Ça date de quand, ça ? j'ai hurlé.

– Ç'a commencé l'été dernier. J'étais venue te voir et t'étais pas là. Lui, si. En fait, on a plein de choses en commun.

– Ta gueule !

– Il est pas avec elle, Marnie, je le sais, il lui est arrivé quelque chose.

– Il lui est rien arrivé, il s'est barré comme il fait toujours.

– Alors pourquoi y a encore ses affaires chez toi ? La dernière fois qu'il m'a envoyé un texto, il m'a dit qu'il m'aimait. On devait se retrouver le lendemain. Partir en Espagne. Ça fait des mois de ça. Il avait acheté les billets, putain ! »

Elle s'est mise à me les agiter devant le visage.

Je savais pas quoi dire, mais il fallait que je trouve quelque chose, quelque chose pour l'empêcher de donner l'alerte et d'aller trouver les flics. Je lui ai assuré qu'il allait revenir.

« Mais pas pour toi, j'ai lâché d'un ton sec.

– Je vais à la police !

– Tu fais ça et Gene se fait coffrer pour viol sur mineure. Pour enlèvement, probablement. T'as que quinze ans.

– Ils sont pas obligés de le savoir.

– Tu crois que je vais me gêner pour leur dire ? Tu peux quand même pas mettre le souk chez moi et t'attendre à ce que je reste les bras croisés. »

Évidemment, j'étais moyennement sûre de moi sur ce coup.

Ensuite, Susie a pleuré comme un bébé et j'ai eu envie de la prendre dans mes bras, mais j'ai pas pu. Elle me filait la nausée.

Après le coup d'éclat de Susie, j'ai été à la bibliothèque. J'ai noyé mon chagrin dans l'algèbre, j'ai les examens de passage qui m'attendent et, avec toutes ces histoires, j'ai du mal à me concentrer. Toujours est-il qu'en rentrant j'ai trouvé Kirkland qui faisait le poireau devant la grille, le casque sur la tête, le manteau noir autour des jambes, des grands sourires. C'était pas le moment qu'il vienne me soûler.

« Qu'est-ce que tu fous là, tu révises pas, t'as pas de boulot, je suis la seule ?

– Je suis venu te donner ça, il m'a dit en me tendant un CD.

– Merci, je lui ai fait tout en me disant : *Encore une compile à la con. Super.*

– Tu as eu mes textos ?

– Ben oui.

– Alors t'as envie d'aller au ciné ?

– Si j'avais eu envie d'aller au ciné, je t'aurais répondu. Or je t'ai pas répondu...

– Et pourquoi ? »

Visiblement, il avait pas compris le message.

« Parce que j'ai pas envie d'aller au ciné, gros malin !

– J'ai fait quelque chose de mal ? », il a fait en pleurnichant.

À ce moment-là, j'ai eu l'impression de braquer un fusil sur la tête d'un chiot.

« Écoute, t'es un gentil garçon et je me fais l'effet d'une garce en te disant ça, mais t'es pas mon genre, OK ? »

Il a rien dit pendant un moment, et puis il a fait :

« T'aurais des *jellies* ?

– Il faut que tu voies Mick pour ça. Je bosse plus pour lui.

– On peut être copains quand même ?

– Pas de problème. »

Que dire d'autre ?

Il s'est avancé pour me serrer contre lui et, bonne pâte, j'ai fait pareil, mais après il a cherché à m'embrasser.

« Dégage », je lui ai dit.

Il m'a répondu qu'il était désolé, mais j'en croyais pas un mot. Bouffon, va.

« J'espère bien que t'es désolé », je lui ai fait en tournant les talons.

Très théâtrale, mais, en matant par la fenêtre, je l'ai vu qui se tenait la tête comme s'il vivait un grand chagrin d'amour, comme si je l'avais anéanti ou je sais pas quoi. Tout ça pour avoir baisé une seule fois ensemble, et mal, mais c'est toujours comme ça la première fois, on cherche à impressionner l'autre et on fait tout de travers.

Je savais qu'il fallait que je me débarrasse de lui. Mais vraiment. Je voulais qu'il m'oublie et j'ai décidé d'être brutale. Avec des mecs comme Kirkland, il le faut. C'est pour leur bien. Du coup, le samedi d'après, on était tous en boîte, Kirkland dans ses plus beaux atours gothiques, veste noire au lieu de l'imper pouilleux qui lui fait office de seconde peau. Il s'était même lavé les cheveux, pour tout dire il faisait distingué, il avait mis de l'après-rasage, un truc de qualité, parce que d'habitude il empeste l'encens au patchouli, bonjour les effluves. C'était pas tout ça, moi, j'avais un boulot à finir et donc je me suis jetée sur son pote Daniel et je l'ai emmené dehors pour lui faire une pipe, mais impossible à cause de l'odeur, du coup je lui ai roulé une pelle. Pour Kirkland, Daniel, c'est son meilleur pote, mais le problème avec Kirkland, c'est que si tu lui accordes un tant soit peu d'attention, aussitôt il te lèche les pompes. Toujours est-il qu'en rentrant dans la boîte j'ai trouvé Kirkland en train de bécoter un genre de métisse à cheveux roses qui traînait par là et ça m'a foutu les boules. Dans une colère noire qui m'a moi-même surprise, je suis allée me chercher un verre, surtout pour m'ôter le goût de Danny de la bouche, quand Kirkland est apparu à côté de moi.

« Alors, tout se passe bien ?
– Super. Ton pote, il a une bite énorme.
– Ah ouais ?
– Et elle, c'est qui ? », je lui ai demandé, faussement chagrinée.

Je me serais mis une baffe d'avoir dit ça, mais c'était trop tard, c'était parti, il a dû penser que je m'intéressais trop à lui, mais il se trompait.

« Qu'est-ce que ça peut te faire ?
– Rien, je lui ai répondu pour essayer d'effacer l'impression que ça me touchait, parce que c'était pas vrai.
– Bon, tu prends quelque chose ?
– Avec plaisir. »

Et il m'a offert à boire. Il est comme ça. Après, il m'a apporté le verre jusqu'à la table et il s'est assis à côté de l'autre.

Son copain Danny me lâchait pas, tu parles, mais il embrassait comme un pied, et Cheveux-Roses lâchait pas Kirkland, et d'un seul coup je me suis souvenue à quel point Kirkland embrassait divinement, et, à partir de là, impossible de décoller les yeux de lui. Je me suis alors aperçue que, tout en embrassant Cheveux-Roses, il me regardait aussi. C'est devenu carrément malsain parce que, tous les deux, on était en train d'embrasser des gens dont on avait manifestement rien à faire et, sur le canapé, nos mains sont ensuite passées dans leur dos et chacun s'est mis à jouer avec les doigts de l'autre. C'était trop pour moi et j'ai filé aux toilettes en regardant si Kirkland me suivait, et il me suivait. On s'est retrouvés là comme deux cloches à se regarder et, d'un seul coup, j'ai senti une onde chaude me monter du bas-ventre jusqu'aux lèvres et je lui ai sauté dessus, j'avais envie de le sentir partout, c'était tellement torride qu'on a dû sortir, ou plutôt échapper à Cheveux-Roses et à Danny – eux, ils ont sûrement dû se consoler ensemble en nous maudissant.

Bref, on s'est retrouvés chez Kirkland, on – enfin Kirkland – s'est envoyé un wagon de came à Mick, on a baisé toute la nuit et c'était peut-être la première fois de ma vie que j'avais vraiment envie. Nudité, vérité, attention, sincérité : ça change tout.

J'avais du mal à réaliser. Je croyais le détester, mais c'était un mensonge que je me faisais à moi-même. Pourquoi je suis comme ça ?

Comme ses parents étaient pas là, j'ai passé chez lui deux jours fabuleux à manger et à baiser avec, en fond sonore permanent, les CD qu'il avait enregistrés pour moi, cinq peut-être. Il me disait qu'il m'aimait et qu'il m'avait toujours aimée, il me disait qu'il m'aimerait toujours, moi je lui répondais pas, je me contentais de lui rire au nez, mais il s'en fichait, il le disait quand même et j'avais envie de l'entendre me le dire. Au moment de partir, je voulais rester, mais j'ai fait celle qui avait envie de s'en aller et, quand j'ai cherché mes habits, tout était plié, même mes culottes, j'étais un peu gênée, mais j'ai pris ça à la blague, je lui ai dit que ça faisait un peu papy. Kirkland, il blague jamais, lui, il fait tout dans les règles. Après, il m'a fait le coup des supplications, trop craquant, il s'est moqué de lui-même en cherchant à me retenir, du coup j'avais encore plus envie de rester. Mais je pouvais pas, je veux pas qu'il tienne trop à moi ou peut-être que je veux pas trop tenir à lui.

Comme j'avais pas mon iPod sur moi, il m'a prêté le sien.

Dehors, il gelait, mais c'était un bon froid. Il m'a raccompagnée jusqu'au métro, on est passés devant une vitrine, toute brillante, comme un miroir, et on s'est vus, moi et Kirkland, main dans la main. Il est plus grand que moi et on avait l'air rigolo tous les deux, après il m'a dit : « T'aimes pas nous voir comme ça ? ». J'ai pas répondu, mais il a continué : « Parce que moi, j'aime bien. » Et il m'a attirée vers son visage et on s'est encore embrassés.

Sur le chemin du retour, j'ai écouté tout ce qu'il m'avait passé le week-end et, même si ça faisait pas pareil que quand on était ensemble, ça donnait quand même quelque chose que j'avais envie d'entendre tout le temps.

Le lendemain, j'ai été voir Susie, mais impossible d'appuyer sur la sonnette. À vrai dire, je savais même pas ce que je faisais devant sa porte. Peut-être que j'avais envie de tout raconter sur Kirkland à ma meilleure pote, à quelqu'un qui irait pas le répéter et qui serait content pour moi, quelqu'un qui sait garder un secret, mais c'est trop tendu entre nous deux et je suis partie. J'ai décidé d'aller voir Kim, mais elle avait la rage contre Lorna, elles s'étaient encore fritées et, du coup, j'ai fini par la consoler avec des banalités du genre : « Elle te mérite pas », alors que j'aurais dû lui dire : « Mais putain, prends tes médocs, espèce de conne ! » ; mais comme c'est ma super copine, j'ai gardé ça pour moi, je l'ai juste serrée contre moi en lui passant des mouchoirs. Pour finir, je suis allée dans le jardin et je l'ai dit à Izzy ; avant elle savait pas garder les secrets, mais maintenant, vu son état, elle est impeccable là-dessus. Gene aussi, mais, lui, il a toujours été comme ça.

NELLY

Marnie fréquente un garçon. Je les ai vus depuis ma fenêtre. Il la raccompagne presque tous les soirs, un vrai gentleman. Parfois, ils se cachent dans les coins d'ombre, là où je ne peux pas les voir. Je me demande quels sont leurs secrets. Ce jeune homme doit être plein d'humour car elle glousse et reste bouche bée à tout ce qu'il dit. Elle en est réellement entichée. Moi, je ne m'intéresse pas aux garçons. Ils sentent la chaussette et l'huile. Ils ont les dents jaunes et des sourires trop grands. J'aimerais mieux qu'ils pensent à leurs livres, j'aimerais mieux qu'ils s'abstiennent de siffler et de reluquer tout le monde, j'aimerais mieux qu'ils ne me regardent pas du tout. C'est très dérangeant.

« Profites-en tant qu'il est temps, jolie poulette, m'a dit Sharon.

– Ne n'appelle pas comme ça, lui ai-je demandé.

– Quoi, t'es pas jolie ? a-t-elle dit en riant. C'est quoi ton problème ? T'es bien foutue. Tu pourrais avoir tous les mecs que tu voudrais, et tu joues les asociales.

– Toi, tu as sûrement quelqu'un ! lui ai-je lancé.

– J'en ai même plusieurs, ma chère.

– Moi, j'ai plus important à faire dans la vie.

– Qu'est-ce qu'il y a de plus important que de s'amuser ? T'as pas quarante ans. Tu devrais venir avec nous des fois. On rigolerait bien. »

J'ai haussé les épaules.

« C'est toi qui vois, petite sauvage… »

Je n'ai jamais été autant soulagée qu'en la voyant partir, j'ai retrouvé mon calme et j'ai foncé à la maison pour voir Lennie. Avec lui, je peux faire de la musique et manger du crumble. C'est exactement ce que le médecin a prescrit. Du crumble et du violon, qui dit mieux ?

LENNIE

En entendant le diagnostic, je n'en ai pas cru mes oreilles. Tumeur au cerveau. Maligne. Invasive. Trop étendue pour opérer, d'après eux. J'en suis resté sans voix. J'ai senti un drôle de picotement au bout des doigts et une acidité sur la langue. Mon corps me paraissait lourd, et ma tête légère. J'ai essayé de me lever et de rentrer chez moi, pour prendre cette sentence et la plier dans un tiroir, mais je n'ai même pas pu me mettre debout, j'ai dû me rasseoir, quelqu'un m'a apporté de l'eau pendant que quelqu'un d'autre me parlait d'hospice puisque je n'avais personne pour s'occuper de moi, ce qui est vrai, il n'y a personne. Je ne vais quand même pas me reposer sur les filles. D'ailleurs, elles n'ont pas à être au courant.

Je suis accablé quand je pense à la mort, j'ai peur aussi, affreusement peur, mieux vaut sans doute ne pas penser à ce genre de choses. Il se peut que je vive encore longtemps, le médecin dit que ça arrive, mais il n'avait pas l'air très optimiste quand je lui ai posé la question, il m'a souri malgré tout, mais c'était un pauvre sourire, enfin, ça fait quand même du bien.

Du coup, j'ai pas mal de choses à organiser. Il faut que je mette mes affaires en ordre, que je fasse du rangement dans ma vie. Tout cela me paraît irréel. Totalement irréel, jusqu'à ce que le quotidien me rattrape, me fasse redescendre sur terre : je trébuche ou je casse une tasse, et alors tout me revient comme une déferlante, les médecins, la tumeur et les sourires gênés.

J'espère partir dans mon sommeil, Joseph, sans m'en apercevoir, simplement fermer les yeux et oublier tout ce que je laisse derrière moi. Je ne veux pas mourir le cœur déchiré. Je ne veux pas mourir du tout.

MARNIE

Il faisait un temps génial ce matin-là et j'étais dans le jardin. Je sens plus autant leur odeur qu'avant, ou peut-être que je me suis habituée ou que mes sens me jouent des tours.

Nelly était à côté, chez Lennie, du coup je pouvais me savourer un CD que Kirkland m'avait fait, fumer une clope et envoyer des textos à mon chéri.

C'est là que je l'ai entendu. Un bruit, qui provenait de l'intérieur de la maison, qui venait me polluer mon dimanche. Au début, j'ai cru que je me faisais des idées, mais après j'ai entendu une voix, une voix pas contente. J'ai pensé aller trouver Lennie, sauter par-dessus la barrière, mais il aurait appelé la police et j'y tenais pas du tout, pas avec deux cadavres dans le jardin. Je me suis demandé si c'était un cambrioleur ou un toxico à la recherche d'un truc à piquer, n'importe quoi, y en a pas mal par ici. Après, j'ai eu peur que ce soit un violeur et je me suis mise à chercher une issue comme une folle, mais y en avait pas, impossible d'aller chez Lennie et impossible d'escalader les murs autour de la maison. J'étais coincée, sans savoir où aller, et j'avais pas du tout envie de me faire violer, alors je me suis cachée dans la cabane.

Il faisait un froid de canard là-dedans et, évidemment, j'ai repensé à Izzy accrochée à la poutre et j'ai senti monter une espèce de malaise, un genre de nausée. À ce moment-là, j'ai senti sa présence, pour la première fois depuis longtemps, comme si elle était à côté de moi, sauf qu'elle était pas là. J'ai entendu des pas, y avait quelqu'un dans le jardin, ça venait vers la cabane, j'étais faite comme un rat, j'avais le cœur sur le point d'exploser et les dents prêtes à mordre. J'ai attrapé un marteau et je me suis mise en garde, j'ai fermé les yeux, j'avais peur de ce que j'allais découvrir, quand alors la porte s'est ouverte et c'était Mick, pas un violeur ni un cambrioleur, juste Mick, qui avait l'air gêné, et un peu effrayé par le marteau.

« Qu'est-ce que tu fous là-dedans ? il a fait sur un ton bizarre d'enquêteur.

– Putain, Mick, j'ai cru que c'était un violeur ou un truc comme ça ! Tu m'as foutu une de ces frousses ! »

Je l'ai poussé violemment au niveau de la poitrine.

« Et comment t'es rentré, d'abord ?

– T'avais laissé la porte ouverte. Mais c'est quoi qui pue comme ça ? il a fait en reniflant l'air.

– Les égouts… »

Je tremblais.

« … ils sont bouchés.

– Nan, c'est pas ça. C'est une odeur d'hosto. Du désinfectant sur de la merde. »

Je suis passée devant lui pour rentrer dans la maison.

« Tu vas où ?

– Je vais nulle part, c'est toi qui t'en vas. Je veux pas te voir ici.

– Ah oui ? », il a fait en rigolant.

Il m'a suivie dans le séjour.

« D'ailleurs qu'est-ce que tu viens faire ?

– Je cherche Gene. T'as une idée ?

– Je te l'ai dit, il est avec Izzy. Ils sont en Turquie.

– Et ça, c'est quoi alors ? »

Il a brandi le passeport de Gene. Et celui d'Izzy.

« T'as trouvé ça où ? »

J'essayais de pas trembler. J'essayais de pas vomir.

« Dans une boîte à chaussures », dans la buanderie.

Je frissonnais maintenant, et pas de froid.

« Écoute, je vais pas te faire de mal, d'accord ? Je veux juste savoir où ils sont et tu vas me le dire, Marnie, je partirai pas d'ici avant. »

Je me doutais qu'il dirait ça.

LENNIE

Elle est sortie de la cabane avec un marteau à la main. J'espérais à moitié qu'elle allait lui en fiche un coup. Elle n'a pas eu cette présence d'esprit. Ils ont discuté un petit moment et puis ils sont rentrés, mais ça n'a pas eu l'air de la réjouir. Pauvre petite, elle est déboussolée mais, si on cherche à l'aider, on sait qu'elle va se verrouiller à double tour alors qu'il faudrait qu'elle s'ouvre pour qu'on puisse la réconforter quand elle sature, quand elle est trop fatiguée pour faire encore semblant. Elle est manifestement à la recherche d'une figure paternelle, d'amour aussi, peut-être ; mais elle ne frappe pas aux bonnes portes, presque volontairement d'ailleurs. C'est sûrement pour ça qu'elle est d'abord allée vers lui, pour chercher de la douleur, nourrir le dégoût qui est en elle. J'ai peur pour elle, comme s'il y avait dans cette jeune pousse une pourriture qui lui dévorait l'âme, qui grignotait tout ce qui est en germe à l'intérieur ; heureusement pour elle, je suis un peu horticulteur et je sais que cette pourriture-là, elle se traite. À condition de tomber entre de bonnes mains, bien sûr.

Il y a un numéro sur son camion. Je l'ai en tête.

Pour des moments d'exception, appelez Mick !

Il est temps d'appeler sa femme, je crois. De lui préparer un moment d'exception.

NELLY

Au beau milieu d'un joli duo, Lennie a été distrait par quelque chose au-dehors. Pour la première fois depuis longtemps, il avait été capable de jouer un morceau d'un bout à l'autre, et en mesure, j'étais aux anges, mais j'ai déchanté en le voyant s'arrêter pour jeter un œil par la fenêtre sur notre vieux et vilain jardin. Mais, en regardant par-dessus son épaule, j'ai vu ce qu'il voyait sûrement lui aussi : Bobby, un membre humain dans la gueule. Sans l'ombre d'une hésitation, Lennie a sauté sur le téléphone et la panique m'a saisie. Je ne comprends pas que Marnie et son ami n'aient pas vu ce que je voyais. Nous allons nous faire arrêter, j'en suis certaine. Il faut que je fasse mes bagages sur-le-champ car nous devons fuir.

MARNIE

Il a mis la maison sens dessus dessous, y avait des plumes partout. Il a éventré l'arrière du canapé avec un canif et visité tous les placards et tous les matelas de la maison, sauf celui d'Izzy et de Gene dont on s'était déjà débarrassées.

« Et eux, leur putain de matelas, il est où ? il a gueulé.

– Gene l'a balancé.

– Pourquoi ?

– Y avait de la merde dessus. Ç'avait tout traversé.

– Quel porc, celui-là ! », il a dit, et il a repris son carnage.

Au bout d'un moment, il est tombé sur la Javel, dans le placard sous l'escalier. Y en avait des litres et des litres.

« T'attends une épidémie ou quoi ? »

Après, il a été sur le côté de la maison où on a enterré Izzy. J'étais super mal, j'étais sûre qu'il allait la trouver et c'est là que j'ai reçu un coup sur la tête et que je me suis retrouvée par terre avec quelqu'un derrière moi qui gueulait : « Petite salope ! ». Je me suis protégé le crâne des deux mains, comme si j'attendais l'explosion d'une bombe, et, pendant à peu près une minute, j'ai pas compris ce qui se passait, y avait quelqu'un qui me donnait des coups de pied, qui me traitait de traînée et disait à Mick que c'était un salaud (effectivement, c'en est un).

« Julie, arrête ! Mais putain, arrête ! », il criait, Mick. Il faisait tout pour l'éloigner de moi, mais elle avait la rage et sa colère décuplait ses forces. « Je vais la tuer ! Putain, je vais la tuer ! » Nouveaux coups de pied. « Mais enfin, laisse-la tranquille ! »

Les coups de pied se sont arrêtés et elle s'en est prise à Mick. Elle a commencé par le gifler, en hurlant, en lui lançant tout ce qui lui tombait sous la main, des vieux trucs surtout, mais lourds, une boule à neige avec le monstre du Loch Ness dedans, un dictionnaire et une paire de bougeoirs, un grille-pain et un pot, des casseroles et des couverts, y en avait partout, et moi j'étais recroquevillée dans un coin, terrorisée, en pleurs. C'est alors que Robert T. Macdonald est arrivé. « Qu'est-ce qui se passe ici ? », il a beuglé.

Mick s'est planqué derrière le canapé et Julie était prête à le taper avec une poêle à frire.

« Vous êtes qui, vous ? elle a fait.

– Le grand-père de Marnie. Et vous ?

– Eh ben, votre petite-fille, c'est une pute, u-ne pute ! »

Robert T. Macdonald a balayé la pièce du regard et, en apercevant Mick qui se faisait tout petit au fond, il s'est tourné vers moi et, l'air stupéfait, m'a demandé : « C'est lui ? ».

J'ai fait oui de la tête.

« Pour l'amour du ciel, mon enfant... », il a fait avec son petit ton désapprobateur qui me gonfle, non mais pour qui il se prend...

J'ai eu envie de lui dire de dégager, de lui dire qu'il avait rien à voir là-dedans, mais j'avais besoin de lui pour ramener le calme, pour m'aider parce que y a personne d'autre.

J'ai hoché la tête et je me suis entendue dire :

« Désolée...

– C'est pas ce que vous croyez, a dit Mick.

– Et qu'est-ce que je crois, jeune homme ? a fait Robert T. Macdonald.

– Je cherche Gene, c'est tout.

– Il est en Turquie avec Isabel.

– Et comment ils y sont allés ? En radeau ? », il a repris, Mick, en sortant les passeports.

Robert T. Macdonald les a attrapés, les a ouverts et les a examinés, et après il m'a regardée, j'avais l'air super gênée.

« Je sais pas où ils sont, j'ai murmuré.

– Elle continue, cette petite pute ! elle a hurlé, Julie.

– Partez ! a ordonné Robert T. Macdonald.

– Il a mon fric. C'est Gene, c'est lui qui l'a ! a dit Mick.

– Vous n'aviez qu'à pas le lui donner, après tout.

– Je partirai pas d'ici tant que je saurai pas où il est, a fait Mick.

– Cette jeune fille vous dit qu'elle n'en sait rien.

– Il y a bien quelqu'un qui le sait.

– Dehors ! », a redit Robert T. Macdonald.

Mick se sentait fort à présent : « Et pourquoi j'obéirais ? ».

Là, Robert T. Macdonald a sauté par-dessus la table et l'a chopé à la gorge en lui serrant le cou comme un tube de dentifrice. La bouche de Mick s'est agrandie, ses yeux sont devenus tout brillants et j'ai cru que Robert T. Macdonald allait l'étouffer, mais Julie lui a mis un coup de poêle qui l'a laissé inconscient par terre. Pensant qu'ils l'avaient tué, Julie et Mick se sont barrés dans le camion de glaces de Mick. Après, Lennie est entré en scène, pour lui il fallait montrer Robert T. Macdonald à un médecin, mais Robert T. Macdonald est revenu à lui et il a dit qu'il irait lui-même. Lennie lui a fait du thé et a essayé de remettre de l'ordre, mais c'était peine perdue, tout était cassé ou tordu, y avait rien à sauver, partout où on regardait, c'était la désolation.

« Où sont-ils ? m'a demandé fermement Robert T. Macdonald.

– Ils sont partis avec le camion à Mick.

– Pas ces deux clowns-là… Où est Izzy ? Et Gene ? »

Et là j'ai eu envie de tout lui raconter. J'ai eu envie de tout raconter à Lennie aussi. J'ai eu envie de lui dire que Gene et Izzy étaient enterrés dans le jardin. J'ai eu envie de lui dire que je vendais des glaces et de la drogue et que je baisais avec un homme marié. J'ai eu envie de lui dire que j'en pouvais plus et que j'aurais bien aimé que ce soit moi qui sois enterrée dans le jardin pour oublier tout ça, mais j'avais à peine ouvert la bouche que Nelly débarquait en demandant : « À qui est cet enfant ? ».

Mick et Julie avaient oublié leur bébé…

Une demi-heure plus tard, Julie a ouvert la porte à toute volée, attrapé son petit qui gazouillait dans son siège de voiture et fait un doigt à toute l'assemblée.

« Quel manque de distinction, a dit Nelly.

– Je t'emmerde, a fait Julie. Je vous emmerde tous ! »

LENNIE

Comme toujours, Marnie s'est empressée de justifier leur absence, mais, pour Robert T. Macdonald, c'était un peu court.

« Ils sont partis, a-t-elle dit, je sais pas où.

– Mais tu étais au courant pour l'argent ? a demandé Robert T. Macdonald.

– Mick m'en avait parlé.

– Cet argent vient de la drogue, non ? »

Elle a fait oui de la tête.

« Tu couches avec tout le monde, on dirait, a lâché Robert T. Macdonald.

– Qu'est-ce que ça peut te faire ! s'est écriée Marnie.

– Que ça te plaise ou non, jeune fille, je suis ton grand-père et ces mensonges n'ont pas lieu d'être, ces relations n'ont pas lieu d'être et votre hébergement chez ce monsieur n'a pas lieu d'être. Où sont-ils ?

– Je sais pas.

– Je pourrais aller trouver les autorités.

– Si tu fais ça, Izzy est cuite. C'est ça que tu veux ? Elle risque la prison.

– Comment a-t-elle pu vous abandonner ainsi ? »

Il y avait de la souffrance dans sa voix, de la déception.

« Tu peux parler... lui a lancé Marnie.

– Je l'ai abandonnée avec sa mère, nuance !

– Sa mère est morte. Elle était absolument seule au monde. Pas étonnant qu'elle se soit jetée dans les bras de Gene. Tout ça, c'est de ta faute ! »

Marnie était au bord des larmes. Je voyais bien que les événements de la journée l'avaient mise à rude épreuve et sa sortie contre Robert T. Macdonald n'était pas pour me déplaire.

« Allons, Marnie, l'heure n'est plus aux règlements de comptes, a dit Nelly, postée, une valise à la main, dans l'angle le plus épargné de la pièce. Ils vont revenir. Ils reviennent toujours, lui a-t-elle assuré. Courage, ma vieille ! »

Marnie paraissait incrédule et aussi abasourdie que moi par la bravoure inattendue de sa sœur.

« Je propose que tout le monde s'assoie, que nous dégustions une bonne tranche de gâteau et peut-être une tasse de thé. Tu t'en chargerais, Lennie ?

– Bien sûr, ai-je dit, je m'en ferais un plaisir. »

Mais je n'en pensais pas un mot.

NELLY

Je ne savais pas quoi faire de moi ni de ma valise.

Voilà que Bobby apportait dans le salon de Lennie quelque chose qui ressemblait à un genou et que ma sœur vendait des confiseries au grand dam d'une épouse déséquilibrée.

J'étais à bout de nerfs, le mot n'est pas trop fort. Cela n'a pas été une mince affaire de retrouver l'os et de le remettre en terre. Je ne savais même pas de quelle dépouille il provenait.

Le thé et le gâteau de Lennie sont tombés à pic. Ils ont ensoleillé une journée qui avait été éprouvante pour tout le monde. Marnie a fini par retrouver son calme et Robert T. Macdonald nous a demandé de passer davantage de temps avec lui jusqu'à ce qu'Izzy revienne. Comme Marnie sait que ce n'est pas demain la veille, elle a été quelque peu réticente à accepter, mais je me suis montrée plus enthousiaste. Il nous avait quand même sauvé la mise. Puisque passer un après-midi tranquille en balade ne pouvait faire de mal à personne et que notre petit déjeuner en commun nous avait laissé un bon souvenir, rendez-vous fut pris. Marnie, évidemment, trouva des excuses pour y couper, ce qui me déçut fortement. Il était pourtant intervenu pour la protéger, et Dieu sait ce qui se serait passé s'il n'avait pas été là...

Marnie n'a plus dans ma vie le rôle de soutien qu'elle a eu ; d'ailleurs, elle m'a trop souvent fait faux bond. Je ne la vois plus guère ces temps-ci. Je ne comprends pas ce qui peut l'accaparer autant alors qu'il y a du travail à faire, des secrets à garder et des gens à surveiller. Grand-père constitue évidemment une source d'embarras et, si sa fille ne donne pas bientôt signe de vie, nous allons tous nous retrouver dans le pétrin. Dans un fameux pétrin !

MARNIE

« À manipuler avec précaution. » C'est ma ligne de conduite avec Robert T. Macdonald. Un faux mouvement et on est grillées. Pour une fois, Nelly s'est contentée d'ouvrir de grands yeux et l'a pas ramenée. Elle a pas posé de questions sur Julie et Mick, par exemple, ni sur des choses qu'elle a entendues, je le sais, comme la drogue et ma liaison avec un homme marié. Mais elle a tenu à savoir pendant combien de temps j'avais vendu des glaces.

« J'en vends plus, je lui ai dit.

– Excellente nouvelle. Ça fait grossir, tu le sais, et ce n'est pas bon du tout pour le teint.

– Mais Gene, il aimait ça, non ?

– Je ne saurais le dire », elle a murmuré.

J'ai failli hurler.

Voilà qu'elle veut copiner avec Robert T. Macdonald, tout ça parce qu'il a été le super héros du jour, alors qu'elle sait rien, mais ce qui s'appelle rien, de lui. Comme nous, d'ailleurs.

NELLY

Lennie est vraiment pénible. Toujours parti en vadrouille. Et tellement secret. Peut-être qu'il a une amie ? Heureusement qu'il y a papy pour garder un œil sur nous. Il est très présent et il a le cœur sur la main. Que je me sens mal de devoir lui mentir pour garder nos secrets…

Nous nous sommes follement amusés dernièrement, nous sommes allés dans un tas d'endroits épatants. Il connaît Glasgow comme sa poche. Il aime bien aller à Sainte-Marie. Cette cathédrale tient une place très importante dans son cœur, avec ses plafonds voûtés et ses bancs en chêne ouvragé. J'ai l'autorisation du père McKeown, un vrai Irlandais et un véritable personnage, de jouer près de l'autel. Pour lui, la musique est un phénomène céleste, ni plus ni moins. Papy n'est pas peu fier ! Il rayonne. Le père McKeown dit que j'ai beaucoup à apporter à l'église, de même que papy, qui avait apparemment envisagé d'entrer dans les ordres étant jeune. Quel dommage, car je pense qu'il aurait fait un excellent prêtre. Excellent.

LENNIE

La femme du vendeur de glaces est passée hier après-midi pendant que j'étais en train de chercher mes chaussures. Tes chaussures. Je ne les trouve nulle part et je ne peux pas sortir sans, il fait humide et froid. Je vais me geler les pieds. Elle est un peu hautaine, à vrai dire, et je n'étais pas spécialement réjoui de la voir, même s'il m'a fallu un moment pour la remettre, c'était très gênant. Je me suis dit qu'elle en avait encore après Marnie, mais pas du tout. Son mari a disparu et, apparemment, il aurait emporté le peu qui restait sur leur compte. Quelle classe... Elle a bien pris garde de ne pas venir pendant que les filles étaient là et elle espérait secrètement que je l'aurais vu dans le coin. De toute évidence, il lui colle encore à la peau, cette crapule. Il fuit quelqu'un, c'est on ne peut plus clair, et j'espère qu'on va le rattraper ; un type comme ça ne mérite pas de respirer. Tout ce qui lui reste à elle, c'est leur petit bébé – et le camion, bien sûr. Je lui ai dit de reprendre l'affaire à son compte, de la développer. Elle a paru emballée par cette idée, mais ça ne me regarde pas. Je me moque bien de savoir où il se cache, ce scélérat. J'ai assez de problèmes comme ça.

MARNIE

Mick a disparu et tout le monde le recherche, Vlado compris, mais il est parti. Vlado a passé le dossier à ses associés et ça ratisse dur. Si jamais il pose ne serait-ce qu'un orteil sur le sol de Glasgow, il vaut mieux que ce soit avec un sac plein de fric, sinon il va dérouiller, voire pire. Je suis bien contente qu'il soit parti. J'en pouvais plus de le voir là, à me rappeler ce que ne doit pas être l'amour.

Avec Kirkland, on passe des moments fantastiques. Comme dans un film français en noir et blanc des années 60, on est en imper et on se promène sous la pluie, sauf qu'on a pas d'imper, mais on a quand même fait du canot dans le parc, une fois.

J'ai décidé de laisser papy en paix. Il est sympa, en fait, même s'il a étranglé Mick avec un plaisir que j'ai trouvé troublant. En tout cas, il est costaud.

Entre Nelly et papy, c'est le grand amour. Ils sont tout le temps partis à droite à gauche, ils s'entendent bien visiblement et il adore l'entendre jouer du violon. Normal. Il a aussi rencontré Kimbo, mais elle l'aime pas. Elle a dit : « Il y a un truc qui me revient pas chez lui. » Je dois dire que Kimbo a plutôt du flair dans ce domaine, du coup je garde ça dans un coin de ma tête, même si on voit mal ce qui pourrait ne pas tourner rond chez l'irréprochable Robert T. Macdonald, lui qui donne à la bonté une nouvelle dimension. Il a embauché Sandy, lui a appris un métier, l'a sorti de l'héro, il peut pas passer devant un clodo sans lui donner une pièce et, quand il parle de Lennie, il a que du bien à en dire. J'ai quand même levé le pied sur les visites d'églises, mais Nelly, elle, elle y va tous les dimanches, il la fait même jouer pendant que les gens s'installent et se préparent à recevoir la parole de Dieu.

Le seul problème qu'on a en ce moment, c'est avec Lennie. Il est un peu ronchon ces temps-ci et visiblement il veut pas entendre parler de Robert T. Macdonald, et c'est dommage parce que papy, lui, il l'aime bien. Pour être franche, je suis un peu déçue ; je pensais que Lennie valait mieux que ça, mais qu'est-ce qu'il peut être boudeur... On a tous mangé le rôti dimanche dernier, comme le veut la tradition. On était allés en ville avec papy pour acheter des habits ; il est très généreux, super généreux même. Il m'a emmenée chez Top Shop et, pour Nelly, il a pris des tas de DVD avec Bette Davis, une vraie vidéothèque, on va se regarder ça avec du pop-corn le week-end prochain chez lui et dormir sur place, une grande première. Le moment est venu de voir à quoi ça ressemble, sa maison, je me le promettais depuis des semaines. Il était heureux comme tout. Sinon le dîner était raté, Lennie avait sorti du vin et papy a dit qu'il buvait pas, ce qui est faux parce qu'il nous avait emmenées au restaurant dernièrement et il s'était pris un verre de rouge. Il a dit que tant qu'on boit avec un bon repas, ça va, mais que c'est quand on boit dans un square avec des dépravés que ça se gâte.

Papy a aussi pris en charge le loyer de la maison jusqu'au retour d'Izzy. Je suis mal à l'aise avec ça parce que y a plus d'Izzy. Je me demande souvent si Nelly est pas tentée de lui dire la vérité. Ils sont tellement complices maintenant. Il est trop gentil avec nous et, des fois, j'ai l'impression qu'on est des voleuses qui profitent de lui et qui l'appellent papy tout en sachant que sa fille est enterrée dans le jardin. On a peur, évidemment, parce que, quelque part, il se demande toujours où elle est passée. Maintenant, il se dit qu'ils doivent être à la campagne, sans trop savoir où. C'est vrai d'ailleurs, mais pas là où il croit.

NELLY

Quel plaisir d'être avec papy et, de ce point de vue, Lennie est vraiment chic. Il a même invité papy à dîner dimanche dernier, encore que papy soit un peu réservé sur la consommation d'alcool de Lennie. Il lui en a même fait la remarque. Je lui ai assuré que Lennie n'était jamais soûl, mais il m'a recommandé d'ouvrir l'œil, ce que je ne manquerai pas de faire, car il est vrai que, ces derniers temps, Lennie est moins solide sur ses jambes – il a même failli tomber au supermarché la semaine dernière. Il n'est pas aussi jeune qu'il le croit et, c'est la vérité, le dimanche il s'accorde au moins deux verres. « Pas de bœuf sans un bon verre de rouge », dit-il, mais s'il venait à en pâtir, je ne me le pardonnerais jamais. Papy a très bien fait de lui en glisser deux mots, avec tact bien sûr et en évitant de le froisser. Ils sont devenus très copains, ces deux-là, ils s'entendent comme larrons en foire. Bien entendu, j'invite Lennie à nous accompagner partout où nous allons, mais il a tant à faire. D'ailleurs, il est un peu solitaire ces temps-ci, il se replie sur lui-même. J'imagine qu'il en a longtemps été ainsi avant que nous fassions irruption dans son monde, avec tous nos besoins et nos désirs, c'est la bonté même, mais il doit être content d'avoir quelqu'un pour partager ce fardeau ou peut-être pour le soulager de notre présence. Sans être méchante,

Lennie n'est plus tout jeune et il aspire sûrement à se retrouver seul chez lui, à passer tranquillement ses soirées au piano sans se sentir obligé de jouer des duos avec moi. Il va peut-être se remettre à la pâtisserie, il n'en fait plus guère en ce moment. Il est vrai qu'il a beaucoup à faire, avec notre lessive et le bazar que nous lui laissons chaque matin, moi qui ne fais jamais mon lit. Il repasse même nos vêtements, quoiqu'un peu moins depuis quelque temps, depuis l'incident de la chemise brûlée : il avait laissé le fer dessus pendant qu'il prenait un thé. Il doit être fatigué. C'est sûr, nous l'avons beaucoup mobilisé, tandis que papy, lui, déborde d'énergie et a une maison à lui. Un grand jardin, plein de chambres pour y passer le week-end. J'ai organisé le prochain là-bas, ce n'est pas Lennie qui va s'en plaindre. Retrouver une famille, une vraie, je ne rêve que de cela. Papy a même une voiture, une voiture bien chauffée avec laquelle il peut passer nous prendre. J'ai toujours envié les filles qu'on venait prendre en voiture. Quand il pleut ou qu'il neige. Les parents qui sortent des goûters de leurs sacs posés sur le siège avant. Des filles bien polies, heureuses de retrouver une maison aux lumières douces, un intérieur chaleureux, l'odeur du repas qui se faufile jusqu'à la table du dîner où elles prennent place et se régalent de petits plats maison. Des intérieurs comme celui de Lennie, sûrement. Je me dis que papy doit être affreusement seul. Il doit être autant en quête d'une famille que nous. Je sais que c'est cela dont il a envie. Être avec nous jusqu'au retour d'Izzy. Sauf qu'Izzy ne reviendra pas. Jamais. Qu'allons-nous bien pouvoir faire ?

LENNIE

Le culot qu'il a, celui-là, ce n'est pas croyable. Il s'invite à dîner, s'assoit en face de moi, passe le repas à m'observer avant de me sortir : « Deux verres de vin, Lennie ? On arrose quelque chose ? ». Mais pour qui se prend-il, cet imbécile, pour venir me dire chez moi ce que je dois faire, ce que je dois boire, et puis sa façon de blaguer sans arrêt avec ses « petits-enfants », de leur acheter des cadeaux et tout ce qui leur fait envie ? Si seulement elles étaient conscientes du danger qu'il représente.

Je n'ai rien vu venir. Il n'y en a plus que pour ce papy, « papy » par-ci, « papy » par-là... Quand on y pense, on dirait des petits animaux perdus qui se nourrissent des restes des autres. Une fois que le pli est pris, ils n'ont plus envie de partir, c'est bien connu. Ils restent tout le temps là à rôder, à attendre le prochain os de poulet. Je ne leur ai jamais donné mes restes, moi. Je leur ai donné de l'amour, je leur ai donné des choses dont elles avaient besoin, et du fond du cœur. Oh... Je ne suis pas un vieux prétentieux, peut-être que ce sont elles qui m'ont apporté, qui ont nourri ma solitude, que c'est moi qui ai été à leur charge. Moi, un vieux en détresse, seul, qui cherchait de la compagnie, qui a fait semblant d'être de leur famille. D'être leur grand-père, jusqu'à ce qu'arrive cet affabulateur. Peut-être éprouvent-elles le besoin de passer à autre chose. Bien sûr que je les laisserai partir ; je te jure que je le ferais, Joseph, si seulement je savais qu'il ne leur fera pas de mal, mais je n'en suis pas sûr. En fait, je ne suis sûr de rien pour l'instant. Tout est embrouillé.

MARNIE

Kirkland, il rappelle jamais. Ce que ça peut me soûler, ça, disons qu'il appelle, mais qu'il répond jamais aux messages que je lui laisse. C'est tout le temps : « On se voit quand ? » « Tu passes quand ? » « Ça fait des heures que je t'attends. » « Putain, Marnie, bouge-toi ! ».

Sérieux, il me traite comme un pote sur qui on peut pas compter plutôt que comme sa copine. En plus, il avale des tonnes de *jellies*, je sais pas d'où il les sort, pas de chez moi en tout cas, Vlado a fait le ménage. Il dit que ça augmente son plaisir au lit, ce qui me plaît qu'à moitié ; parce que moi toute seule, ça lui suffit pas ? Il dit aussi que ça enrichit sa création, mais, en dehors de sa bite, je l'ai pas vu avec grand-chose dans les mains ces dernières semaines.

Bref, l'autre jour, papy est venu me trouver à la sortie de l'école, il avait envie de dîner avec moi, mais j'ai dû décliner parce que Lennie avait préparé à manger, du coup papy l'a mal pris, et quand je dis mal, c'est vraiment mal.

À ce moment-là, il pleuvait à torrents et, je sais pas ce qui se passe avec la pluie, mais on prend une autre position, on se voûte, on se lèche le visage, on regarde ses chaussures qui claquent sur le béton et, pour revenir à moi, je m'en voulais d'avoir oublié cette saloperie de parapluie à l'école. Quand il pleut, le monde change et les gens changent, comme si, d'un seul coup, tout le monde passait en mode pluie. Glasgow devient silencieux quand il pleut, personne parle, on a qu'une chose en tête, échapper à la douche, trouver un abri ou un endroit pour s'embrasser ou discuter, ou alors se battre, dégueuler ou baiser. Y a des gens qui aiment bien se bécoter sous la pluie, ça fait romantique, surtout dans les films ringards, mais, franchement, si quelqu'un m'embrassait sous la pluie, je me dirais qu'il se la joue un peu. On doit pouvoir pleurer sous la pluie, mais, en même temps, à quoi bon, personne le voit – mais tant mieux si t'as pas envie d'être vu en train de pleurer –, alors bien sûr Gene Kelly dit qu'on peut chanter et danser sous la pluie, mais, pour moi, c'est pas demain la veille, j'ai pas envie de passer pour une grosse tarée.

Enfin, voilà papy qui pique une grosse colère au sujet du menu parmentier-crumble de Lennie, crumble parce qu'on était mardi et que, le mardi, Lennie fait toujours un crumble. Il était furax, papy, et là j'ai remarqué qu'il portait une veste en jean, comme s'il tombait pas une goutte alors que, la pluie, ça faisait pas semblant, il pleuvait des cordes depuis des jours, dans certains coins on voyait même des gens en barque. Et il avait pas non plus les mains dans les poches, elles virevoltaient autour de lui, et il se tenait tout droit, pas voûté, et la pluie, c'est comme si elle soulignait ses rides de mauvaise humeur, ses frustrations, jusque-là j'avais jamais vu ça, d'ailleurs je pense pas avoir déjà fait attention aux gens quand il pleut, sauf quand je suis dans le train et que, comme les autres passagers, j'ai échappé aux gouttes. En général, sous la pluie, on court, mais papy, lui, on aurait cru un curé en train de pourrir Lennie du haut de sa chaire.

« Mais qu'est-ce qu'on en a à foutre de ce qu'elle fait à bouffer, cette tantouse ! Je suis ton grand-père, quand même ! Tu peux pas être tout le temps fourrée chez lui, tu sais. Il est rien pour nous ! »

Ses phrases étaient pleines d'ordres, de directives, que j'appréciais qu'à moitié, surtout quand mon téléphone s'est mis à sonner et qu'il l'a attrapé comme si c'était à lui :

« Donne-moi ça ! j'ai gueulé.

– C'est Lennie », il a fait d'un ton parfaitement calme en regardant l'écran.

Il m'a rendu le téléphone comme si rien s'était passé et il a ajouté : « Et si tu l'invitais avec nous ? », tout radouci, rien à voir avec celui qui venait de péter les plombs parce que j'allais manger avec Lennie.

« Nan ! », j'ai fait parce que je supporte pas le temps lourd ni la mystérieuse aptitude de papy à faire son sergent instructeur dès qu'y a de l'orage.

Il a fini par dire : « Bon. Fais ce que tu veux. Je suis crevé. »

Et il est parti. Sans courir. Tranquille. Les mains toujours sorties des poches. Incroyable. Les gens normaux, ils courent quand il pleut, non ? Les anormaux aussi, la plupart en tout cas, les seuls qui marchent sous la pluie, pour moi, c'est les écolos, les clodos et les grands psychopathes. J'ai aussi vu David Bowie sous la pluie, mais c'était pour un clip et c'était sûrement pas de la vraie pluie, Kate Winslet aussi, avec un bonnet, mais elle touche des millions, donc elle peut bien marcher quand ça lui chante. Pendant un moment, je me suis demandé s'il fallait que je le suive, mais j'ai eu un texto de

Kirkland et je me suis dit que non, finalement. De toute façon, papy m'avait trop foutu les boules et, pour être franche, j'étais en train de me dire que Kimbo avait peut-être raison : papy, il est pas net.

NELLY

Je ne sais plus à quel saint me vouer. Marnie m'a demandé de calmer mes ardeurs au sujet d'une invitation lancée par papy : il veut nous avoir chez lui pour le week-end, or Marnie estime que nous devrions redoubler de prudence en sa présence, mais pourquoi diable ? La voilà tout à coup qui se met à douter de quelqu'un qui lui achète des tenues ravissantes et qui nous emmène dans de superbes endroits, qui m'offre des figurines de Harry Potter – et elles ne sont pas données, soit dit en passant.

Mais qu'ont-ils tous ? Faut-il se méfier de tous ceux qui croisent notre chemin ? Ses arguments ont été pitoyables : selon elle, il n'est pas correctement équipé pour la pluie et il « fout un peu les jetons »… Lennie était aux anges, ce qui m'a choquée au-delà de tout. Moi qui pensais que papy et Lennie s'entendaient à merveille, cela montre à quel point Lennie peut avoir un double visage. Je suis abasourdie. Alors, si on n'a pas d'imper, on passe pour un moins-que-rien, quelqu'un de suspect... Maudits soient-ils, ces deux-là !

Papy a manifestement été envoyé par l'ange de la Providence pour s'occuper de nous. Pourquoi Marnie n'a-t-elle jamais les mêmes envies que moi ? Je ne peux pas être avec lui sans elle, elle sait cela. Je ne peux pas me passer d'elle. Je vais la supplier. Je vais l'implorer, de toute mon âme.

MARNIE

Je sais pas comment elle a fait pour me convaincre de passer un week-end loin de Kirkland, mais je me sentais pas de la laisser seule avec « papy » tant que je l'aurais pas cerné un peu mieux, celui-là. Il m'a trop énervée l'autre jour en attrapant mon téléphone, et puis, globalement, il m'a fichu la trouille, là, sous la pluie, sans compter que j'ai vraiment pas apprécié qu'il casse du sucre sur le dos de Lennie. Lennie, il a été impeccable avec nous. On l'adore. Lui, c'est la seule famille qu'on ait eue depuis longtemps. Attention, je sais que « papy » aussi, mais, lui, il va falloir qu'il s'y fasse à Lennie, qu'il se dise qu'il tient une grande place dans notre vie. Le truc, c'est que « papy », il croit qu'Izzy et Gene vont revenir et que, comme ça, il aura plus Lennie dans les pattes. Sauf que non. Pour nous, Lennie, c'est pas négociable et je suis quasiment sûre que, quand il aura compris qu'Izzy reviendra pas pour s'occuper de ses deux petits chérubins, il va lancer des recherches dans tout le pays pour la retrouver. Déjà qu'il fronce les sourcils en nous regardant, comme si on savait ce qu'elle est devenue – Lennie le faisait déjà aussi. Il sait qu'elle est pas à l'étranger parce que Mick a trouvé leurs passeports et il se dit secrètement que nous, on sait où elle est. Un peu qu'on le sait.

Pour être franche, le fait qu'Izzy ait été lamentable comme mère a été un argument fabuleux et, je sais que ça paraît débile, mais, dans notre situation, tout ce qui peut détourner leur attention est bon à prendre, pas facile de planquer des parents en décomposition dans son jardin...

Dans sa maison, c'était grand et tout neuf et, indéniablement, ça sentait la nicotine. Il fumait alors qu'il disait que non. Ce mensonge m'a fait rire, mais juste un peu, manifestement c'est un hypocrite, mais comme il est aussi chrétien, ça revient plus ou moins au même. Les fenêtres étaient toutes brillantes avec leurs cadres en plastique, les planchers blonds. Il y avait un puits de lumière dans la cuisine, et aussi trois chambres, dont une pour les invités. La nôtre était incroyable. Avec des lits gigognes fabriqués à la main et des étoiles sculptées sur les têtes de lit. Les murs étaient roses avec des personnages de dessins animés peints dessus. Il y avait une boîte à musique avec une petite ballerine. Un fauteuil à bascule avec des coussins assortis aux murs. Des étagères remplies de livres pour enfants, des dessus-de-lit pareils et un bureau pour moi. En chêne. Poli. Pas rose. Visiblement, il a l'intention qu'on vienne habiter chez lui un jour, et pas seulement un week-end. Je me suis demandé si la chambre en plus, elle était pour Izzy. Et là, j'ai eu mal pour lui.

Après, on a regardé un film avec Bette Davis sur une femme qui se néglige, mais qui après retrouve sa beauté pour une croisière en bateau. Elle rencontre l'amour de sa vie, mais ils pourront jamais vivre ensemble. La déprime totale, mais Nelly a adoré. Il nous a offert des tonnes de bonbons. Des Pick and Mix. Des Mars et du Coca. Tout ce qui est mauvais pour nous. Tout le monde est allé au lit à 11 heures passées ce soir-là après une conversation déprimante sur l'enfance d'Izzy, un univers que, nous, on connaît pas. Ça nous a un peu secouées d'entendre tout ça. Ce qu'elle faisait quand elle était petite, les endroits où elle a été. Il avait des tas de souvenirs, à mon avis il les trouvait marrants, mais, nous, ils nous ont foutu le bourdon. Il nous a raconté qu'Izzy était trop intelligente, qu'elle savait lire à trois ans et compter à quatre. Qu'elle se cognait dans les portes parce qu'elle avait un problème aux yeux. Il nous a parlé de la fois où elle avait pris quelqu'un pour le Père Noël parce qu'il était gros et qu'il avait une barbe. Il nous a raconté qu'elle avait volé l'alliance de sa mère parce qu'elle voulait se marier avec son père. Elle l'avait enterrée dans le jardin et il leur a fallu des jours pour la retrouver. Et puis aussi une anecdote sur Izzy qui avait donné un coup de pied au dentiste en se réveillant d'une anesthésie, et une autre où elle avait fait une fugue et où on l'avait en fait retrouvée sous son lit avec un paquet de nounours en guimauve. « Elle était allée nulle part ! il a dit en rigolant. Vous vous rendez compte ?! » Ses histoires me mettaient mal à l'aise parce qu'il oubliait de parler d'Izzy quand lui se soûlait et qu'il la tapait.

Nelly, elle, ça l'a bouleversée et elle s'est mise à chialer. Nous, on avait nos histoires à nous sur Izzy et elles étaient pas marrantes. C'étaient des histoires d'une toxico qui s'occupait pas de ses enfants et qui s'aimait pas, la faute surtout à celui qui était assis en face de nous en train de nous parler d'une adorable fillette de trois ans qui avait confondu un vieux monsieur avec le Père Noël et perdu une alliance dans un jardin. J'avais des scrupules à lui dire qui était vraiment Izzy et puis je me suis dit que ça valait pas le coup. La plaisanterie avait assez duré. Izzy avait été une mère épouvantable, elle reviendrait pas et il méritait d'être au courant. Après lui avoir donné ma version du personnage et libéré une vérité qui m'empoisonnait, j'ai levé les yeux et découvert un vieillard, la tête dans les mains, mais qui pleurait pas ni rien, qui se taisait en ruminant tout ça. Je lui ai raconté tout ce dont je me souvenais, mais c'était pas encore assez pour moi. Jusqu'à la fin de mes jours j'aurais pu lui dire à quoi ressemblait la vie avec Izzy et Gene, mais il m'a arrêtée.

« Assez ! il a supplié en se frottant le visage de détresse.

– Elle reviendra pas, je lui ai dit. Elle et Gene, ils ont l'argent de Mick. Ils peuvent pas rentrer.

– Ne dis pas de bêtises ! il a fait, comme une menace – et c'en était une, genre : "Ne me dis pas ce que je sais déjà au fond de moi."

– Marnie a raison, a murmuré Nelly. Mère me l'a dit. Elle a dit qu'elle nous aimait, mais qu'elle ne pouvait pas rester. Elle a dit que nous pourrions nous prendre en charge parce que nous étions raisonnables et fortes. Elle est partie un dimanche matin. »

Ces paroles n'étaient pas inventées. Je l'ai compris en la regardant. C'étaient les paroles qu'Izzy avait prononcées devant Nelly avant d'aller à la cabane de jardin, des paroles que Nelly avait toujours gardées pour elle.

« Et Lennie, il sait quoi ? il a demandé.

– Tout, mon cher ! a fait Nelly.

– Arrête de parler comme ça ! il a beuglé.

– Elle peut pas s'en empêcher ! », j'ai fait, mauvaise.

Il s'est mordu un coin d'ongle et l'a recraché sur le sol. Son visage était rouge, il voulait pas blesser Nelly, simplement il supportait pas que Lennie sache quelque chose et lui non.

Et c'est comme ça qu'on s'est retrouvées au lit, avec lui en bas qui faisait la tête et les cent pas sur la moquette.

Un peu plus tard, je me suis glissée sur le palier et je l'ai regardé, assis tout seul dans le séjour. Il était dans un fauteuil à se malaxer les mains. Il buvait du whisky et fumait une cigarette. Il faisait tout ce que je l'avais jamais vu faire avant et ça m'a énervée. S'il avait pas picolé, s'il avait été un vrai père pour Izzy, elle aurait été quelqu'un d'autre, mais elle a été ce qu'elle a été, c'est-à-dire Izzy, et personne pourrait plus rien y changer.

NELLY

Marnie a pris le lit du bas ; il était plus large et me condamnait à une nuit de pur calvaire en haut.

Il ne nous a pas dit d'aller nous coucher, c'est Marnie qui a proposé de le laisser seul pour méditer sur les révélations qu'elle venait de lui faire, sans se soucier de l'effet que ces confidences avaient produit sur moi. Devant les vérités assénées par Marnie et la facilité avec laquelle elles tombaient de ses lèvres, j'avais été saisie de panique. Comme j'aurais aimé qu'on en reste à ce qu'il connaissait de ma mère. Nul doute que ses regrets se mêlaient de honte car il se savait responsable de l'essentiel des tourments que ma mère s'était infligés pendant des années et il m'inspirait une réelle pitié. Il va cesser de la chercher désormais, j'en suis certaine. Son existence va tourner autour de ses petits-enfants et, ensemble, nous allons trouver le bonheur. Peut-être que Lennie pourrait quitter Hazelhurst Road… Nous pourrions habiter ensemble. Je ne voudrais pas être séparée de Lennie. Il est tout pour moi. Je me demande si je dois en parler à papy ? Après tout, il y a trois chambres chez lui.

MARNIE

Comme j'avais soif, je suis descendue à la cuisine prendre un verre d'eau. En remontant, j'ai vu que la lumière était restée allumée dans la troisième chambre et j'y suis allée pour l'éteindre – c'est ça d'avoir grandi en tirant le diable par la queue.

J'ai remarqué que la commode sur laquelle était posée la lampe avait pas été bien refermée et j'ai aperçu des photos et des papiers personnels à l'intérieur, quelqu'un les avait regardés et avait oublié de repousser le tiroir à fond. J'ai pas pu résister. On aurait dit que Robert T. Macdonald avait toute sa vie là-dedans, une vie qui représentait mine de rien la moitié de la mienne... J'ai regardé tout ça en vitesse en jetant un œil sur la porte toutes les cinq secondes. J'avais pas envie de me faire choper en train de fouiller, mais j'étais sûre qu'il dormait comme un loir.

J'étais sciée. Y avait des photos d'Izzy petite, des quantités. De voir la petite fille adorable qu'elle avait été, ça m'a rendue plus triste que les révélations de Nelly dans la soirée. Sur une photo, on le voyait, lui, à son mariage avec ma grand-mère. J'en aurais rêvé de cette robe, je l'imaginais dans une boîte, dans un vieux grenier poussiéreux, soigneusement enveloppée dans du papier de soie pour le jour de mon mariage, mais, comme tout le reste dans notre vie, elle s'était perdue dans l'ouragan qu'avait été notre passé, un passé que je connaîtrais jamais, un passé qu'on pouvait seulement deviner à travers des images en noir et blanc tachées de nicotine. La plupart montraient des gens que je reconnaissais pas, malgré les noms gribouillés au dos : « Janet 1963 ». « Mhari et Kip – Oban. » « Maman, papa et le petit Willie. » La photo d'un soldat. Une autre photo de mariage.

Et puis moi.

En couleurs.

Avec Izzy.

Avec Nelly.

Le mur de galets. Le portique et, là, Nelly qui montre quelque chose à l'arrière-plan.

Tout à coup, une main s'est posée sur mon épaule. J'ai fait tomber toutes les photos que je tenais, sauf celle en couleurs.

« J'adore cette photo », il a dit.

Il avait un visage sévère.

« C'était quoi, ça ? je lui ai demandé en la lançant vers lui.

– Tu ne t'en souviens pas ? »

J'ai fait non de la tête.

« Elle venait de quitter votre papa, elle se droguait, elle buvait. Écoute-moi, Marnie... »

Il s'est avancé pour me prendre la main, mais je l'ai retirée. Il a eu l'air furieux.

« Tu nous as rejetées ? », j'ai murmuré.

Il a hoché la tête.

« C'était gênant. J'avais honte. J'habitais une petite ville. J'avais une réputation ; j'essayais de me relancer. Elle venait me rappeler des choses que je n'étais pas prêt à affronter, alors je lui ai donné un peu d'argent et elle est partie. Ensuite j'ai déménagé et...

– Sans laisser d'adresse, *a priori*.

– Je suis désolé.

– Alors qu'est-ce que tu cherches maintenant ? Tu avais retrouvé Izzy et tu l'as laissée partir. Tu nous as laissées repartir toutes les trois. Tu sais par quoi on est passées ? Tu sais que t'aurais pu nous être d'un grand secours ? Tu l'as abandonnée deux fois, comment t'as pu faire ça ? »

Il avait l'air tendu, il s'est remis à se ronger les ongles.

« Qu'est-ce que tu attends de nous ?

– Je veux me racheter.

– Non, c'est trop tard », elle a fait.

J'avais pas remarqué qu'elle était là, mais c'est tout Nelly, ça. Elle se déplace sans bruit, le pied léger.

« Fais-moi voir. »

Je lui ai tendu la photo. Son visage s'est durci.

« Qu'y a-t-il d'autre là-dedans ? elle a demandé.

– Que des photos, j'ai répondu.

– Laisse-moi regarder. »

Il était pétrifié. Incapable de faire un geste. Il savait précisément ce qu'elle allait trouver et il avait peur.

Elle s'est ruée sur le tiroir, a sorti les photos les unes après les autres, dont certaines que j'avais pas pu voir puisqu'il m'avait surprise. Elle est arrivée à celle d'une femme qui riait, en robe de mariée.

« Qui sont ces personnes ? elle a demandé.

– C'était ma femme, Brenda, il a murmuré. Nous avons rompu depuis. Elle voulait ouvrir un bar, mais, moi, je ne suis pas très porté sur la boisson, par conviction religieuse.

– Et alors tu t'es sauvé ? elle a dit d'un ton moqueur.

– Je suis parti.

– Tu es un pauvre type, elle a fait entre ses dents. Une crapule, un malotru, un bon à rien. »

Elle pleurait.

« Ne dis pas ça,

– Je dis ce que bon me semble, a fait Nelly entre ses larmes.

– Pas ce soir. Demain matin, tu pourras t'en aller.

– Je veux partir maintenant.

– Et moi j'ai dit demain ! il a fait d'un ton sec.

– Viens, Marnie. Nous avons nos bagages à préparer. »

Et elle ne plaisantait pas. Elle a vraiment fait les sacs, y compris le mien. Je savais pas par où commencer. J'ai pas fermé l'œil et elle non plus. Et dès que le soleil s'est levé, on était dehors. Il a proposé de nous emmener en voiture, mais on a refusé.

« Je ne veux plus jamais poser les yeux sur toi ! », elle lui a lancé en se mettant en marche vers la gare. Je lui ai emboîté le pas.

NELLY

Il était rudement tôt, vers les 7 heures du matin, mais qu'il était heureux de nous voir… Il avait les traits tirés, comme s'il n'était pas vraiment en train de dormir, et il a mis du temps à répondre au coup de sonnette. Il s'était assoupi sur le canapé, avec la télévision allumée, ce qui est très mauvais pour son dos. Il faudra que je lui en reparle. Je ne m'attendais pas à le voir pleurer à notre arrivée ; en revanche, les sablés et une bonne tasse de thé, je les attendais !

« Si vous nous serviez quelque chose, mon brave ! lui ai-je lancé.

– Mais tout de suite, ma chère ! »

Et nous sommes tombés dans les bras l'un de l'autre. Que j'étais heureuse d'être rentrée ! Et que Marnie était heureuse aussi.

MARNIE

Quand j'ai vu Gene sortir dehors, il me tournait le dos. Izzy, elle, était sur le canapé en train de pleurer et de boire. J'ai pas posé de questions. J'avais autre chose à faire, je m'en fichais. Elle pleurait et elle buvait tout le temps. Gene avait ses écouteurs vissés sur les oreilles. Il avait mis de l'après-rasage, ça sentait le gin. Il a fini une canette de bière et l'a laissée à côté du téléphone, après il a attrapé un sac en kraft avec de la vodka dedans pour boire sur la route. Il a ouvert la porte, il est parti et voilà. Je lui ai même pas dit au revoir, et lui non plus. C'était comme ça. Ça se faisait pas chez nous. On s'en allait, c'est tout. Sauf Nelly, c'est le genre à dire au revoir, elle dirait au revoir à son ombre. « Adieu ! », elle aurait dit, ou « À la revoyure ! ». Ça me faisait toujours rire. Il l'aurait même pas entendue.

C'est comme s'il avait juste disparu, qu'il était pas mort, pourtant je l'ai bien vu mort, enroulé dans une couverture pleine de taches, pendant qu'on le poussait dans une tombe creusée au ras du sol, avec son visage qui disparaissait à mesure que je jetais du gravier sur ses yeux encore ouverts, encore surpris. En fait, non, Izzy les avait fermés, c'est moi qui les revois comme ça.

Je regrette de pas lui avoir dit au revoir. Comme je regrette de pas avoir dit au revoir à Kirkland, mais l'occasion s'y prêtait pas. Il l'a laissée me hurler dessus, il l'a laissée m'accuser :

« Comment oses-tu venir chez moi ?!

– Je viens voir Kirkland, qu'est-ce qui se passe ? j'ai fait.

– Il se passe qu'il se drogue. Il est dans le témazépam jusqu'aux yeux, ma petite !

– J'y suis pour rien ! j'ai fait, implorante.

– Ah bon ? Tu n'étais pas au courant ? »

J'ai rougi, j'y étais peut-être quand même pour quelque chose. « Kirkland, explique-lui ! » Il est sorti de derrière elle dans un halo de tristesse et il m'a même pas regardée.

« Ça sert à rien, Marnie. Va-t'en.

– Elle a pas à nous dire ce qu'on doit faire.

– Eh bien détrompe-toi. Si je te revois ici, petite demoiselle, j'appelle la police. Compris ?

– Je vous emmerde ! je lui ai gueulé.

– Arrête, Marnie. Elle a raison. Il faut plus que je te voie. Il faut que je m'en sorte. On va pas pouvoir continuer. Va-t'en... »

Elle a claqué la porte en me laissant seule dans la tempête, en pleurs sur le seuil. Quand j'ai levé les yeux sur la façade, je m'attendais à ce qu'il se montre à une fenêtre, pour me faire comprendre qu'il avait fait ça pour la ménager et qu'entre nous rien n'avait changé, mais Kirkland fermait les rideaux. C'était fini et ça le touchait même pas.

J'ai encore son iPod et ses morceaux, ses compiles et ses chansons d'amour stupides, celles pour rêver et celles pour baiser. Je devrais les balancer, les maudire, mais je peux pas. J'ai envie de les entendre et de pleurer dessus, de m'en servir pour faire remonter les souvenirs. C'est trop dur à oublier.

LENNIE

C'est un grand type brun, un inconnu comme ceux dont parlent les tireuses de cartes. Il s'appelle Vlado et il portait dans ses bras un jeune corps trempé jusqu'aux os. Apparemment, Marnie avait un petit ami et ils ont rompu. Elle ne m'en dira pas plus, mais, en faisant son jogging, Vlado l'a retrouvée dans Kelvinside Park, à la limite de la catatonie. Depuis, Nelly est à son chevet. C'est une vraie petite infirmière, très intéressée par tout ce que peut savoir Vlado. Il donne des cours particuliers de sciences et a aidé Marnie pour le collège. Pauvre Marnie, elle a l'air désespérée en ce moment, les yeux dans le vague, elle ne fume pas, ne boit pas, ne mange pas non plus. Très inquiétant.

Vlado n'avait pas pris conscience de ce qu'était la vie de Marnie, ni de son histoire. Il ignorait même l'existence de Nelly et de la mienne. À côté de sa vie à lui, la nôtre n'est rien : une fille abattue par un sniper sur le chemin de l'école, une femme en Suisse qui demande le divorce et des parents morts avant la guerre. Aujourd'hui le voilà seul, mais, Dieu soit loué ! il passait dans ce parc. Il a ramené Marnie directement chez elle.

Nous avons appris qu'elle faisait son ménage ; pour moi, il n'a pas la tête du type à avoir besoin d'une femme de ménage. Marnie lui rappelle sans doute sa fille, alors il a envie de l'aider, et elle, elle en a sûrement besoin.

Et quelle complicité il y avait avec Nelly... Chaque fois qu'elle ouvrait la bouche, il souriait. Elle s'y entend pour se faire aimer des adultes, celle-ci, et toujours avec une immense drôlerie. Je pense que, lui, ça lui a plu. Elle, je sais que oui.

Robert T. Macdonald est à l'atelier en ce moment, il essaie de se faire oublier. Les filles lui en veulent beaucoup. Difficile de savoir si elles lui pardonneront un jour. Je n'en ai pas cru mes oreilles quand elles m'ont appris ce qu'il avait fait, qu'il avait retrouvé sa fille ou, plutôt, que c'est elle qui l'avait retrouvé il y a des années, et qu'il l'avait repoussée, elle avec ses deux petites à charge. Quelle honte ! Ce qu'il cherche à présent, je n'en ai aucune idée.

Je ne sais pas ce que l'avenir nous réserve, à nous tous. La tristesse me tient éveillé. J'ai l'impression d'avoir un fruit pourri dans la tête.

J'espère que Marnie va bientôt descendre. Elle est toujours en haut à écouter son iPod, fort en plus ! C'est atroce, on entend les paroles qui lui grésillent dans les oreilles, des chansons acides qui parlent de gens qui ne meurent jamais. Ce n'est pas sain pour une jeune fille. Ce n'est pas sain du tout.

NELLY

Qu'est-ce que c'est que ce Kirkland Milligan, d'abord ? Un voyou, voilà ce que c'est !

Seigneur, tous ces inconnus qu'elle fréquente... Cela dépasse l'entendement.

Voilà une bonne semaine que je suis à ses petits soins. Avec les peines de cœur, on ne plaisante pas, ça non. Je lui ai donné de la soupe, au poulet – que je suis allée chercher moi-même, je le précise. Ce qu'elle peut baver... Et puis je lui ai peigné les cheveux. Lavé le visage. Tout cela, sans qu'elle quitte son lit douillet.

Ensuite, je lui ai chanté une chanson de mamie Lou. « À toi de choisir ce que tu veux devenir. – Ah oui alors ! – Quelqu'un dont on parle et qu'on admire. – Tout à fait d'accord ! – Ou simplement un petit animal qui ne sait rien et qui se tient très mal ? Mais si tu prends la première solution... – Oui, bien sûr ! – ... Tu dois apprendre tes leçons. – Je ne veux pas apprendre mes leçons ! »

Un sourire timide, et encore... J'avais pourtant fait les gestes, mimé le petit animal qui se tient mal. Petite ingrate. Du coup, j'étais fatiguée, surtout quand elle s'est remise à écouter cette musique larmoyante qu'elle affectionne tant.

« Eh, réveille-toi ! Je crois que j'ai tué le chien de Lennie... » Ça lui a fichu un coup. Elle m'a lancé son iPod bien-aimé, mais qu'est-ce que je pouvais faire d'autre, il était en train de dévorer nos père et mère. Insupportable, cette bestiole.

MARNIE

Elle dit qu'elle a tué le chien de Lennie, mais en fait non. Elle l'a frappé sans faire exprès avec un bout de planche. Elle a dit qu'elle l'avait encore trouvé qui gratouillait autour des plantations et qu'elle avait essayé de lui faire peur. Heureusement, Lennie, il a cru que c'étaient ceux qui lui avaient tagué son mur qui avaient fait le coup. Pauvre Bobby, il a eu la tête bandée pendant des jours.

« J'avais ramassé une petite planche dans l'intention de le faire déguerpir, mais il m'a sauté dessus et, bien malgré moi, je l'ai heurté sur le sommet du crâne. Avoue qu'il est pénible, ce clébard, Marnie ! Que va-t-on faire de lui ?

– Ben, on peut pas le tuer, hein ! Lennie, il l'adore, je lui ai rappelé.

– Alors que faire ? Le temps presse, elle a dit, toute larmoyante.

– J'en sais rien ! j'ai gueulé.

– Ce n'est pas ainsi que nous allons avancer…

– Bon, ben alors, on a qu'à y réfléchir ensemble, hein ? »

J'ai insisté sur le « ensemble » parce que j'en ai ma claque de jouer les Wonder Woman pour elle. J'en ai marre de sauver les meubles, ça lui ferait pas de mal de mettre la main à la pâte de temps à autre. Je vois pas pourquoi ça serait toujours moi. J'ai pas envie que ça soit toujours moi.

NELLY

Ce qu'elle a pu m'en vouloir, Marnie, et ce qu'elle a été soulagée en voyant Bobby revenir dans la cuisine par la trappe de la porte.

« Tu étais passé où ? lui a demandé Lennie en le prenant dans ses bras et en le flattant. Oh, mais qu'est-ce qui t'est arrivé à la tête ? »

Le chien se contentait de remuer la queue, la tête noire de terre. Je savais parfaitement où ce petit démon était allé et j'en étais malade d'inquiétude. C'est alors qu'il m'a regardée et j'ai vraiment eu l'impression – je l'ai toujours – que ce salopiaud-là savait exactement ce qui se passait et n'attendait qu'une chose, que nous nous fassions prendre. Je pense au poison désormais. Il faut que je fasse quelque chose pour me débarrasser de lui ou, d'ici peu, le pot au roses sera découvert. Nous en avons tant vu, Marnie et moi, que si nous devions d'un seul coup être trahies par un corniaud nommé Bobby, ce serait une véritable injustice. Je n'ai pas à le supporter et ne le supporterai pas. Notre vie doit suivre son cours, notre vie ne doit pas en pâtir et, si Marnie ne fait pas le nécessaire, eh bien, ce sera à moi de le faire…

LENNIE

Je suis heureux que Marnie soit venue me trouver, heureux d'avoir pu lui être utile. Nous sommes sortis prendre le thé dans le jardin et je n'ai trop rien dit quand elle a allumé une cigarette, mais j'aimerais bien qu'elle arrête, c'est quand même très mauvais pour les poumons.

Elle voulait tout savoir sur toi, tu vois.

« Comment tu l'as rencontré ? m'a-t-elle demandé.

– Non sans mal. J'étais prof de musique. Lui, d'anglais. Il avait aussi une petite amie, Sadie. Une emmerdeuse de première.

– Qu'est-ce qu'elle est devenue, cette Sadie ? a-t-elle dit en rigolant.

– Alors là, c'est le cadet de mes soucis, lui ai-je répondu, la voix encore chargée de jalousie.

– Alors il était bi ?

– Non, il avait peur. On nous avait surpris en train de nous embrasser, ou plutôt on m'avait surpris en train de l'embrasser. C'est ainsi que nous avions présenté la chose, inutile de perdre notre poste tous les deux. En tout cas, les rumeurs à notre sujet allaient bon train et il ne le supportait plus, c'est pour ça qu'il s'est rabattu sur Sadie. Ils ont failli se marier, elle s'est dégonflée. Mais elle savait qu'il était gay.

– Peu importe, finalement, vous avez fini par être ensemble.

– Disons que c'est moi qui ai fini par être avec lui, ai-je précisé en riant. Mais ce n'était pas facile. C'était quelqu'un de compliqué à aimer. Il fallait fermer les portes à clé, raconter des mensonges, mais, malgré tout, ce fut un délicieux supplice.

– J'aurais jamais dû rencontrer Kirkland. J'aurais dû suivre mon intuition et lui dire de partir, mais il était trop gentil avec moi.

– Comme Mick ?

– Pas comme Mick, autrement.

– Marnie, tu n'es pas obligée d'aimer tous ceux qui sont gentils avec toi. C'est normal d'être gentil avec les autres. »

Après, nous avons joué un peu au Scrabble. Elle est très forte au Scrabble, mais elle n'arrêtait pas de se mâchouiller les cheveux et, quand je lui ai dit d'arrêter, elle s'est mise à se les entortiller autour du doigt. C'est quelqu'un de très agité, toujours à se gratter le genou, à se frotter le nez. C'est sans doute nerveux, mais, quand elle a gagné, alors là… Elle a bondi de sa chaise en levant les bras et en s'écriant : « Championne ! ». Ça m'a fait hurler de rire, alors on a refait une partie. Elle adore jouer, mais à ce moment-là son visage s'est décomposé, une ombre l'a traversé et je me suis demandé ce qui se passait. Elle avait les yeux fixés sur le sol et, en suivant son regard, j'ai vu ce qu'elle voyait : j'étais entouré par une flaque d'urine.

Je m'étais pissé dessus.

NELLY

Ma sœur me manque. Sa force me manque. Elle n'est plus tout à fait elle-même depuis un moment et je suis un peu obligée de prendre notre destin en main, mais je ne suis pas du tout à l'aise dans ce rôle. En un mot comme en cent, ce n'est pas ma place et cela me prend énormément de temps.

Robert T. Macdonald n'est pas homme à partir de lui-même. Nous ne prenons pas ses appels et ne lisons pas ses courriers, mais il est tenace. Il faudrait lui envoyer un message plus clair, mais il suffit d'en parler à Marnie pour qu'elle se cache la tête dans le sable. Je l'ai vu s'attarder devant la maison et le collège, il cherche à revenir. Il est incorrigible. Je me demande souvent pourquoi il n'est pas tout simplement allé trouver les autorités en nous contraignant à venir habiter chez lui en l'absence de sa fille. Peut-être a-t-il lui-même des choses à se reprocher…

Vlado est un personnage intéressant ; on peut même dire qu'il a de l'allure. Il a été d'un grand secours pour Marnie, c'est incontestable. Apparemment, il est enseignant et il l'a aidée pour l'école. Pour autant, il faudrait qu'elle se requinque, qu'elle retrouve le sourire. Elle est en plein dans les examens et doit veiller sur nous deux car Robert T. Macdonald n'est pas près de s'en aller.

Il attend beaucoup de nous. Je l'ai vu dans ses yeux et il ne lâchera rien tant que nous ne serons pas prises dans la toile qui lui sert de maison. Nous devons parer à toute éventualité et, au besoin, être prêtes à fuir.

ÉTÉ

MARNIE

Les exams. Dix mille à passer et Kirkland qui me sort pas de la tête, comme un angelot avec, à la main, un joint au lieu d'un arc.

Plutôt stressant comme début d'été. Robert T. Macdonald est à deux doigts de tout faire foirer, d'ailleurs je comprends pas qu'il ait pas encore vu clair dans mon jeu. Peut-être qu'il est du genre à pas voir une vache dans un couloir, j'en sais rien, mais ça me met dans un état pas possible. Et ce pauvre Lennie. Il vieillit à vue d'œil. J'y ai pas cru quand il s'est pissé dessus. Il s'en est même pas aperçu. Ça m'inquiète pour lui. Je lui ai dit d'aller voir un médecin, mais j'ai eu l'impression de l'agacer. Il était gêné, évidemment. Moi aussi, tu parles.

Ouf, Lorna et Kimbo, c'est fini. Leur duo, je m'en passe facilement, elles sont invivables ensemble, n'empêche que la pauvre Kimbo, elle est anéantie. J'aimerais bien aussi qu'elle arrête de s'épancher sur Susie. Alors elle, j'ai des milliers de textos où elle me demande pardon. Mais moi, je l'ignore. Je la connais plus. Aucune envie de la revoir, jamais. Kimbo, elle arrête pas de dire qu'elle veut pas s'en mêler, comme si on s'était juste pris le bec pour du rouge à lèvres ou un truc dans le genre.

« Mais elle baisait avec mon père, bordel !

– Je sais, mais elle regrette à mort. Elle lui en veut, tu peux pas savoir. Au fait, tu sais où il est, toi ?

– Ça te regarde ? j'ai gueulé.

– Si on peut plus rien demander… »

J'aurais pas dû lui crier dessus comme ça, mais cette question-là, elle me sort par les yeux. On intéressait qui quand on était cloîtrées chez nous sans électricité, à attendre que Tom et Jerry rappliquent avec de quoi bouffer ? Des journées entières pouvaient passer sans qu'on sache où ils étaient. Pourtant, personne me posait de questions à l'époque, mais maintenant on croirait des perles rares, tout le monde se les arrache.

J'ai vécu de sales moments ces dernières semaines et ils ont tous été adorables avec moi, j'en suis bien consciente. Nelly me fait couler des bains et, le soir, elle vient me rejoindre dans mon lit quand je suis à moitié endormie, elle me caresse les cheveux. Vlado passe tous les soirs pour voir comment ont marché les épreuves. D'après lui, je m'en suis bien sortie, il me voit avec un B en chimie, ça me fout un peu les boules. Il estime qu'en biologie j'ai « bien assuré » et que l'histoire de l'art, ça sert à rien. Il dit qu'avec des bonnes notes tout est possible, mais, pour lui, c'est peut-être mon attitude qui va me ficher dedans.

« C'est ici qu'il faut que ça change, il a dit en se frappant le cœur, sinon tu vas te faire manger par la vie. »

Il sait de quoi il parle, lui qui pleure une fille morte, à qui manque une femme qu'il aimera toute sa vie, une femme qui veut plus de lui et qui vit avec un cardiologue de Zurich pendant qu'il en est réduit à dealer ici. D'une certaine façon, il m'aura pourri la vie. Sa dope a plombé

Kirkland et nous a séparés. Je devrais en vouloir à Vlado, mais non. Je devrais le haïr, mais non. En fait, je hais personne. À part moi. Que moi.

NELLY

Que ce malotru ose même renouer avec elle c'est honteux, compte tenu de tout ce qu'il lui a fait subir, mais non, il en prend à son aise, dans sa veste noire minable. Un vrai cavaleur, oui. Ils se sont installés sur la balançoire en m'exilant sur le tourniquet. C'est un bien mauvais parti que celui-là, je vous le garantis.

Il lui prend la main, elle la retient. Il se penche et trouve ses lèvres. Je ne sais pas comment elle fait, mais on dirait qu'ils ne vont jamais s'arrêter. Elle joue avec ses cheveux. Ils descendent de la balançoire. Ils se tiennent l'un l'autre et s'embrassent encore. Il lui parle tout bas. Elle s'arrête net. Secoue la tête et le repousse. Il hausse le ton. Elle s'écarte, il la ramène vers lui. Elle court vers moi et trébuche, elle tombe. Je me précipite vers elle, tends la main, la coupure est vilaine. Il vient vers nous. « Oh là là, Marnie, je suis désolé ! »

Il est par terre à côté d'elle, le saignement au genou est encore plus impressionnant avec cette sacrée pluie. Et pas même un parapluie pour nous protéger. Ici, il pleut tout le temps. À seaux, à torrents.

C'est un drôle de numéro, celui-là, un drôle de numéro…

Il lui attrape le visage. « Les *jellies*, c'est pas à cause de toi. Je vais mieux. Il m'en faudrait juste quelques-uns. Parles-en à Mick. »

Elle se dégage. « Laisse-moi tranquille », murmure-t-elle.

Elle rentre sous la pluie en boitant. Si ma mémoire est bonne, il n'a pas cessé de pleuvoir pendant presque une semaine.

Petit imbécile. Tout cela pour quelques friandises.

MARNIE

Je voulais que Kirkland soit sincère et j'ai vu qu'il l'était pas, mais j'ai quand même eu envie de lui céder, je me disais que cinq minutes de plus avec lui, ça pouvait suffire à tout changer, mais ç'aurait rien changé et, si Izzy et Gene m'ont appris quelque chose, c'est bien à flairer l'odeur du poison, et pourtant j'ai craqué devant cette faiblesse qu'il porte en lui et je l'ai embrassé. C'était le dernier baiser, je le savais pas encore sur le coup, on sait jamais quand on embrasse pour la dernière fois la personne qui veut vous quitter et, si on posait la question aux intéressés, des années après, ils s'en rappelleraient sûrement même pas de ce dernier baiser, sauf les imbéciles qui l'ont réclamé. En regardant Nelly sur le tourniquet, je me suis dit que j'étais bien bête de replonger pour lui, mais il me paraissait plus fort qu'avant. Je me trompais. Quand, à la fin, il m'a demandé des produits, j'ai pas osé trahir Nelly et sa soupe au poulet. Elle s'était tellement démenée pour m'arracher à tout ça. Évidemment, quand on est une fille, on se voit toujours en petite pop star en train d'agiter les mains en l'air et de crier qu'on est une survivante, mais quand on a l'amour assis à sa gauche et la solitude à sa droite, difficile de repousser les caresses et les baisers. Ça doit être comme ça quand c'est fini, on veut pas l'admettre, on veut repartir à zéro, tout réparer.

Je me suis éloignée de lui, c'était déjà ça. Je sais pas comment, mais je l'ai fait, peut-être parce que Nelly m'attendait, je pouvais quand même pas l'abandonner dans le parc. Mais peut-être que c'était elle qui voulait pas me laisser là. Elle est devenue adulte en un rien de temps, celle-là. Ça fait plaisir.

Malgré la pluie, on est arrivées à la maison en moins de deux. J'avais un genou abîmé et les cheveux mouillés. J'avais aussi un Lennie qui se demandait bien où on était passées.

« C'est soirée ciné », il a dit.

Effectivement, il avait fait du pop-corn.

NELLY

On se sent un peu chez soi quand on arpente le dallage en marbre de la Bibliothèque Mitchell. Dans un bâtiment aussi richement orné, il y a de quoi se perdre si on ne sait pas où on va, mais, moi, je sais toujours où je vais, je vais partout et je peux passer là des heures en trottant d'un point à un autre, sans idée arrêtée, attraper un journal dans une salle et me plonger dans le passé dans une autre. Je suis à l'aise dans cette bibliothèque.

Sauf aujourd'hui.

Je l'ai repéré au nez, à l'odeur aigre de ses cigarettes clandestines mêlée aux copeaux et au chêne. Je n'en revenais pas qu'il m'ait retrouvée, et ici en plus, dans le lieu qui m'est le plus cher au monde. Pas question de courir, bien entendu, pas ici, et encore moins de crier. Il n'y avait là que Robert T. Macdonald et moi.

« Que fais-tu ici, petite crapule ? »

J'ai fermé mon livre tandis qu'un de mes voisins de lecture levait les yeux de son journal, le regard mécontent.

« Je vais partir à sa recherche, m'a-t-il déclaré brutalement. Et je veux que tu viennes avec moi.

– Sortons », ai-je murmuré.

Mon cœur battait à toute vitesse. Son étau se resserrait autour de nous. Je sentais ses mâchoires.

« C'est hors de question, lui ai-je dit.

– Pourquoi ? »

Il me fallait une réponse. N'importe laquelle.

« Parce que je me moque de savoir où elle est, ai-je bredouillé.

– Parles-en à Marnie. Je crois que vous devriez venir toutes les deux. Ensemble, nous la trouverons. J'en suis convaincu. »

Il semblait désespéré.

« Je vais rentrer », lui ai-je dit.

Il fallait que je lui échappe.

« Chez toi ? Chez Lennie la folle ? Je ne sais pas comment tu fais. La Bible condamne ces choses-là.

– Je te saurais gré de garder ce genre de remarques pour toi, lui ai-je murmuré.

– Si je ne retrouve pas ma fille, il y a certaines choses qui vont changer entre nous. Alors tu ferais mieux de tenir ta valise prête. J'en ai marre de te courir après dans toute la ville. *Idem* pour ta sœur. »

Il est parti en me laissant seule dans l'escalier. Et je dois avouer que je n'en menais pas large.

MARNIE

Vlado m'a proposé un tour à vélo : « Ça va t'aérer le corps et l'esprit. »

Autrement dit, je vais penser à autre chose qu'à Kirkland. J'ai dit OK et j'ai pris le vélo de Gene. Difficile d'imaginer qu'il ait eu un vélo, moins qu'il l'avait volé.

Comme c'était l'été et que ça tapait, personne cherchait les embrouilles, juste le soleil, peut-être un léger hâle qui en général virerait au rouge et ferait la une du *Daily Record* avec un titre choc sur les coups de soleil et, des fois, sur le cancer. En passant sur nos vélos d'homme, on s'est bien fait un peu mater, siffler aussi, mais globalement, une fille à vélo, personne fait gaffe, tout le monde a qu'une envie, être peinard et buller. S'allonger dans l'herbe en écoutant de la musique. Sortir la pataugeoire pour le petit et s'asseoir tranquille avec son bébé et sa chérie, certains ont envie de faire la lessive, mais la plupart ont envie d'amour. Le soleil appelle les petits bisous, les câlins sous la couette aussi et, l'hiver venu, beaucoup de ces demoiselles auront le ventre rond. À Glasgow, pas besoin de boîtes de nuit et d'obscurité pour faire la fête et décoincer les braguettes ; les conséquences, y a que les profs et les avocats pour y penser, les juges aussi des fois.

Fish and chips et glace, c'est parfait par un temps pareil, barbecue si on a vraiment les moyens. Un jour, Gene, il a essayé d'en faire un et il a failli foutre le feu à la maison. J'en ai jamais fait en vrai, mais il paraît que c'est royal. Lennie en fait un ce soir. Vivement ce soir…

Au bout d'un moment, on est arrivés au pub et Vlado m'a payé un Coca. Il s'est pris une Guinness, il connaît tout sur la question, c'est parce qu'il a déjà été à Dublin, c'est un grand voyageur.

Il avait envie de me parler de choses sérieuses, je le sentais, mais il s'est arrêté et il a bifurqué sur sa fille :

« Elle aimait bien faire du vélo, Sabina, je te l'ai dit ?

– Toutes les filles aiment ça. C'est bon pour les fesses. »

Il a ri.

Autour de moi, les femmes assises dans l'herbe nous ont regardés. Elles devaient le prendre pour mon père. Je me sentais fière et j'assumais.

« Elle allait partout avec son vélo. Même quand elle était petite ; je revois ses petites jambes qui moulinaient sur les pédales, dans toute la maison, et que je te racle le plancher, et que je tape dans les murs. Parfois, elle hurlait pour que je la pousse, il fallait la pousser à longueur de journée, c'était épuisant et quand je lui disais : "Non, Sabina, ça suffit !", elle se mettait à pleurer. Quand un enfant meurt, il faut du temps pour se rappeler tout ce qu'on a fait de bien pour lui. Je me dis des fois que si elle était allée à l'école à vélo ce jour-là, elle aurait été trop vite pour les balles, mais j'y suis allé à pied, pour tranquilliser ma femme, pour lui montrer qu'il n'y avait pas de danger, alors que si. »

J'ai rien répondu. Ça faisait beaucoup de choses à digérer.

« Tu n'as rien à dire pour me réconforter ?

– Je sais pas quoi dire.

– Bon, ça me va.

– Est-ce qu'y a quelque chose chez moi qui te rappelle Sabina ? »

J'ai rougi.

« Elle aurait ton âge.

– C'est pour ça que t'as envie de me protéger ?

– J'ai envie de t'aider, de t'apprendre des choses. Je suis enseignant. J'étais enseignant.

– Alors pourquoi tu vends de la came ?

– On ne veut pas de moi comme enseignant et je ne veux pas faire la manche.

– Tu sais, les jeunes à qui tu voudrais faire cours, c'est eux qui achètent la drogue que tu fournis à Mick. Ils sont comme Sabina.

– Ils n'ont rien à voir avec ma Sabina. Elle, elle venait d'une bonne famille. Elle prenait soin d'elle et, nous aussi, on prenait soin d'elle. Elle travaillait bien à l'école et ne s'était jamais laissé embrasser. Elle aimait faire croire qu'elle avait un cheval, ici les filles font croire qu'elles ont quarante ans.

– Il n'y a pas de règle à l'addiction. Il y a des tas de junkies de bonne famille. Tu peux me raconter ce que tu veux, tu vends de la drogue et c'est pas bien, c'est encore pire que ce que tu penses.

– J'ai envie de vivre, que veux-tu que je fasse ? il a fait d'un ton sec.

– Moi aussi, j'ai envie de vivre.

– En Russie, il y a un proverbe qui dit : "L'avenir appartient à qui sait attendre." Pourquoi ne veux-tu pas attendre ?

– On attend rien ici, on survit. Tu crois que j'aurais pas aimé avoir une enfance ?

– C'est pour ça que tu te dépêches d'en sortir à toute

vitesse, comme une petite abeille, avec tes minuscules escarpins dorés ? »

Il se moquait encore de moi.

« Ils sont à la mode. Tout le monde en a. Je vois pas comment tu peux juger, toi, avec tes bottes de cow-boy...

– Allez, on y va ! »

On a roulé vite et ça nous a fait une petite brise impeccable. On rigolait, on pouvait pas s'en empêcher. Il s'est retourné pour me dire de le rattraper. Notre conversation m'avait mise mal à l'aise, mais quand Vlado sourit, ça me rassure, j'ai l'impression que tout va s'arranger, et je lui souris aussi.

Vlado est resté dîner et Lennie était ravi. On avait passé une super journée et, même si j'avais pensé une fois ou deux à Kirkland, j'avais presque oublié les noms d'Izzy et de Gene.

Après manger, Vlado a demandé à une Nelly boudeuse de nous jouer quelque chose, un truc enlevé de préférence, pour redonner des couleurs au jardin, et, avec l'aide de Bach, elle s'en est magnifiquement tirée, à contrecœur c'est vrai, allez savoir ce qui la travaille, celle-là, en ce moment.

LENNIE

Il lui a dit que j'étais homo et, quand elle a fait celle qui ne savait pas, j'avoue que j'étais un peu sidéré.

« Tu es au courant pour le garçon dans le parc, tout de même ? »

Elle a haussé les épaules.

« Je sais que tu le sais, Nelly, lui ai-je murmuré. Tu les as entendus, l'autre soir, et tu as sûrement vu les tags sur la porte. »

Elle est devenue rouge comme une tomate.

« J'ai commis une erreur. Une terrible erreur, mais le mal est fait. J'aimerais tant pouvoir revenir en arrière. Tu comprends ?

– Je ne veux pas entendre ça ! »

Elle m'a fait signe de me taire et a posé les mains sur ses oreilles. Je les ai écartées en les tenant fermement.

« Je suis un homme qui aime les autres hommes. Je me sens bien avec eux sexuellement parlant et je me sens bien avec eux sentimentalement parlant. Et Joseph, qui a vécu ici avec moi pendant tant d'années, tu t'en souviens de Joseph ? »

Elle s'est mise à secouer la tête et elle ne s'arrêtait plus.

« C'était l'homme que j'aimais, quand il est mort, mon cœur s'est brisé. Il saigne encore. »

J'étais en larmes.

Soudain, elle s'est immobilisée et je l'ai lâchée. J'étais épuisé.

« Je suis désolée, Lennie, s'est-elle écriée et nous nous sommes serrés l'un contrc l'autre.

– Tout va bien, tout va bien, lui ai-je dit en lui caressant les cheveux.

– Je me souviens de Joseph, a-t-elle chuchoté. Je m'en souviens, Lennie.

– Merci. »

MARNIE

Il pleuvait fort au moment où Robert T. Macdonald a descendu sa vitre et m'a dit de monter dans sa voiture.

« Tu es trempée comme une soupe, petite.

– Je m'en fiche, plutôt attraper une pneumonie que de m'asseoir à côté de toi.

– Ce n'est pas très gentil…

– C'est toi qui es pas très gentil, je lui ai rappelé.

– Ce n'est pas prudent de rentrer toute seule…

– Je sais, je sais, il y a toutes sortes de détraqués qui traînent dans le coin, je lui ai fait en le regardant bien dans les yeux.

– Je vais te suivre en voiture.

– J'ai pas envie que tu me suives. »

Il m'a pas écoutée et il a roulé derrière moi jusque chez Lennie. Dès que j'ai été à l'intérieur, mon mobile a sonné. C'était Robert T. Macdonald. Je l'ai mis sur messagerie et j'ai écouté son message après.

« Je voulais juste être sûr que tu étais bien rentrée », il a dit et puis, clic, plus personne.

Quand j'ai raconté ça à Nelly, elle a pâli et elle m'a parlé de la bibliothèque. Il veut qu'on parte tous les trois chercher Izzy. C'est là que je me suis décidée à aller lui parler. Nelly et moi, on a pas besoin de chercher Izzy partout. On sait exactement où elle est.

LENNIE

Un pied, juste sous la table de la salle à manger. C'est Bobby qui l'avait rapporté du jardin. Évidemment, j'ai cru que c'était l'os que je lui avais pris l'autre jour chez le boucher mais, en y regardant de plus près, j'ai vu ce que c'était vraiment.

Je n'ai pas su quoi en faire, à vrai dire, et comme je ne voulais surtout pas faire de sale dans la maison, je l'ai posé sur le canapé, il a une housse en plastique.

Quand Vlado a sonné pour savoir si Marnie était là, j'ai pensé ne pas le faire entrer, mais finalement je me suis ravisé ; j'avais vraiment besoin d'un avis.

« Vous n'allez pas croire ce que le chien m'a rapporté », lui ai-je dit en le conduisant jusqu'au canapé.

Il est entré et, bien sûr, il a vu le pied.

« Alors, qu'en dites-vous ?

– C'est un pied.

– Oui, j'avais remarqué.

– Il vient d'où ? »

J'ai haussé les épaules.

« C'est sûrement le chien qui l'a rapporté.

– Il est où, le chien ?

– Dehors. »

Arrivés dans le jardin, nous avons trouvé Bobby en train de renifler les plantations de lavande. Après, il a filé vers le côté de la maison des filles, mais, cette fois-ci, il a rapporté un membre. Impossible de dire si c'était un bras ou une jambe. Et, en cherchant mieux, nous les avons trouvés : Izzy Macdonald et Eugene Doyle, chacun dans une tombe creusée au ras de la pelouse. J'ai failli m'évanouir.

« Mais qu'est-ce qu'elles ont fait ? », ai-je lâché dans un souffle.

Vlado, aussi abasourdi que moi, a poussé un soupir qui a fait un bruit énorme.

« Je ne veux pas être mêlé à ça », a-t-il prévenu.

Il s'est retourné pour partir.

« Il faut qu'on les aide, lui ai-je dit.

– Non, vous devez appeler la police. Moi, je ne peux pas rester.

– Mais elles vont avoir de gros ennuis. Et pour ces deux loques, est-ce que ça en vaut vraiment la peine ? »

Nouveau soupir.

« Alors qu'est-ce qu'il faut faire, Lennie ? Dites-le-moi ! a demandé Vlado avec de la colère dans la voix.

– Notre devoir », lui ai-je répondu.

MARNIE

Il avait un coup dans le nez. Assis au fond du bus, il picolait un truc planqué dans un sac en kraft.

« Marnie, ma jolie ! il a lancé.

– Sandy !

– Il est mignon, ce chien.

– Merci ! »

Bobby remuait la queue et tout son arrière-train oscillait de gauche à droite en provoquant un déplacement d'air autour de mes jambes. Je l'avais emmené pendant que Lennie avait le dos tourné et j'avais l'intention de pousser jusqu'à Drymen et de le lâcher là-bas. Il passait son temps dans notre jardin et, avec Nelly, il nous donnait des sueurs froides. On a bien envisagé de l'empoisonner, mais il est tellement mignon qu'on n'a pas eu le courage. La seule solution, c'était de l'abandonner dans la nature.

« Qu'est-ce qui t'est arrivé au visage ? », j'ai demandé à Sandy.

Il avait des bleus partout.

« Ton grand-père m'a foutu dehors, voilà. Il a découvert mon passé compliqué, les passes, tout ça, et il m'a demandé de partir.

– Tu plaisantes ?

– Si seulement… »

Il a repris une gorgée.

« Tu vas habiter où ?

– Chez ma mère. Elle est bouleversée par ma découverte récente de Dieu et elle compte bien l'accompagner. Ça me fait un endroit où coucher, après tout.

– C'est sûr.

– Et tu vas où, comme ça, avec ton chien ?

– Je l'emmène se promener.

– Où ça ?

– À Drymen.

– Mais c'est pas la porte à côté, Drymen, Marnie !

– Je me disais qu'un changement de décor, ça lui déplairait pas. »

C'est là que Bobby s'est fourré dans les jambes de Sandy. Il s'est mis à lui faire la fête et, Sandy étant ce qu'il est, il a aimé.

« Il est adorable, hein ? il a dit.

– Ouais, c'est vrai. »

J'ai donné une petite tape à Bobby et il m'a léché la main. Du coup, je me suis sentie mal en pensant que j'étais sur le point de le laisser au milieu de nulle part.

« Tu veux goûter ? a demandé Sandy à Bobby en versant un peu d'alcool dans le creux de sa main.

– Arrête, Sandy !

– Allons... »

Bobby a tout lapé et je me suis mise à culpabiliser, mais après je me suis dit qu'un chien doit être plus facile à perdre quand il est pompette, et que celui-là crachait pas sur la boisson.

« Bon, d'accord, mais alors juste un petit peu. »

Bobby buvait comme un chef.

« Vas-y, mon gars ! l'encourageait Sandy.

– T'es fou », je lui ai dit.

Il a appuyé sur la sonnette.

« C'est mon arrêt. »

Il a fini la bouteille et l'a fait rouler sous le siège. Elle s'est mise à valdinguer d'un côté à l'autre. Après, il a senti son haleine dans la paume de sa main.

« Ça se sent que j'ai picolé ? il m'a demandé.

– Un peu. Mange des bonbons à la menthe, je lui ai conseillé.

– J'y penserai !

– J'espère que ça va aller avec ta vieille !

– J'espère aussi. »

Il a flatté Bobby.

« Porte-toi bien, mon petit pote », il lui a fait et, là encore, j'ai eu les boules parce que je savais que j'allais abandonner Bobby dans un endroit nommé Drymen, ce que j'ai d'ailleurs fait. Bien entendu que j'avais peur de ce qui pourrait lui arriver. J'avais peur qu'il crève de faim, mais qu'est-ce que je pouvais y faire ? L'enjeu était trop important et puis, de lui-même, il aurait jamais quitté le jardin. J'avais pas le choix, je l'ai lâché et j'ai pleuré pendant tout le retour. Impossible de me retenir.

LENNIE

Ce petit déjeuner-là a marqué un tournant. Comme toujours, l'une a demandé qu'on lui passe le lait, l'autre le Coca pour ses corn flakes. Marnie a aussi pris un thé et grignoté un toast, ce qui m'a ravi, j'aime bien la voir manger, mais, pendant tout ce temps, je me disais : *Mais comment est-ce que vos parents ont pu atterrir sous les massifs de fleurs ?* La question me brûlait les lèvres, mais je n'ai pas osé la poser.

« La forme, Lennie ? m'a demandé Marnie.

– Impeccable, chérie. Et toi ?

– Comme d'hab'. »

Et soudain, le déclic. Là, à cet instant. Comment avais-je pu passer à côté... En voyant leurs petits visages graves plonger vers les céréales et les tartines, j'ai pris conscience des ombres qui voilaient leurs yeux, j'ai repensé aux longs regards échangés entre elles, à la main bienveillante qui, posée sur une épaule, invitait au silence, à la toux qui coupait court à des propos imprudents pour leur en substituer d'autres. Me sont revenus en mémoire leurs promenades au bord de la mer, les querelles muettes et les regards gênés de part et d'autre de la table du dîner. Mais surtout, j'ai pensé à ce secret à garder, à ce fardeau qu'elles avaient eu à traîner avec elles tous les jours depuis leur installation ici. J'ai pensé à leurs parents, en me demandant ce qu'ils pouvaient bien avoir fait pour finir morts et enterrés dans leur propre jardin, mais, au fond de moi, je savais que ce sort-là, ils l'avaient mérité.

J'ai eu envie d'aider ces enfants, de tout leur déballer, mais, puisque je garde le silence sur ma propre sépulture, je le garderai aussi sur celles qu'elles ont camouflées dans leur jardin.

MARNIE

Il était en train d'astiquer l'autel et de transbahuter des bouquets de fleurs. J'avais pas envie de m'éterniser, alors je suis allée droit au but.

« Si tu veux partir chercher Izzy, pas de problème, mais nous, on vient pas avec toi. On s'en fiche de savoir où elle est. Alors lâche-nous avec ça ! »

J'ai tourné les talons, mais, pendant que je m'en allais, j'ai entendu des pas rapides derrière moi et, d'un seul coup, il était là, contre mon épaule et il m'a plaquée contre le mur.

« Mais, nom de Dieu, tu te prends pour qui, petite péronnelle, hein ? Tu crois que tu peux venir ici me dire ce que je dois faire, espèce de petite effrontée ? »

Il a relâché sa pression, mais j'avais les lèvres toutes blanches et j'étais carrément terrorisée.

« À partir de maintenant, ce n'est pas toi qui décide. C'est moi. »

Il m'a laissée partir, est retourné vers l'autel, s'est agenouillé et a fait le signe de croix. Au nom du Père, du Fils et du Saint-Esprit.

LENNIE

La police l'a trouvée dans l'appartement de Vlado en train de faire la vaisselle. Il s'avère qu'il est immigré clandestin, revendeur de stupéfiants et peut-être responsable de la disparition du vendeur de glaces. Je suis tombé des nues. Elle, ils l'ont interrogée, comme il se doit, mais quand ils ont compris qu'elle ne leur serait d'aucune utilité, ils l'ont libérée.

Je ne m'attendais pas à voir Vlado rappliquer chez moi, évidemment. Je n'ai pas mâché mes mots :

« Vous vendez de la drogue !

– Je fournis de la drogue.

– Et qu'est-ce que ça change ? »

Il était mal à l'aise, je le voyais à son visage.

« Il faut bien que je vive, a-t-il murmuré.

– Je suis écœuré !

– Vous êtes écœuré, vous qui ramassez les petits jeunes dans les parcs ?

– Il se prostituait.

– Et qu'est-ce que ça change ? »

Pas grand-chose finalement, me suis-je dit.

« On est tous les deux dans le même bateau, m'a-t-il rappelé. Vous avez oublié ce que nous avons fait ? »

Non, bien sûr. Nous avions fait cause commune pour les filles. Nous avions fait cause commune pour les protéger, ce qui revenait à protéger Vlado. Alors je lui ai donné le peu d'argent que j'avais sur moi, ma voiture et un endroit pour se cacher.

Marnie va faire une crise en apprenant que Vlado est parti. Il comptait énormément pour elle. Elle l'aimait, mais il ne pouvait pas rester.

J'aime à penser que j'ai été d'une aide quelconque pour ces jeunes filles. J'aime à penser qu'elles le savent. De quoi laver ma conscience de tout ce que j'ai fait de mal dans cette vie. La laver un peu. Oh, Joseph, Dieu m'a durement puni pour ce que j'ai commis sur cette terre, pour les amours que je me suis choisies, et je ne connais personne qui craigne plus l'enfer que moi.

MARNIE

Il les avait déposées sur le frigo. Ma paie de la semaine et une lettre comme quoi il s'était barré. C'est là que la police est arrivée. Ils m'ont laissée emporter le fric, mais ils ont gardé la lettre. Ils sont comme ça, les flics.

Chère Marnie,

Je suis face à une urgence et je dois partir.

Tu es très jeune, Marnie, c'est un bien précieux que la jeunesse, elle nous quitte toujours trop tôt et je ne voudrais pas que tu regrettes le temps passé, on le paie de trop de larmes.

Toute mon affection à toi, Marnie, toute mon affection à Nelly et tous mes respects à Lennie.

Vlado.

Encore un à mettre dans le dossier des absents. Il va bientôt être trop petit.

NELLY

Quand Lennie a versé le thé l'autre mercredi, il ne s'est pas arrêté en haut de la tasse comme l'aurait fait toute personne sensée, il continué à verser jusqu'à ce qu'il y en ait plein la table. Il a fallu retenir sa main.

« Oh, mon Dieu, regardez ce que je viens de faire ! », a-t-il dit.

Ce n'était que du thé, certes, mais il laisse tout brûler et il perd tout. Il y a belle lurette que je n'ai pas fait un repas convenable.

MARNIE

Quand je suis arrivée chez lui, la porte était ouverte. Les flics l'avaient même pas fermée derrière eux. L'appartement était sens dessus dessous. Ils avaient tout retourné. Des cadres à photos par terre, des livres sortis des étagères, de la vaisselle partout. Je savais pas par où commencer, et puis je me suis demandé pourquoi je me tracassais. Sûrement que j'espérais qu'il allait revenir ou peut-être que je cherchais un indice qui me dirait où il était allé. Il savait pertinemment qu'il partirait parce que les cadres étaient vides. Dans la penderie, il restait les trois quarts de ses vêtements et une paire de bottes de cow-boy marron clair. Ça m'a fait de la peine parce qu'il les aimait bien, celles-là, mais ça voulait dire aussi qu'il avait pris les noires et, je sais pas pourquoi, mais je me suis sentie tout de suite mieux en sachant ce qu'il avait aux pieds.

Après avoir remis tout en ordre, j'ai vidé les poubelles dans les sacs à ordures, mais, en prenant celle qui était à côté de son lit, j'ai vu qu'elle était pleine de papiers chiffonnés. Je les ai défroissés et je me suis aperçue que c'étaient les brouillons de la lettre qu'il m'avait laissée. Sur un, il disait que je lui rappelais sa fille et qu'il m'aimait beaucoup. Mais il était pas allé plus loin et il l'avait jeté à la poubelle. Sur un autre, il me disait que j'étais quelqu'un de « précieux » et d'« exceptionnel ». Il l'avait pas gardé non plus. Il avait quasiment écrit cinq lettres différentes avant de se décider pour celle qu'il avait jointe à mon salaire. Elles contenaient toutes des mots comme « caractère », « beauté » et « appréciable ». Je les ai gardées. Je les ai toutes. J'ai fouillé désespérément l'appartement à la recherche d'une photo de Vlado, mais j'en ai pas trouvé et ça m'a minée parce que j'en ai pas de lui. J'ai essayé de me rappeler la dernière fois où je l'ai vu et j'ai pensé à lui sur son vélo le long de la Clyde. Il riait sans trop savoir pourquoi. J'ai pris mentalement une photo de cette scène et je l'ai rangée dans ma mémoire. C'est là que je garde tous les gens qui comptent pour moi.

LENNIE

Ce n'est pas rien d'entretenir ta tombe. J'ai apporté des ciseaux et de la ficelle. Un seau et une truelle. J'ai apporté aussi un bouquet, pour ton anniversaire. J'ai acheté une concession à tes côtés et, sur ma pierre tombale, je ferai graver que tu étais mon bien-aimé.

Je me fais du souci pour les petites. Mes petites. Je suis inquiet pour leur avenir, mais je suis ici depuis un bon moment déjà et voilà que lentement l'obscurité descend. Je n'ai plus de flamme en moi et je suis las, mais je me dois de rester debout, les petites ont besoin de moi et il y a tant de choses à mettre en place. Reste à espérer que ce sera suffisant et que mes petites sauront rester fortes pendant quelque temps encore. Le courage, c'est ce qu'il nous faut désormais, du courage et de la discrétion, car il reste beaucoup de combats à mener et beaucoup de sacrifices à faire.

MARNIE

Impossible d'imaginer qu'un homme qui aimait les femmes autant que Gene ait pu prendre goût aux petites filles. Encore plus dur d'imaginer Izzy aimant un homme comme ça, et pourtant elle l'aimait et nous aussi, Nelly et moi, quand on était petites. Comment faire autrement ? On était des enfants, on connaissait rien d'autre.

Je me souviens d'une fois où j'étais rentrée de l'école en avance, quelques semaines avant que Gene vienne dans ma chambre, et où je les avais trouvés en train de danser. Izzy tout en lenteur, Gene tout en douceur. Ce que j'ai vu là, ça devait être eux avant le déchirement, quand elle était encore une princesse et lui un prince, et qu'ils défiaient les dieux pour être ensemble. En les regardant s'aimer au milieu des bougies, je m'étais imaginé le tout premier instant où leurs regards s'étaient croisés, la première fois où ils s'étaient embrassés. J'avais compris alors pourquoi ils se cramponnaient aussi fiévreusement l'un à l'autre. Face à cet amour, j'éprouvais aussi un sentiment d'amertume car, au-delà de l'amour, de la dope, de la haine et de l'infidélité, je sentais qu'ils tentaient désespérément d'atteindre autre chose, quelque chose qui les dépassait. En tout cas, jusqu'à la mort de Gene.

Car, en pensant à Izzy agrippée au cadavre froid de Gene, quelque chose s'est débloqué en moi. Une espèce de curieux phénomène. Je me suis souvenue d'elle effondrée et, même si je lui en voulais de réagir comme ça, je comprenais pas bien d'où cet élan d'amour pouvait venir parce que, de leur vivant, ces sentiments-là, elle les gardait pour elle. En repensant à son chagrin, j'ai ressenti dans tout mon être ce qu'avait dû être un jour cet amour intense et incompréhensible, mais, après des années d'excès et de haine, comment avait-elle fait pour le faire remonter en elle, et avec autant de force ? Pourquoi l'avoir rappelé ? C'est à ce moment-là que j'ai compris la vérité. C'était pas Nelly qui avait étouffé Gene. C'était Izzy.

LENNIE

Il a sonné à côté, il cherchait Marnie. Il m'a dit qu'il avait trouvé un chien.

« C'est pas le chien de Marnie, petit, lui ai-je dit, c'est le mien. C'est mon Bobby. Viens, mon chien ! »

Bobby a sauté sur moi, et avec un tel enthousiasme que j'ai bien cru qu'il allait me renverser.

« Elle est là, Marnie ?

– Qui la demande ?

– Sandy. »

C'était un beau petit gars d'une quinzaine d'années, roux, les yeux bleus, violets même.

« Hélas, non. »

J'ai souri.

« C'est de la part de qui ?

– Sandy.

– Tu as bien mérité une récompense, mon garçon. »

Je rayonnais, j'étais aux anges d'avoir retrouvé Bobby. J'ai plongé la main dans ma poche et en ai sorti un billet de dix livres.

« C'est pas la peine, m'a-t-il dit.

– J'insiste ! »

Il a pris l'argent comme un bon petit et il est parti. Je lui ai fait au revoir de la main parce qu'il avait été très aimable. Vraiment très aimable.

MARNIE

Je suis venue dans notre cabane de jardin pour te demander si tu m'aimais puisque, moi, quelque part, je devais t'aimer. Je suis venue ici pour te demander pourquoi tu me laissais m'endormir à tes pieds et sur tes genoux. Je suis venue te demander s'il y avait de l'amour dans ton cœur quand tu me caressais les cheveux et quand tu m'emportais, endormie dans tes bras, vers une chambre jamais peinte et vers un lit jamais fait.

Je suis venue te demander, mère, pourquoi le garde-manger était aussi vide et pourquoi, le midi, tu me donnais du café et rien d'autre.

« Mais on n'a pas de sous, ma chérie », tu m'avais répondu un jour.

J'essaie de pas penser aux cigarettes que tu fumais, à ton verre de vin que tu agitais en l'air alors qu'y avait ni lait ni pain.

« Voilà une livre, ma poule, prends les bouteilles sous l'évier et achète-toi des frites. »

Il suffisait que je descende la rue en faisant tinter quatre bouteilles consignées et avec une pièce dans la poche pour que je sente qu'on s'occupait de moi. Aujourd'hui, je repense à ces frites, comme je les trouvais bonnes, meilleures que l'agneau ou le poulet aux herbes, pas parce que j'avais faim, mais parce que tu m'avais donné l'argent pour les acheter.

Je suis venue ici pour te demander si tu m'aimais et si tu aimais Nelly.

Je suis venue ici pour te demander.

Je suis venue ici.

NELLY

Sharon Henry souhaite que nous devenions, disons, camarades. Elle est seule et a besoin de compagnie. Des amies, elle en a, bien sûr, mais elle aspire à des relations moins superficielles. Elle veut qu'on la comprenne. Elle m'a fait un peu pitié et, bien entendu, j'ai accepté de la rencontrer après les cours, vendredi. Elle m'a proposé d'aller au cinéma.

« Fais-toi belle, m'a-t-elle dit.

– C'est-à-dire ?

– Fais un effort. Un peu de gloss peut-être…

– Mais je n'ai pas de gloss.

– Alors emprunte celui de Marnie.

– Pour quoi faire ?

– Parce que tout le monde en met et que ça te fera les lèvres plus sexy.

– Je m'en fiche pas mal, moi, de ce que mettent les autres.

– Très bien, n'en mets pas, mais mets-toi au moins quelque chose de sympa sur le dos.

– Qu'est-ce que ça peut bien faire, ce que je porte ? Nous sommes deux copines qui vont au cinéma, rien de plus. Inutile de gâcher cette sortie par des exigences déraisonnées.

– OK, mets ce que tu veux, moi, il faut que j'y aille,

rendez-vous au ciné à 7 heures ce soir et ne sois pas en retard ! », m'a-t-elle ordonné.

En rentrant, Marnie m'a appris que Lennie avait mis le feu à la cuisine. Il faisait des frites – non mais quelle idée... – et en plein après-midi, en plus. Il était dans un état second, il marchait apparemment de long en large en demandant aux murs de ne pas le dire à Joseph. Heureusement, il n'y a pas eu trop de dégâts et, après une longue sieste, il est revenu dans la cuisine pour nettoyer la fumée sur les murs. Depuis, j'ai jeté un œil sur sa cave à liqueurs car je crains que les problèmes de Lennie n'aient une cause plus explicable...

MARNIE

Pour Nelly, Lennie est alcoolique. Elle a peut-être raison. Il a mis le feu à la cuisine et, sans l'extincteur que ce génie de l'organisation avait sous son évier, je crois bien que tout serait parti en fumée. Je commence à m'inquiéter pour ce vieux bonhomme. Y a quelque chose qui tourne pas rond, c'est clair.

Ce soir, le téléphone a sonné chez lui, mais y avait personne au bout du fil. En fait, si : c'était Robert T. Macdonald, j'en suis sûre.

LENNIE

« Eh, dites donc ! a fait une voix.

– Oui ?

– C'est ma voiture que vous êtes en train d'ouvrir, là !

– Vous êtes sûr ?

– On est voisins depuis deux ans et vous ne connaissez pas ma voiture ? Arrêtez un peu !

– Alors, la mienne, elle est où ?

– Qu'est-ce que j'en sais, moi, mais celle-là, c'est à moi, ça c'est sûr !

– Lennie ? », a fait une autre voix.

C'était Marnie et une autre fille que je n'ai pas bien remise, mais qui parle souvent en chuchotant. En faisant un gros effort de mémoire, j'ai presque réussi à la situer.

« On peut rentrer ? leur ai-je demandé.

– Bien sûr, a dit Marnie.

– Prends mon bras », a dit l'autre.

J'ai pris son bras.

« Tu es une gentille fille. Rentrons et buvons un thé.

– Bonne idée, a dit Marnie.

– Où sont mes clés ?

– Dans ta main », a répondu Marnie.

Je les lui ai tendues.

« Ouvre la porte », lui ai-je dit.

Elle a ouvert. J'ai trouvé, c'était Nelly. Je la connais, Nelly.

« Je pense qu'il a bu, a dit Nelly.

– Je crois que t'as raison, a murmuré Marnie. Mettons-le au lit. »

On m'a décollé du sol. Enlevé ma veste. Mes chaussures. Mis ma montre sur la commode. Je me suis enroulé dans la couette. Une porte s'est fermée. J'avais froid.

NELLY

J'ai passé une soirée infecte. Sharon Henry est une fille qui trompe son monde et n'en fait qu'à sa tête.

Quand je suis arrivée au cinéma, elle était escortée de deux garçons. Felix Murray et une brute prénommée Sam qui, si j'ai bien compris, est son bon ami.

En me prenant à part, Sharon m'a confié qu'il était prévu que je prenne place aux côtés de Felix.

« Me casse pas mon coup, m'a-t-elle dit. C'est Sam qui me plaît et Felix est quelqu'un de bien. Alors sois sympa...

– Je suis sympa si on l'est avec moi.

– Felix, c'est un bon plan. N'importe quelle nana du lycée serait prête à bouffer sa culotte pour être à ta place.

– Je ne suis pas n'importe quelle nana du lycée, lui ai-je rappelé.

– Ça, c'est sûr, a-t-elle bougonné. Et le violon, c'est pour quoi ?

– Je ne peux pas le laisser chez moi.

– Parce que ?

– Parce que c'est ainsi.

– Comme tu voudras... » a-t-elle soupiré.

Felix est resté muet l'essentiel du temps. Il m'a dit qu'il avait aimé ma prestation à Noël, ce qui m'a fait grand plaisir. Felix est du genre sportif, me semble-t-il, il aime le football et ces sortes de choses. À la vérité, voir Sharon et son bien-aimé se grimper dessus comme deux chiens a été, je dois le dire, un moment très pénible. Cette façon de se donner en spectacle, quand bien même nous étions dans l'obscurité... Felix, lui, s'est très bien tenu, évidemment, et il a respecté la distance que j'avais mise entre nous. Il m'a même prêté sa veste car il fait frisquet dans une salle de cinéma. Ensuite, nous sommes allés dans un café. Nous avons commandé du Coca-Cola et des crèmes glacées. Nous n'avons pas discuté très longtemps.

« Tu habites où ? m'a-t-il demandé.

– Hazelhurst Road.

– Tu te plais, là-bas ?

– Beaucoup.

– Et tes parents, ils font quoi ?

– Je vis chez mon grand-père. Mes parents sont ailleurs.

– Ailleurs ?

– Mon Dieu, ces questions... lui ai-je fait d'un ton cassant.

– Je voulais pas être indiscret, je cherchais juste à mieux te connaître.

– Dans quel but ?

– Disons que je t'aime bien...

– Ne te sens pas obligé !

– Non, ça me fait plaisir. »

Sharon et son soupirant sont entrés, en faisant d'ailleurs un raffut de tous les diables.

« Allez, Nelly, joue-nous un truc avec ton violon ! m'a lancé Sam.

– N'y compte pas ! »

Sam a abordé un serveur.

« On a une copine, là, qui joue super bien du violon. Elle pourrait jouer cinq minutes ? »

Le serveur s'est tourné vers un gros type penché au-dessus du comptoir, en train de lire un journal.

« Hé Willie, la jeune fille là, elle veut jouer du violon.

– Ouais, pas de problème, a fait Willie.

– C'est hors de question ! me suis-je exclamée.

– Pourquoi ? a demandé Sharon. Tu joues trop bien et tout le monde a envie de t'entendre. Je vois pas où est le mal.

– Parfait », ai-je conclu.

Et j'ai donc joué.

Comme prévu, la salle s'est tue, tout le monde était impressionné. C'est toujours pareil. Je regarde souvent le public quand je joue et je lis beaucoup de choses sur les visages. J'ai vu Sharon, qui voudrait être tout sauf elle-même. J'ai vu Sam qui se désintéressait totalement du violon, qui avait juste envie de me faire jouer, et j'ai vu des couples et des groupes qui aspiraient tous à partager un moment d'exception, quelque chose qui leur ferait un sujet de conversation, et j'ai vu un soldat solitaire savourer son café, ravi de cette surprise. J'ai vu Felix et le serveur, et j'ai vu Willie qui me remerciait pour la musique, pour ce petit agrément que j'apportais à son établissement. Quand j'ai eu terminé, tout le monde a applaudi, sauf Sam. Willie a renouvelé notre tournée de Coca-Cola.

« C'est pour moi ! », a-t-il annoncé, rayonnant.

Notre table avait la cote et Sharon était aux anges.

« C'était dingue ! m'a-t-elle dit en souriant. T'es vraiment forte. »

Felix a opiné du chef. C'est un garçon calme, Felix.

« En fait, Nelly, a fait Sam, tes parents, ils touchent le chômage, c'est ça ?

– Ta gueule, Sam ! l'a rembarré Sharon.

– Je voulais juste savoir pourquoi elle se donnait ces grands airs, là. En fait, elle vaut pas mieux que Marnie, hein ? T'as été adoptée ou quoi ? »

Je lui ai lancé mon verre de Coca-Cola. J'en avais assez de ses imbécillités.

« Ma sœur et moi sommes du même sang, je puis te l'assurer, espère ce malotru ! »

J'ai été étonnée de le voir éclater de rire :

« Elle est complètement barge…

– Jeune homme, je prends congé. Felix, ce fut un plaisir !

– Reste, m'a implorée Sam. Je te paie un autre Coca. Tu pourras le balancer sur Sharon.

– Je vois pas pourquoi… » a dit Sharon.

Felix, gentleman jusqu'au bout des doigts, s'est proposé pour me raccompagner.

« Non, je te remercie. Je connais le chemin.

– Pas de bol, Felix ! », a fait Sam, narquois, ce qui m'a donné des remords. Mon intention n'était nullement de blesser Felix. C'est un jeune homme charmant, et qui ne laisse pas traîner ses mains partout. Dans le cas contraire, je ne sais pas ce que j'aurais fait.

« Après tout, pourquoi ne pas faire un bout de chemin ensemble ? lui ai-je proposé.

– Merci ! »

Radieux, il a bondi à mes côtés.

Sur le trajet du retour, la gêne entre nous était palpable et j'ai été soulagée de voir Felix alimenter la conversation. Il m'a exposé par le menu ses centres d'intérêt et ses projets d'avenir. Il n'a pas encore quinze ans et je me demande si je ne devrais pas avoir, moi aussi, des projets d'avenir. Nous avons décidé de prendre par le parc. C'est là qu'il a tenté de m'embrasser. J'ai tourné la tête et lui ai tendu la joue. Il a semblé déçu. Et brusquement, je lui ai fait une bise sur la joue. Il a eu l'air mal à l'aise.

« Veux-tu que je te joue quelque chose ? », lui ai-je proposé.

Il a fait non de la tête.

« Ça ferait bizarre », a-t-il dit.

Il m'a raccompagnée jusqu'à l'arrêt de bus de Byres Road. Je n'avais nulle intention de prendre le bus, mais je voulais me débarrasser de ce chevalier servant et j'imagine qu'il ne se disait pas autre chose.

« J'ai été heureux de te rencontrer, Nelly.

– Moi de même. »

Il a hésité un instant comme s'il voulait me dire quelque chose, mais il s'est ravisé et s'est éloigné, les mains dans les poches. J'ai été contente de le voir partir, et triste ensuite, surtout pour le violon. Il m'avait dit qu'il aimait bien m'écouter jouer.

En rentrant, j'aurais voulu parler avec Marnie car j'avais toutes sortes de questions à lui poser au sujet de cette soirée, mais je l'ai trouvée soutenant un Lennie rond comme une barrique. Nous l'avons donc emmené jusqu'à sa chambre avant qu'il donne l'alerte aux voisins.

Cela m'a rappelé, à bien des égards, lorsqu'il nous fallait mettre père au lit et je ne peux pas nier que, sur ce coup, Lennie m'a quelque peu déçue. De plus, c'est un septuagénaire et il n'est plus très gaillard. L'opération fut donc des plus délicates. Ses écarts de conduite depuis quelque temps m'avaient mise de fort mauvaise humeur, avaient réveillé la bête qui sommeillait en moi, de sorte qu'après lui avoir retiré ses chaussures je les ai flanquées par terre. Nous ne lui avons pas ôté son pantalon. Quant à sa chemise, j'ai laissé Marnie opérer. Impossible pour moi d'assister à cela. Nous ne lui avons pas non plus volé son argent. Étant aux antipodes de père, il ne le méritait pas.

AUTOMNE

MARNIE

C'était le seul endroit où personne avait regardé. La cabane de jardin. Il était même pas caché. Juste glissé dans une trousse à outils, sur une étagère, à côté de boîtes de peinture et de pots de fleurs cassés. Un sac plein de fric. Je me suis demandé si Izzy l'avait pas trouvé près de leur lit avant d'étouffer Gene. Je me suis demandé si Izzy l'avait pas ramené dans la cabane avant de se pendre et, après, je me suis plus rien demandé du tout. C'étaient des billets abandonnés et, pour moi, ils m'appartenaient.

J'ai décidé de les cacher chez Lennie. Chez lui, ils seraient en lieu sûr. Au début, je les ai mis dans le premier endroit qui m'est venu à l'esprit, le grenier, mais après je me suis dit que, s'il fallait partir en vitesse, j'aurais pas le temps de monter, du coup je les ai transférés au sous-sol ; c'était une super cachette, mais, là encore, j'étais pas sûre de pouvoir y accéder rapidement, alors j'ai pensé à la penderie de la chambre où dort Nelly, mais si Nelly les trouvait, il faudrait que je lui explique d'où ils venaient. Pas facile, en fait, de planquer des cadavres et de l'argent, mais j'étais sûre de trouver une solution et, après avoir éliminé le grenier, le sous-sol, les penderies, le dessous du lit de Lennie et le placard sous les escaliers où il conservait toutes sortes de saloperies, je suis retournée à la cabane et j'ai remis le sac sur l'étagère, à côté des boîtes de peinture et des pots de fleurs cassés. C'était encore l'endroit le plus sûr.

Après avoir caché cet argent, je suis retournée chez Lennie et, là, je me suis retrouvée nez à nez avec Susie qui se dandinait sur le pas de la porte.

« Salut, Marnie, elle a fait.

– Salut, je lui ai répondu, sans enthousiasme.

– Je suis désolée…

– Tu peux, oui ! »

Elle m'a offert une clope, que j'ai refusée.

« Ma grand-mère, elle veut bien que je fasse mon école de théâtre, Kimbo te l'a dit ?

– Je m'en fous.

– Alors c'est comme ça, on sera plus jamais copines ?

– Pour moi, impossible.

– Ton père, c'est un connard, elle a dit dans un souffle.

– Ça, c'est pas nouveau…

– Donc tu sais pas quand il rentre ?

– Casse-toi, Suzanne ! », je lui ai dit, et je suis partie.

Quand je suis entrée chez Lennie, Nelly avait pris le courrier. J'étais reçue à mes examens. Ça m'a fait ni chaud ni froid.

LENNIE

Il faut avoir la main légère quand on fait des sablés, et utiliser des ingrédients de toute première qualité. Moi, je les fais à la main, même si tout le monde ne jure que par le batteur électrique. Je prends du beurre froid que je mélange du bout des doigts avec de la farine et du sucre jusqu'à obtention d'une consistance grumeleuse. Je verse alors cet appareil dans un moule à manqué de vingt-trois centimètres à fond amovible et je le tasse bien en couches régulières avant de piquer la surface avec une fourchette. Ensuite, à l'aide d'un couteau, j'entaille légèrement le dessus pour dessiner des parts. Puis je mets au four à cent soixante-quinze degrés pendant environ quarante-cinq minutes ou jusqu'à ce que le biscuit soit coloré, mais à peine. Je laisse refroidir, je démoule et je découpe soigneusement les parts avant de les déposer sur une grille. Enfin, je parsème d'un peu de sucre en poudre pour décorer.

MARNIE

Avec Kimbo, on étaient allées au parc et on s'était bien marrées.

« On a qu'à retourner grignoter un truc chez Lennie », elle a fait.

En arrivant, on m'a présenté Fiona Mullen, le prototype même de l'assistance sociale, qui était en train de reprocher à Lennie de pas avoir signalé à ses services que ses petites voisines avaient été abandonnées. J'ai dit à cette connasse de dégager et Lennie m'a approuvée du fond du cœur. Je lui ai dit aussi qu'elle avait aucun droit de débarquer comme ça chez les gens – même si tout le monde sait qu'avec un bloc-notes à la main on a tous les droits. En fait, j'ai rien dit du tout parce que je me demandais où était Nelly.

C'est vraiment une salope, cette Fiona Mullen, elle a été odieuse avec Lennie qui – et il a eu bien raison – lui a dit d'aller se faire voir tout en lui rappelant qu'aucune loi lui interdisait de s'occuper de deux enfants abandonnées, mais elle a rien voulu savoir. Lui, il serait pas « légitime » comme tuteur alors que, pour une histoire d'ADN, mes parents, qui se sont jamais occupés de nous depuis notre naissance, seraient « légitimes », eux ! À croire qu'il faudrait jamais séparer les enfants des parents, même quand les parents sont des délinquants de la pire espèce…

Après, à cause du passé de Lennie, Fiona Mullen s'est cru autorisée à déambuler chez lui en le regardant d'un sale œil.

J'étais contente qu'il l'ait envoyée promener, j'étais contente qu'il lui ait pas proposé de thé ni de gâteau, mais elle s'en fichait, Fiona Mullen, elle en démordait pas de la procédure que Lennie aurait dû suivre quand il s'est aperçu que deux mineures se retrouvaient seules et quand il a pris sur lui de les nourrir et de les recueillir. C'est là qu'il lui a demandé de partir. Il a pas pris de gants : « Foutez le camp de chez moi, bordel de Dieu ! », il a gueulé. Ça m'a fait sursauter parce que, depuis le temps que je le connais, j'avais jamais entendu Lennie dire de gros mots, sauf que, quand il a commencé à pousser l'assistante sociale vers la sortie, je me suis dit que ça allait très mal tourner et, pour lui éviter d'aggraver son cas, je lui ai demandé de se calmer.

« Je veux qu'elle sorte de cette maison ! il a hurlé.

– Vous devriez partir, lui a fait Kimbo.

– J'ai une ordonnance du tribunal et je n'ai d'ordres à recevoir de personne, Mademoiselle !

– Ah, c'est comme ça ? a fait Kimbo et, avec toute la force dont elle est capable, elle l'a fichue dehors et a refermé derrière elle.

– Pousse la table contre la porte », a fait Lennie.

On a pas hésité, même si on aurait peut-être dû.

« Ne les laissez pas entrer ! criait Lennie, ne les laissez pas entrer ! »

Il courait en rond et je me suis demandé s'il avait pas encore picolé.

« Et la porte du fond ! », il a dit d'un seul coup.

Avec Kimbo, on a foncé vers la seule porte de la maison restée ouverte et, en arrivant, on a vu Robert T. Macdonald qui franchissait la clôture entre nos deux jardins. On a claqué la porte et on a cherché des trucs pour la bloquer.

Dehors, on entendait des sirènes et, en regardant autour de moi, j'ai vu des fenêtres qui allaient voler en éclats et des issues qu'il faudrait prendre tôt ou tard, mais je m'en fichais, et c'est là que je me suis souvenue de l'argent caché dans la cabane et que j'ai regretté de pas l'avoir mis dans le grenier. À ce moment-là, Nelly est apparue, les yeux encore dans le vague après la sieste qu'elle venait de faire en haut.

« Mais, grands dieux, que se passe-t-il ? », elle s'est exclamée – car Nelly passe son temps à s'exclamer.

NELLY

C'est le son des sirènes qui m'a tirée de mon sommeil. Effroyable. En risquant un œil par la fenêtre, j'ai vu trois voitures de police, des agents éparpillés et une femme avec un bloc-notes. Quand Robert T. Macdonald est apparu, j'ai compris que quelque chose de terrible se tramait.

J'étais en haut de l'escalier quand j'ai vu Marnie. Elle avait l'air sur les charbons ardents.

« Mais, grands dieux, que se passe-t-il ? lui ai-je demandé.

– Lennie a pété les plombs, il a foutu l'assistante sociale dehors, m'a-t-elle répondu.

– Lennie est sous l'empire de l'alcool et nullement en état de mettre qui que ce soit dehors. Où est-il ? »

En descendant les marches, j'ai trouvé Kimbo, une bouteille de bière à la main, en train de jouer avec Bobby tandis que Lennie titubait en quête de lait et de thé.

Tout partait en vrille. Les voisins étaient attroupés derrière un ruban jaune tandis que Robert T. Macdonald battait la semelle près de l'assistante sociale. Où que l'on regardât, on ne voyait que des policiers avec une seule idée en tête : pénétrer chez Lennie.

« Ouvrez ou on enfonce la porte ! », ont-ils crié.

Lennie s'était caché derrière le canapé.

« Reprends-toi ! lui ai-je intimé.

– Je ne peux pas…

– Ouvrons cette porte ! ai-je lancé à la cantonade. Tout ceci n'a aucun sens. »

Marnie est apparue dans mon dos.

« Si on ouvre, Robert T. Macdonald nous met le grappin dessus. C'est ça que tu veux ? m'a-t-elle dit.

– Mais ma pauvre enfant, il nous mettra, de toute façon, le grappin dessus. La partie est terminée. Nous ne pouvons pas rester ici éternellement. Tôt ou tard, ces portes vont céder. Ne sois pas idiote…

– Elle a raison, a dit Lennie, brusquement calmé et rendu à une apparente sobriété. Ouvrez les portes », a-t-il ordonné d'une voix morne.

Kimbo a soupiré :

« C'est ça que tu veux, Marnie ? »

Marnie a fait non de la tête avant de fondre en larmes, ce qui m'a aussitôt agacée. Elle est véritablement horripilante. J'ai laissé Kimbo la consoler. Ce genre de conduite m'exaspère.

« Ça sera vite passé, Marnie, lui disait Kimbo. En décembre, tu auras seize ans et tu pourras habiter où tu veux.

– Et Nelly, alors ? a-t-elle sangloté.

– Je me débrouille très bien toute seule », lui ai-je rappelé, non sans agressivité.

Parfois, je me demande où elle a vécu ces douze derniers mois….

« Tu en es sûre ? a ironisé Kimbo.

– Je suis formelle », ai-je répliqué avec une grande fermeté.

Sans plus de cérémonie, on a ouvert la porte et deux policiers se sont dirigés *illico* vers Lennie, mais, au lieu de tendre les poignets, celui-ci a pris la fuite. Je n'en croyais pas mes yeux. Il a bondi par-dessus le canapé, suivi par un Bobby tout excité, et a franchi en trombe la porte du fond pour déboucher dans le jardin.

« Je suis un assassin ! s'est-il mis à hurler, je suis un assassin !

– Il est ivre ! me suis-je écriée.

– Vous m'avez bien entendu, Robert T. Macdonald ? braillait Lennie. Elle est partie. Votre Izzy bien-aimée. Et lui aussi, il est parti, Gene Doyle, le plus méprisable des deux. C'est moi qui les ai tués ! »

Il était à genoux, il creusait dans les massifs de roses ; il avait les mains enfouies dans la terre qu'il ramenait vers lui comme un chien.

« Personne ne veut m'arrêter ? », a-t-il lancé en riant.

Robert T. Macdonald s'est précipité auprès de lui. Il s'est mis à tirer sur un rosier hérissé d'épines jusqu'à ce que ses mains soient couvertes de sang et de terre. J'étais pétrifiée tandis que Marnie, le visage enfoui dans les mains, restait figée d'effroi.

« Il n'y a rien ! s'est exclamé Robert T. Macdonald.

– Creusez encore ! l'a encouragé Lennie. Vous allez la trouver. »

Il s'est remis sur ses pieds en rigolant avant d'être bien vite menotté.

« Sous cette pelouse, ICI MÊME, a annoncé Lennie à la maréchaussée, il y a deux… deux… deux… »

Il a bafouillé, perdu le fil de ses paroles et s'est effondré sur le sol.

Nous étions dans une sacrée panade, et sans rien pouvoir y faire. Réfugiées dans l'ombre, la chair de poule nous gagnait à mesure qu'approchait le dénouement.

On a entendu quelqu'un réclamer un médecin,

quelqu'un d'autre appeler une ambulance, et puis un troisième pousser un hurlement. C'était Robert T. Macdonald et il tenait à la main un crâne. Je ne savais pas à qui il appartenait.

MARNIE

Robert T. Macdonald faisait les cent pas dans le couloir en se frottant les mains.

Les policiers nous ont appris que Lennie avait une tumeur au cerveau et qu'il allait mourir. Ils nous ont interrogées sur nos parents, nous ont demandé depuis quand ils avaient disparu. Ils ont essayé de comprendre ce qui s'était passé pendant ces neuf derniers mois, mais on a pas pu les aider. Les mensonges ont continué. C'est ce que Lennie aurait voulu.

Nelly : C'était un sacré bonhomme !

Moi : On savait qu'il les aimait pas beaucoup, mais pas à ce point-là. Il a toujours été très gentil avec nous.

Nelly : Il disait vouloir nous aider.

Moi : C'est Lennie qui nous donnait à manger.

Nelly : Nous les croyions en Turquie. Peut-être en Espagne.

Moi : On se doutait de rien.

Nelly : Ils nous abandonnaient tout le temps. Ils étaient comme ça.

Moi : On savait pas…

Nelly : Je n'en suis pas certaine…

Moi : Je savais rien…

Nelly : Mais, pour l'amour du ciel, nous ne savions rien…

On a fini par les convaincre et on a été confiées à Robert T. Macdonald. C'était vraiment une journée de merde.

NELLY

J'ai peur de la mort, j'ai toujours eu peur de la mort. Elle arrive comme un grand vent, et toujours par effraction. J'allais de nouveau la croiser aujourd'hui.

Je n'ai pas eu de mal à m'enfuir. J'ai demandé à aller aux toilettes, mais ce n'était qu'un prétexte car je suis sortie dans la rue et, quelques minutes plus tard, j'étais dans un bus pour le Western Hospital. Je m'en suis voulu de laisser Marnie derrière moi, mais je n'avais pas le choix. Il fallait que je voie mon ami. Avec lui, je me sens chez moi.

MARNIE

Ils arrivaient pas trop à savoir ce qui était arrivé à Gene et Izzy. Nous, bien sûr, on savait qu'ils avaient été tués. Gene de la main d'Izzy et Izzy par ses propres moyens, mais, passé un certain délai, ça doit être impossible de déchiffrer tout ça sur un corps en décomposition. Je me suis demandé si Vlado était pas dans le coup parce que, tout seul, Lennie aurait jamais pu trimballer les corps. J'espère que oui. Bizarrement, ça m'a réconfortée de me dire que Vlado connaissait la vérité. Ça me faisait trop mal de lui mentir.

Finalement, ils en ont conclu que le corps de Gene avait été traîné jusque chez Lennie depuis notre maison et notre jardin. Ils ont dit aussi que l'aide proposée par Lennie en l'absence de nos parents était un stratagème, une manipulation pour couvrir ses traces, mais quelqu'un a laissé entendre que, peut-être, il se sentait aussi coupable. Nelly et moi, on était les seules à connaître la vérité. Lennie nous avait sauvées.

Au bout du compte, personne s'est vraiment soucié de savoir pourquoi Lennie avait tué Izzy ou Gene. Lennie allait mourir et on n'y pouvait rien. Robert T. Macdonald était furieux ; il réclamait justice et l'obtiendrait jamais. Moi, je m'en réjouissais car il la méritait pas. Si quelqu'un était responsable du destin d'Izzy, c'était lui et, au fond de lui-même, il le savait.

Quand leurs corps ont été découverts, j'ai pleuré, mais pas parce que j'étais soulagée, même si je l'étais, j'ai pleuré de tristesse pour Izzy et Gene. Même dans la mort, leur vie semblait avoir servi à rien et, du coup, j'ai eu l'impression de pas servir à grand-chose non plus – c'est quand même eux qui m'avaient conçue… Mais quand j'en ai parlé à Kimbo, elle s'est fichue en rogne contre moi :

« Tu es ce que j'ai de plus précieux dans la vie, avec Nelly. Tu m'en ressors une dans ce genre-là et je te mets un pain ! »

Là encore, les parents de Kimbo sont venus à la rescousse en nous proposant un toit, mais les services sociaux ont rien voulu entendre et décidé qu'en tant que parent en ligne directe Robert T. Macdonald ferait un tuteur plus convenable. Ça servait à rien de pleurnicher sur ce passé violent ; c'était vers l'avenir que tout le monde était tourné. Le passé était mort.

NELLY

En arrivant à l'hôpital, il y avait un agent en faction devant la chambre de Lennie. La tuile ! Désemparée, je me suis mise à pleurer.

« Qu'est-ce qui se passe, petite ? a demandé l'agent.

– Il faut que je voie ce monstre, lui ai-je dit.

– Mais qui es-tu ?

– C'est lui qui a tué mes parents », ai-je murmuré, non sans honte, car j'étais gênée de devoir accuser Lennie d'un crime dont je le savais innocent.

D'après Marnie, c'était Izzy la coupable, et j'avais été soulagée de l'apprendre car j'avais toujours cru que l'auteur de cet acte malheureux était Marnie.

« Pas question, ma puce, il est inconscient, m'a dit l'agent.

– Mais il y a des choses que je dois ABSOLUMENT lui dire. Sinon, je ne m'en remettrai jamais !

– Je vois…, a fait l'agent, un peu déconcerté par ma requête.

– Je vous en supplie… »

Il a jeté un regard circulaire dans le couloir. Celui-ci étant désert, il m'a laissée entrer dans la chambre de Lennie.

« Cinq minutes, m'a-t-il dit.

– Vous êtes un chic type !

– C'est ça, petite. Un chic type. »

LENNIE

Je ne sombre pas. Je suis las et je suis vaillant. Je vois des ombres, je reconnais des voix. Je sens des présences inconnues. Elles se glissent auprès de moi. Des bras anonymes me soulèvent, j'ai dans la bouche un goût de crème glacée. Un goût riche, chaud. Je replonge dans la tristesse et je réclame mes roses. Je ne lui ai pas dit qu'elle était sauvée. Je n'ai pas dit que c'était terminé. Je lui ai dit des mots lointains. Je lui ai dit des mots cachés. J'espère qu'elle s'en sortira. J'appelle quelqu'un qui est en retard et j'ai mal pour le chien. Je me sens mou et heureux. Je me sens prêt et partant. Je pense à toi avant que l'arc-en-ciel ne se fane.

MARNIE

Elle s'était barrée et Robert T. Macdonald était furieux. Il savait parfaitement où elle était partie et il comptait bien la ramener dans ses filets. J'ai passé le trajet jusqu'à l'hôpital à lui expliquer qu'elle faisait un syndrome de Stockholm. Il a paru convaincu. Quand on est arrivés, il m'a demandé d'aller la chercher. Il a patienté en bas, dans le hall. « Parce que si je le vois, je le tue », il m'avait dit.

Elle était installée devant la chambre de Lennie, dans un fauteuil. À manger des chips et boire du Coca. Je m'attendais à la trouver au bord de la crise de nerfs, mais non. Elle grignotait en sirotant sa canette, tranquille. Ça m'a énervée. Je lui ai demandé des nouvelles de Lennie et elle m'a dit qu'il dormait. J'ai dit que j'avais envie de le voir, j'ai expliqué à l'agent que je voulais demander des comptes à l'homme qui avait assassiné mes parents, mais Lennie m'a pas laissé l'occasion de lui demander quoi que ce soit puisque, au même moment, l'infirmière qui était dans sa chambre est sortie en disant à l'agent qu'il était mort.

NELLY

Les oiseaux chantent encore, la musique est là, toujours. Ma vie continue tandis qu'une autre se retire.

La mort, nous l'avons déjà vue, Marnie et moi, ce monceau de glace qui fond au fil des jours, ces gouttes d'eau qui gèlent sur notre âme pour, à chaque instant, nous remémorer ce qui a disparu, mais le désespoir qui nous assaille aujourd'hui est une peine qui imprègne de ténèbres la moindre de nos fibres.

Elle ne viendra pas, l'heure de lui dire adieu. Il ne viendra pas, le point final. Le voilà qui glisse vers l'apaisement, il nous quitte et j'ai beau chercher du courage en le voyant partir, je suis terrassée de larmes, mais je me dois de les cacher car il nous lègue un mensonge à préserver, un mensonge inventé pour nous sauver.

MARNIE

Leurs obsèques, ç'a été un gag. Il avait pas regardé à la dépense : deux cercueils en merisier avec une croix dorée sculptée sur le couvercle. Il les a fait enterrer ensemble et a commandé une pierre tombale tarabiscotée avec des mots comme « regrettés » et « bien-aimés » gravés dans le marbre. J'aurais bien ri si j'avais pas été aussi triste, pas pour Gene et Izzy, mais pour Lennie. Son enterrement à lui, c'était la veille. Kimbo y était parce que je lui avais demandé. Au début, elle comprenait pas pourquoi je tenais à ce qu'elle assiste aux funérailles de celui qui avait tué mes parents, mais quand je lui ai dit que j'avais besoin de ça pour faire mon deuil, elle m'a crue et elle s'est bougée. Elle m'a dit qu'au cimetière le curé avait prononcé une courte bénédiction et qu'y avait pas un rat. Elle m'a dit que, sur le cercueil, y avait une seule gerbe de fleurs. Une couronne de roses. Nelly et moi, on l'avait fait livrer anonymement. Elle m'a dit qu'y avait pas de porteurs et qu'il avait été mis en terre par des inconnus. Elle m'a dit qu'elle s'était pas approchée de la tombe, qu'elle s'était cachée sous les arbres. Elle voulait pas qu'on la voie.

C'était injuste qu'on ait pas pu être auprès de Lennie ce jour-là, mais c'était comme ça, comme Lennie l'avait souhaité. Peut-être qu'un jour, en cachette, on pourra aller sur sa tombe pour le remercier de tout ce qu'il a fait de formidable pour nous, mais pas ce jour-là, ce jour-là, on a dû se cogner les obsèques de deux êtres, nos parents, qui nous avaient délaissées et maltraitées. C'était ignoble.

Robert T. Macdonald a prononcé quelques mots, surtout sur lui-même et sur ses regrets de père. Il a continué en disant combien il aurait aimé être plus présent pour sa fille et combien il aurait aimé connaître Eugene. Ça m'a bien fait marrer. Robert T. Macdonald, il serait devenu fou s'il avait connu Gene. Susie était toute retournée, évidemment, c'était à gerber. Elle s'était proposée pour chanter et Robert T. Macdonald avait accepté. Très belle chanson. Qui m'a bien foutu les boules. Après il a lu un poème sur les morts, comme quoi ils étaient dans la pièce d'à côté, et là j'ai arrêté de l'écouter, il me flanquait la nausée.

À la fin, quand on est arrivés chez lui, ça sentait la Javel et ça m'a rappelé la mort. Il était tout content de voir Nelly et il lui a porté son étui à violon. Moi, il m'a fait un semblant de sourire et il m'a rien porté du tout. Avec le chien, il en a fait des tonnes, il s'est mis à genoux et c'est tout juste s'il lui a pas roulé une pelle. Bobby remuait la queue et sautait tout autour de lui. Ils ont été potes tout de suite. Les chiens ignorent la loyauté. R. T. Macdonald nous a fait à manger. Nelly avait faim, moi pas. Il nous a donné à chacune une liste de tâches quotidiennes, entre autres faire la lessive, passer l'aspirateur et promener le chien. Nelly a pas fait de commentaire et s'est resservi de sa crème pleine de grumeaux. J'ai mis ma liste sur le côté de mon assiette en regrettant de pas pouvoir me la mettre ailleurs. J'avais trop envie de voir Kimbo, mais il a dit qu'il était tard et qu'on avait école le lendemain et il nous a envoyées au lit. Expédiées, même.

NELLY

Cette nuit, Robert T. Macdonald a pleuré. Il a pleuré une fille qu'il ne connaîtra jamais, et ses larmes m'ont passablement émue. Marnie n'éprouve aucune compassion et son attitude me déplaît fortement : sa fille était aussi notre mère, il me semble.

Il nous est défendu d'évoquer notre vie d'avant, mais Marnie a bien stipulé que nous avions des biens à récupérer chez Lennie. Robert T. Macdonald s'est énervé et n'a rien voulu savoir.

« Il est hors de question que vous remettiez les pieds chez ce monstre, vous m'entendez ? Je vous rachèterai ce qu'il vous faut. Est-ce clair ? »

Pour moi, oui. Pour Marnie, non. Quand elle a osé un « Mais... », il a lancé un verre contre le mur.

« Je répète, est-ce CLAIR ? »

Marnie a fait oui de la tête et s'est éclipsée.

En vérité, j'ai été chagrinée de l'entendre qualifier Lennie de monstre, mais je me suis alors souvenue que c'était le prix de la situation nouvelle que nous vivions : Lennie était un meurtrier et nous, d'innocentes orphelines.

« Mille excuses, grand-père, Marnie n'a pas le bon état d'esprit. »

Il m'a demandé de me préparer pour le dîner. Au menu, pâté en croûte surgelé. Je savais à l'avance que ce ne serait pas bon et j'ai réfléchi à un moyen de m'emparer des fourneaux.

« Peut-être puis-je t'aider ?

– À faire quoi ? a-t-il grommelé.

– As-tu des œufs ?

– En pagaille !

– Alors nous voilà sauvés ! », lui ai-je assuré.

Il faut avancer, il faut accomplir ce travail. Le passé est le passé, et les regrets de Robert T. Macdonald sont immenses. Qu'elle le veuille ou non, il fait partie de notre famille et, si chacun d'entre nous y met un peu du sien, nous pourrons tous nous entendre. C'est impératif car, sinon, où irions-nous ?

MARNIE

Tous les matins, Robert T. Macdonald nous fait faire nos lits, pas comme avant, en balançant la couette dessus, mais au carré. On se croirait dans une caserne.

Au petit déjeuner, je prends du porridge. Nelly, ses corn flakes et son Coca. La télé est limitée à une heure par jour et on est obligées d'aller à l'église tous les dimanches. Il faut mettre une jupe, mais quand il a vu ma mini, il a fait une attaque et il m'a emmenée chez Oxfam où il m'a acheté un truc long, fleuri et moche. Je le hais.

Nelly, elle a pas mis longtemps à prendre le pli et elle fait tout pour lui être agréable. On dirait qu'elle a développé une sorte d'amnésie, qu'elle a oublié à quel point son « papy » était un taré.

Il lui a donné la chambre destinée au départ à Izzy en la laissant la décorer à sa guise. Il lui a aussi filé de l'argent pour s'acheter ce qu'elle voulait, mais moi, il m'a forcée à vivre au milieu des petites fleurs et des personnages de dessins animés, dans une chambre prévue au départ pour nous deux.

« Rien ne vaut d'être chez soi, il a dit à Nelly. À l'abri des mauvaises influences… »

Il a claironné ça haut et fort, à mon intention évidemment. J'ai fait la sourde oreille et Nelly a même pas bronché. Elle a pas dit un mot depuis qu'on est ici et ça m'inquiète.

Une escapade nocturne en boîte s'est terminée pour moi dans les larmes puisque, en rentrant sans le faire exprès par la fenêtre de sa chambre, j'ai atterri sur sa tête, toute parfumée d'alcool et de clope... Il est devenu fou, m'a fait mettre à genoux et réciter le Notre-Père à 5 heures du matin. J'étais trop bourrée pour dire non, et puis j'ai bafouillé sur « Pardonne-nous nos offenses » parce que, à l'école protestante où j'allais, on disait « Remets-nous nos dettes », nos textes étaient pas raccord, mais il m'a pas reprise et on est arrivés à « Amen » sans trop d'histoires. Le lendemain matin, j'ai été réveillée par des coups de marteau : il posait un verrou sur ma porte.

« Tu ne bougeras pas d'ici de la journée, il a fait, comme on balance un crachat.

– C'est ce qu'on verra ! »

Il s'est alors planté devant moi :

« Tant que tu es chez moi, tu fais ce que je te dis, sale petite peste !

– J'ai presque seize ans, tu pourras pas me retenir ici éternellement !

– Mais je n'en ai aucune intention ! Je n'ai pas l'intention de te retenir du tout, il a dit en riant. Moi, il me tarde que tu aies seize ans. Plus tôt tu t'éloigneras de ta sœur et mieux ce sera ! »

C'était la seule chose à laquelle j'avais pas pensé : il voulait pas de moi, du tout. C'est Nelly qu'il voulait, malléable et craintive. C'était elle dont il voulait faire son héritière et, dès que l'occasion se présenterait, il me rayerait de la carte.

Dans la soirée, Nelly est venue devant ma porte verrouillée :

« Je t'en prie, Marnie, elle a chuchoté, tâche de te tenir à carreau ! Il va nous séparer, c'est sûr. Il en est capable, je le sais. Fais-le pour moi. Il n'est pas aussi terrible que tu le crois. »

Entendre Nelly plaider la cause du groupe Macdonald, c'était au-dessus de mes forces. Je l'ai envoyée paître et elle a pas demandé son reste.

NELLY

Pourquoi faut-il qu'elle soit toujours aussi pénible ? Nous ne sommes peut-être pas tout à fait chez nous, mais c'est quand même mieux que rien, et puis je suis lasse de courir. Il suffirait qu'elle se plie à ses marottes pour que la vie soit beaucoup plus facile. Il faut voir comment il l'a sermonnée pour avoir fait le mur, en pleine nuit en plus, et dans l'état où il s'est mis… Quand il s'emporte ainsi, c'est un ouragan que rien ne peut calmer. Lennie me manque, mais je fais tout mon possible pour ne pas les comparer sous peine d'accroître ma tristesse, et j'essaie de me couler de mon mieux dans l'univers de papy. Je pourrais rester ici très longtemps, avec ou sans Marnie. Fichue situation que la nôtre... Si Marnie pouvait ne serait-ce que se mettre au diapason, si ce n'est pour elle, du moins pour moi… Il n'est pas si méchant que ça quand on le connaît. Il peut être très conciliant dès lors que tout le reste obéit à ses désirs. Dîner avalé à 17 h 30. Devoirs terminés à 18 h 30 et, à 19 heures, vêtements repassés et prêts pour le lendemain. Télévision jusqu'à 19 h 30, coucher et prières à 20 heures. Marnie ne peut pas le voir. Elle n'a jamais fait de devoirs de sa vie, elle n'en a jamais éprouvé le besoin. Quant à ses vêtements, c'est elle qui choisit ce qu'elle met et je vous laisse imaginer ses choix… Elle en a mis en dépôt chez Kimbo et elle se change en arrivant au lycée. Papy dit qu'elle mène une vie de patachon depuis trop longtemps. Peut-être a-t-il raison... Il lui reproche d'avoir une influence néfaste sur moi, de m'entraîner sur la mauvaise pente. Il me dit être très fier de mes dons et de mes manières.

« Toi, je pourrais t'emmener n'importe où », m'a-t-il dit.

Marnie va devoir rester enfermée dans sa chambre pendant vingt-quatre heures ou jusqu'à ce qu'elle soit revenue à de meilleurs sentiments. J'espère que ce sera pour bientôt. Je devrais aller lui parler.

MARNIE

Quand la porte s'est enfin ouverte, Nelly m'a préparé un thé et des toasts. Pendant que je mangeais, il a ouvert sa bible et m'a fait la lecture : « Et j'entendis dans le ciel une voix forte qui disait : "Maintenant le salut est arrivé, et la puissance, et le règne de notre Dieu, et l'autorité de son Christ." »

J'avais aucune idée de ce qu'il me racontait, mais lui, il s'en foutait, il me regardait dans les yeux comme un grand malade qu'il est et il m'a dit :

« Je ne veux plus de ça, tu m'as compris ? »

Je lui ai fait signe que oui, par facilité, plutôt ça que l'écouter déblatérer. Comme il est pas idiot, il a secoué la tête : pour lui, je suis une cause perdue. En moi, je me disais : *Je l'emmerde !*

La nuit dernière, j'ai tenté une sortie pour aller boire un verre d'eau et je l'ai entendu marcher en bas. En m'avançant au bout du palier, je l'ai vu chercher dans un placard et en sortir une bouteille de whisky. Il a descendu ça comme de l'eau. Au goulot. J'étais pas rassurée en rentrant dans ma chambre parce que les gens comme Robert T. Macdonald qui se drapent dans leur vertu sont dangereux. Jusque-là, je l'avais jamais trouvé dangereux, mais maintenant j'ai peur.

Tous les soirs, dans le couloir devant nos chambres, il nous fait mettre à genoux et dire une prière :

« Cher Père, écoute et bénis
Tes créatures et les oiseaux de Tes bois,
Et protège et chéris
Ces petits êtres qui n'ont pas de voix. »

Comme nous. On en a plus.

NELLY

En me promenant dans le parc, j'ai croisé un fantôme, un vampire et une sorcière. C'était Halloween et j'aurais bien aimé avoir un costume à moi. Je me souviens que mère portait cette fête dans son cœur – et que, ce jour-là, elle mettait toujours des bas résille : elle s'était déguisée en chat une année, en infirmière la suivante et, avant son décès, en écolière attardée. Lorsque nous étions petites, elle nous emmenait toujours avec elle, mais, quand nous avons commencé à grandir, elle se rendait souvent seule aux festivités et aux soirées.

« Vous n'avez plus l'âge d'aller sonner aux portes », nous avait-elle dit.

Marnie avait onze ans et moi huit.

« S'il te plaît…, l'avait implorée Marnie.

– Non ! », avait-elle tranché.

Pendant le reste de la soirée, nous avions été assaillis de joyeux drilles venus tambouriner à la porte en quête de friandises. Après avoir éteint toutes les lumières, nous nous étions mises au lit.

En rentrant, j'ai trouvé papy habillé en clown. Il offrait des pommes d'amour et des bonbons à des enfants. Il est gentil et généreux. Moi, je l'aime bien et je me suis dit que tout se présentait pour le mieux, jusqu'à ce qu'un petit garçon arrive avec une taie d'oreiller sur la tête.

Elle était constellée d'encre rouge pour, je présume, imiter le sang.

« Et toi, en quoi es-tu censé être déguisé ? lui a demandé papy.

– Je suis un fantôme sans tête ! a répondu l'enfant.

– On n'y croit pas, a dit papy en fermant la porte.

– Et ma sœur alors ? », a demandé le garçonnet.

À ses côtés se tenait une petite fée.

« D'accord, un pour elle, mais ton costume à toi, il est nul. Tu as quel âge, d'ailleurs ?

– Onze ans.

– Onze ans, a grincé papy. Tu es trop grand pour réclamer des bonbons chez les gens. Va-t'en ! »

La petite fille a pris la main de son frère et ils sont partis sans leur pomme d'amour.

Je suis montée dans ma chambre et j'ai éteint les lumières.

HIVER

MARNIE

Quand Robert T. Macdonald nous a déposées au lycée, j'ai dit à Nelly qu'il fallait que j'aille quelque part. Elle m'a suppliée de rester là, mais je pouvais pas et, comme j'étais pas sûre de pouvoir encore lui faire confiance, je lui ai pas parlé du sac.

« Il va être drôlement en colère, m'a-t-elle prévenue.

– Et alors ?

– Il est insupportable quand il se met en colère contre toi.

– Insupportable… C'est un gros malade mental, tu veux dire !

– Mais pourquoi ne fais-tu aucun effort ? elle a gueulé.

– Un effort pour quoi faire ? j'ai hurlé.

– Pour que ça aille mieux. On est une famille, quand même…

– Il est givré. Tu le vois pas ? On peut pas rester chez lui. Moi, je peux pas.

– Je n'ai pas le choix. Tu crois qu'il me laissera te voir si tu pars ? Il n'est pas aussi méchant que ça, Marnie ! »

Elle pleurait.

« Mais, punaise, tu crois que tu t'entends bien avec lui alors que tu sais juste bien t'y prendre. C'était pareil avec Gene. Tu croyais pouvoir le tenir à distance en restant toi-même, mais t'as pas pu, et moi non plus !

– Ne parle pas de ces choses-là !

– Je parle de ce qui me plaît. »

Elle m'a giflée et j'en suis restée bouche bée. J'ai pensé lui en retourner une à mon tour, mais je me suis retenue. J'étais trop abasourdie et vexée. J'étais très vexée.

« Tu te fais trop de mauvais sang, elle a murmuré.

– Va te faire voir avec ton mauvais sang ! »

Je me suis tournée pour partir, mais elle m'a tirée vers elle.

« Ne sors pas du lycée. Si tu essayais juste de faire comme il veut…

– C'est ça, le problème, Nelly, je comprends pas trop ce qu'il veut et j'ai pas l'intention de patienter plus longtemps pour en savoir plus. »

Sur ce, je me suis cassée et je l'ai laissée en larmes. Je pleurais pas, mais c'était tout comme.

NELLY

Il épie le moindre de ses mouvements, je le vois bien. Je fais ce que je peux pour détourner son attention, mais mon répertoire n'est pas extensible. Il ne veut pas d'elle, je le sens, mais je n'arrive pas à m'imaginer la vie sans elle car, une fois ses seize ans révolus, il m'interdira sans doute tout contact avec elle. La semaine dernière, elle a fait l'école buissonnière et ce fut la goutte de trop. Du coup, il ne la quitte plus des yeux, l'atmosphère est irrespirable. Il l'a obligée à rester agenouillée pendant au moins deux heures, et maintenant elle a les genoux tout meurtris. Comme je ne savais pas quoi faire pour elle, j'ai attendu qu'il sorte acheter son sacro-saint billet de loterie pour filer dans sa chambre. Je l'ai trouvée en train d'écouter sa pop music de malheur, elle avait la tête qui dansait comme un ballon posé sur l'eau. Elle n'avait pas envie de me parler, mais je tenais vraiment à me faire entendre. Je ne connaissais pas le morceau qu'elle écoutait, mais il y avait là-dedans une espèce d'énergie bizarre, alors j'ai laissé ma tête bouger avec la sienne et, l'instant d'après, nous sautions ensemble sur le lit. C'était trop drôle. Nous nous tenions par les mains en riant, même si je nourrissais de vives inquiétudes pour ses genoux. Je ne l'ai même pas entendu rentrer. Il n'était pas au comble du ravissement.

« Descendez de ce lit ! », a-t-il rugi.

Marnie a éteint la musique.

« Va dans ta chambre ! », m'a-t-il ordonné.

Il a fait la tête tout au long du dîner et c'est à peine s'il m'a regardée. Je lui ai demandé s'il avait envie que je joue quelque chose et il a accepté de mauvaise grâce. J'ai choisi un morceau religieux qui, aussitôt, l'a déridé.

« Tu trouveras toujours une famille en Dieu, Nelly, ne l'oublie pas ! »

Marnie avait l'air au plus mal. Elle n'a pratiquement rien mangé. Depuis peu, son appétit décline, ce qui est fâcheux car Lennie a passé beaucoup de temps à la remplumer.

Papy a apparemment oublié que Marnie faisait également partie de ma famille et je me demande si ma sœur ne l'a pas oublié elle aussi. *Peut-être bien que oui*, me dis-je. Lennie disait qu'il fallait toujours tout lui rappeler. Il m'a confié beaucoup de choses finalement, une en particulier, et celle-là, je n'ai pas le droit de l'oublier.

MARNIE

Nelly m'en voulait à mort, mais qu'est-ce que je pouvais faire d'autre ? Il fallait bien que je récupère le sac. C'est notre seul moyen de nous tirer d'ici. Lui, ça l'a rendu dingue, c'était prévisible, mais je m'en fous. Je m'arrête plus à ça. Je compte pas moisir ici et c'est pas lui qui va m'enlever ma sœur. Il m'a déjà interdit de voir mes amies, et, quand il dit amies, c'est à Kimbo qu'il pense.

Son régime, c'est une prison pour moi. Tous les matins, avant l'école, il me fait vider mes poches pour vérifier que j'ai pas de clopes sur moi ou d'autres articles de contrebande. Une vraie fouille, quoi, comme dans les aéroports quand on vérifie ton sac à main, au cas où tu aurais des bombes dedans. Toute ma contrebande, elle est chez Kimbo, tu parles. On part pour le lycée dans sa pauvre petite Peugeot vers 8 h 15 et on arrive vers 8 h 30, mais là, il nous fait attendre dans la voiture jusqu'à la sonnerie. Il nous regarde franchir le portail et il appelle trois fois par jour pour être bien sûr que je suis en maths ou en anglais. Il me laisse pas une seconde de répit.

J'ai pas dit deux mots à Nelly depuis des semaines. Sa docilité, je la prends comme une trahison.

Ce matin, au petit déj', il nous a fait chanter des

cantiques, mais Nelly a pas pu jouer. Elle a dit qu'elle avait mal au cou.

« Plus près de Toi, toujours, plus près de Toi !
Donne-moi Ton secours, soutiens ma foi !
Que Satan se déchaîne,
Ton amour me ramène
Toujours plus près de Toi, plus près de Toi !
Mon Dieu plus près de Toi, dans le désert,
J'ai vu, plus près de Toi, Ton ciel ouvert.
Pèlerin bon courage !
Ton chant brave l'orage...
Mon Dieu plus près de Toi, plus près de Toi !
Enfin en sûreté, près du Seigneur,
Je vivrai sans péché, dans le bonheur.
Seigneur, plus près de Toi.
Toujours plus près de Toi, plus près de Toi !
D'âge en âge, tiens-moi. »

Il faut qu'on s'arrache d'ici.

NELLY

Il m'a giflée. Il a attendu qu'elle ne regarde pas et il m'a giflée.

« Quand je te demande de jouer, tu es priée de le faire. Tu as un don, mais c'est un don de Dieu et tu te dois de le partager !

– Oui », ai-je murmuré.

Il m'a embrassée sur le front et je n'ai pas pleuré.

Quand nous allons à l'école, tout est humide et gris. Nous longeons des tours d'immeubles et nous croisons des autoroutes, aucune chaleur nulle part. Je le regarde conduire, le nez rouge et dégoulinant de pluie, je regarde Marnie obsédée par ses cheveux. Je songe aux disparus : à mère et père, à mamie et à Lennie. J'essaie de ne pas pleurer pour eux, je ne veux pas pleurer pour eux, alors je prends mon livre et je lis, je ne peux pas m'en empêcher.

MARNIE

Je l'ai trouvée à la cafèt' en train de tirer la tronche et de se gorger de lait comme une gamine.

« Ça va ? je lui ai demandé.

– Qu'est-ce que ça peut te faire ? elle a marmonné.

– Ça fait que ça m'intéresse, si tu veux savoir.

– Qu'est-ce que tu veux ? elle m'a dit avant de se mettre à tripoter son sandwich.

– J'en peux plus d'être chez lui !

– Je sais...

– Alors, qu'est-ce que t'en penses, toi ?

– De quoi ?

– De s'arracher de là. »

Je m'attendais à de la résistance et à de la peur. Je m'attendais à des prétextes et à des excuses. Ce à quoi je m'attendais pas, c'était les clés.

« Ce sont celles de la maison de Lennie à Firemore. Pars dès que tu peux.

– Tu les as depuis quand ?

– C'est Lennie qui me les avait données.

– On aurait pu partir depuis longtemps, Nelly !

– Moi, je veux rester. Tenter le coup. Connaître un semblant de famille. Je suis fatiguée, Marnie. Je suis morte de fatigue. Je n'ai plus envie de galoper. »

Elle s'est mise à pleurer. J'ai passé mon bras autour d'elle.

« Mais une famille, tu en as une. C'est moi, ta famille !

– Je croyais que tu avais oublié…

– Je laisserai personne te faire du mal. Je te le jure. Je le tuerai s'il le faut. »

Ça l'a fait sursauter.

« Espérons que tu n'aies pas à le faire… »

J'espère aussi, mais pas tant que ça.

NELLY

Elle a, en tout et pour tout, un trousseau de clés. C'est complètement ridicule. Comment allons-nous survivre sans argent ? J'ai l'impression que Marnie n'y a absolument pas réfléchi. C'est justement pour cette raison que je les avais gardées par-devers moi car Marnie s'est montrée si souvent irréfléchie par le passé qu'elle nous a valu bien des déboires. Cela défie même l'entendement.

Je me demande si je pourrai vivre sans école et sans bibliothèque. Je me demande ce que je pourrai emporter avec moi (« Ce que tu as sur le dos », m'a-t-elle dit). Je me demande s'il y aura des corn flakes et du Coca-Cola. C'est qu'il en faut des choses, surtout quand on change de milieu. J'adore le cottage, mais elle ne compte tout de même pas nous nourrir de poisson et d'herbe... Elle aura seize ans dans un mois et m'assure que toutes sortes de libertés vont alors s'offrir à nous.

« Je serai légalement apte à m'occuper de toi, Nelly. On va s'en sortir, m'a-t-elle dit. Fais-moi confiance. »

Personne ne doit savoir où nous allons, pas même Kimbo.

« J'ai pas besoin de fringues, donc t'en parles à personne. T'as compris ? »

Je ne vois pas à qui je pourrais en parler vu que je n'ai pour ainsi dire pas d'amis. Je n'ai que Marnie.

MARNIE

Ce matin, on s'en est fumé une en douce avec Kimbo, ce serait notre dernière, et pour un bon moment.

« Tu dois devenir folle chez ce taré, elle m'a dit.

– Ben oui… »

Elle a soupiré de compassion.

« Moi, je pourrais pas, je t'admire… »

Mais, moi non plus, je peux pas, Kimbo ! j'ai eu envie de lui dire. Je vais me casser, tu me reverras pas avant un bail et tu vas me manquer comme tu peux pas savoir, espèce de vieille follasse.

J'ai rien dit et j'ai écrasé ma clope du bout du pied. Comme un pas de danse. Kimbo en a fait autant et on s'est quittées pour la journée. J'ai eu envie de l'attirer contre moi et de la serrer, de lui dire que je l'aimais, mais j'ai pas pu. Ç'aurait rien voulu dire et ça lui aurait mis la puce à l'oreille. J'ai décidé de l'accompagner jusqu'au bus tout en sachant que je me mettais en retard pour Robert T. Macdonald, mais je m'en foutais. Quand Kimbo est montée dans le bus, elle m'a fait une grimace à travers la fenêtre et je lui ai fait un doigt. C'est comme ça qu'on s'est dit au revoir : Kimbo en train de lécher la vitre et moi, pliée de rire en la regardant.

Après, je me suis faufilée dans les coulisses du théâtre où Susie chante dans la pièce du lycée. J'ai bien fait gaffe que personne me voie, surtout pas Susie. J'étais pas venue pour tout le spectacle, juste pour la voir et l'entendre chanter une dernière fois. J'avais bien mérité une chanson, même si elle était pas pour moi.

NELLY

Il n'y avait aucun plan, nous allions simplement partir de nuit et prendre un bus qui nous conduirait jusqu'à Inverness. Le chien serait du voyage. Marnie n'était pas très pour, mais elle a admis que Lennie aurait souhaité que Bobby reste avec ses copines et non avec un fou furieux porté sur le whisky (qu'il consomme à même la bouteille, d'après Marnie).

Je n'ai pas mis grand-chose dans mon sac à dos. Il fallait qu'ils soient suffisamment petits pour tenir sous nos lits. Le mien n'était pas bien gros, malheureusement, mais j'avais quand même pu y fourrer une boîte de corn flakes et divers sous-vêtements, sans parler de quelques canettes de Coca-Cola, mais Marnie était absolument furieuse. Elle m'a dit que ce n'étaient pas là des choses essentielles, mais je me suis bouché les oreilles en remuant la tête et, comme elle n'a pas trop voulu me contrarier, elle m'a autorisée à emporter mes victuailles, mais elle ne m'a plus adressé la parole de la journée et s'est plainte de devoir prendre des choses en plus pour moi dans son propre sac. Ce qu'elle ne savait pas, c'est que j'avais aussi sur moi cinq T-shirts et deux chandails. Je mourais de chaud.

MARNIE

La tchatche de malade, le retour. Elle a pas arrêté...

« Où allons-nous ? Comment y allons-nous ? Combien coûte un billet ? Combien dure le voyage ? Que mangerons-nous ? Sais-tu pêcher ? Lennie a bien dit de ne pas toucher aux champignons. Tu sais comment on allume un feu ? Comment va-t-on faire la lessive ? Et l'électricité (à moins que ce soit le gaz, je m'en souviens plus) ? Avons-nous du lait ? »

J'avais envie de hurler, mais, comme je voulais pas la froisser, j'ai trouvé une réponse à chacune de ses angoisses.

Elle voulait tout emporter, y compris le coussin avec lequel Izzy avait étouffé Gene. Ça craignait. J'ai dit non et elle a pas insisté. Elle a quand même tenu à prendre ses corn flakes et des canettes de Coca pour son improbable petit déj'. Je croise les doigts pour qu'on en trouve à Firemore. Si tout le monde est au porridge, elle va me faire une crise. Je l'ai trouvée un peu régressive, sur ce coup ; je pensais qu'elle arrivait à s'en passer, des corn flakes et du Coca. Elle avait l'air de s'être calmée ces dernières semaines, de frôler la normalité pour tout dire. Ça doit être le stress de la cavale qui a rouvert la fêlure. Ça serait peut-être le moment de lui parler du fric.

NELLY

Marnie a un sac plein de billets, tout imprégnés de souffrances et de détresses anonymes. Moi, je n'en veux pas et je l'ai conjurée de s'en défaire. Ce qui m'a valu une bordée d'injures qui m'a laissée sans voix.

« Sans argent, sans liquide, on s'en sortira pas !

– Ce n'est pas bien, Marnie. Ce n'est pas bien !

– Qu'est-ce qu'est pas bien ?

– Tu le sais très bien.

– Oui, je le sais, mais toi, tu sais quoi ?

– Rien, rien du tout.

– Tu en es sûre ? Tu peux le dire si tu le sais. C'est de l'argent de la DROGUE : D.R.O.G.U.E.

– Je ne veux pas le savoir.

– Tu veux jamais rien savoir de la vraie vie, hein ? Et dire que tu étais parfaite ces derniers temps... Je me disais que tu avais enfin grandi !

– Ce n'est pas bien !

– Tu sais ce qu'est pas bien ? C'est de crever de faim. Ce fric, il faut le prendre.

– Je n'en ai pas envie.

– Dis-toi bien une chose : tous ces billets, tout ce blé, c'est à nous qu'Izzy et Gene l'ont piqué pour acheter de la dope. On fait que reprendre notre bien, avec un peu d'intérêts. C'est un juste retour des choses, Nelly.

– Je n'en suis pas sûre.

– Pense à ce qu'on peut s'acheter avec cet argent. La tranquillité et la sécurité. Alors, on le renvoie aux dealers pour qu'ils achètent encore plus de came et fassent encore plus de victimes comme toi et moi ? Ou on le prend et on repart à zéro ailleurs ? »

Vu sous cet angle, toute discussion devenait impossible. Moralement c'était mal, mais, éthiquement, c'était acceptable. L'argent serait donc du voyage. Mais jamais je n'en avais vu autant.

MARNIE

On a fait du chemin, Nelly et moi, mais parfois j'oublie à quel point ma sœur peut être buse. Elle voulait qu'on abandonne ce fric… Elle voulait qu'on aille à Firemore, qu'on attrape des poissons et qu'on mange des feuilles. Elle voulait faire pousser des concombres et des tomates, sérieux, avec le climat qu'on a ici... C'est vraiment la plus belle truffe de la terre. J'avais envie de la baffer, mais je me suis retenue. Je voulais qu'elle reste concentrée sur notre départ, pas qu'elle flippe à l'idée de se faire castagner par sa sœur.

Robert T. Macdonald continue de me pourrir la vie et, le dernier week-end qu'on a passé ensemble, il nous a emmenées au cimetière où Izzy et Gene sont enterrés. La pierre tombale était finie et il avait envie qu'on se plante devant et qu'on pleure. Nous, on avait qu'une idée en tête : nous barrer. La tombe, elle est nulle, elle fait croire que Gene et Izzy étaient mariés. Il a même donné à Izzy le nom de Gene. C'est n'importe quoi. Le marbre raconte l'histoire de deux êtres « regrettés », « bien-aimés », qui sont « partis sans être oubliés ». J'ai eu envie de cracher dessus, comme dans les films. Nelly s'est mise à pleurer, mais Robert T. Macdonald l'a fait taire.

« Pas de larmes, je te prie ! Joue-nous plutôt quelque chose de joli. »

Elle voulait pas, mais il a bien fallu, alors elle nous a fait un petit Bach, mais lui a pas aimé, il lui a demandé quelque chose de plus céleste, du coup elle a joué *Amazing Grace* du mieux qu'elle a pu. Il était au bord des larmes et j'ai compris qu'il aimait bien avoir de la peine. C'est le seul endroit où il peut vraiment se comporter en père pour Izzy, il a rien d'autre à faire que de se pointer avec des fleurs et de la ficelle, et quand les gens passent devant lui et le voient creuser autour de la tombe, ils font pas la différence. En regardant l'inscription, ils prennent en pitié cet homme qui a perdu sa fille trois fois, alors que, vraiment, ils devraient pas.

NELLY

Lentement, nous avons descendu l'escalier et traversé le séjour pour gagner la porte d'entrée. Heureusement, les marches ne grincent pas, ce qui nous a évité l'angoisse de l'évadé : croire que le moindre de ses bruits est amplifié. Le seul vrai bruit était celui de la pluie, il fallait l'entendre battre contre les vitres. Je vivais un véritable supplice.

Comme il faisait un froid de gueux dans la pièce, j'ai songé brusquement que je n'avais pas emporté assez d'habits. Je me suis dit alors que Marnie avait raison et j'ai remis en place les corn flakes et le Coca-Cola dans la cuisine. Il me fallait au moins un autre jean et quelques hauts. Je suis remontée.

« Putain, mais qu'est-ce que tu fous ? a chuchoté Marnie.

– J'en ai pour une minute ! »

Et me voilà repartie dans ma chambre pour compléter mon paquetage avec des tenues plus adaptées. Arrivée en bas, j'ai trouvé une Marnie qui fulminait en m'attendant.

« T'es avec moi ou pas ? m'a-t-elle demandé.

– Mais avec toi, bien sûr ! »

La liberté était à portée de main et, plus nous nous approchions de notre rêve, plus il me semblait impossible de la trouver là, derrière une porte close et au bout d'une allée, dans un bus, puis dans un train. Tout cela paraissait bien trop facile et j'étais rongée d'appréhension.

MARNIE

Je me suis jetée sur la clé qui pendait sur la serrure et je me suis grouillée de tourner la poignée. J'ai ouvert, la voie était libre. Et là, je me suis cognée dans Robert T. Macdonald, planté en travers du seuil… Il m'a repoussée en arrière et je me suis étalée par terre. Nelly a accouru près de moi tandis qu'il refermait la porte avec fracas. La pièce a tremblé.

Il m'a remise sur mes pieds et poussée vers la chaise la plus proche. Nelly a pas eu besoin qu'on la pousse, elle a trouvé une chaise toute seule.

« Vous me prenez pour un con ou quoi ? »

C'est moi qu'il regardait.

On a fait non de la tête. On avait peur.

« Vous croyez que je ne me doutais de rien ? Que je n'étais pas au courant pour le sac de billets ? »

J'ai pâli.

« Je vois clair, mademoiselle Marnie, je vois clair, il a murmuré. Et toi, Nelly ? Tu me prends pour un imbécile ? »

Elle a secoué la tête.

« Monte dans ta chambre ! », il a ordonné.

Elle a refusé. Il a rugi :

« Monte dans ta chambre, nom de Dieu ! »

Elle est partie en courant.

J'étais calme et j'attendais impatiemment un sermon, mais c'est pas sa bible qu'il a attrapée, pas cette fois, mais le bout de ses manches et il les a remontées au-dessus de ses coudes. Il a fait craquer ses jointures et s'est approché de la chaise. Il m'a chopée par le col et a armé son bras comme un élastique, prêt à me mettre son poing dans la figure. Et si y avait pas eu Mick derrière lui, lui enfonçant un pistolet dans la nuque, c'est exactement ce qu'il aurait fait.

NELLY

J'étais assise en haut de l'escalier et ne voilà-t-il pas qu'a surgi le vendeur de glaces avec, à la main, devinez quoi, un pistolet ! Heureusement, il s'est dirigé tout droit sur Robert T. Macdonald, ce qui m'a, je l'avoue, plutôt soulagée.

« Aide-moi ! », a-t-il lancé à Marnie.

Elle ne s'est pas fait prier.

« Tu veux que je fasse quoi ? a-t-elle demandé.

– Attache-le avec ça ! »

Et il lui a lancé une corde.

Marnie a dû se sentir très responsabilisée d'avoir à ficeler R. T. Macdonald, surtout avec un vendeur de glaces qui agitait une arme sous le nez du captif. Je ne sais pas si elle buvait du petit-lait, mais moi, oui. Marnie a déniché du ruban adhésif. L'autre proférait quantité de menaces et de mises en garde. Il était impératif de le réduire au silence. Il pouvait alerter le vendeur de glaces de ma présence, par exemple, et cela ne m'arrangeait nullement.

Quand elle a eu terminé, le vendeur de glaces s'est fait grave :

« Marnie, c'est la dernière fois que je te pose cette question : où est mon argent ?

– Je sais pas. Je te l'ai dit. »

Il a tiré une balle dans le mur au-dessus de la tête de Marnie. Tout partait à vau-l'eau.

« Gene et Izzy sont morts ! a-t-elle crié. Ils ont pu le mettre n'importe où, ce fric ! »

Elle tenait *mordicus* à cet argent et serait morte plutôt que de le remettre à un mufle qui vendait des crèmes glacées ainsi que toutes sortes de friandises. Nous étions dans de beaux draps.

Mick a pointé le pistolet sur Robert T. Macdonald, qui s'est mis à gémir.

« Et si je le butais, celui-là ? a-t-il dit.

– Je m'en fiche », a fait Marnie.

Robert T. Macdonald semblait affligé. Il a commencé à geindre. Mick lui a appliqué le canon sur la tempe. Et a pressé la détente.

« Arrête ! s'est exclamée Marnie. Il est là-bas, dans la trousse noire. »

Robert T. Macdonald l'a considérée d'un air vide. Il semblait ne plus rien y comprendre. Moi non plus. Pourquoi lui avait-elle sauvé la mise ?

Le vendeur de glaces s'est dirigé vers le sac tout en brandissant son arme en direction de Marnie et de Robert T. Macdonald.

Il a ouvert le sac.

« Putain, mon fric ! s'est-il exclamé. Ça fait combien de temps que tu l'as, ce sac, petite cachottière ?

– Je l'ai trouvé dans la cabane après que tu es parti.

– C'est ça, ouais… »

Il a cessé de brandir son pistolet et s'est agenouillé pour compter les billets. « Tout est là », a-t-il fait avec un sourire.

Marnie paraissait assommée tandis que Robert T. Macdonald était rouge et furieux.

Mick s'est assis à côté de Marnie. « Tu sais, Marnie, j'ai été dur avec toi, mais c'était pas volontaire… »

Il a repris le pistolet et lui a caressé la jambe avec. « Qu'est-ce que tu dirais de passer un moment tous les deux là-haut ? Il va pas s'envoler, papy. T'en penses quoi ? »

Marnie a souri et l'a suivi dans l'escalier. Je me suis glissée sous le lit.

MARNIE

Je savais pas quoi faire, alors je lui ai filé le fric. J'en avais marre de voir des macchabées, donc j'ai épargné Robert T. Macdonald. Mick avait envie de moi, alors je me suis laissé faire. Je savais qu'il y avait Nelly et j'ai croisé les doigts pour qu'elle voie rien. J'espérais qu'il aurait pitié de nous et qu'il nous laisserait quelques billets, ne serait-ce que pour partir de chez Robert T. Macdonald.

J'avais oublié comment c'était avec Mick. Il m'a ordonné d'enlever mes habits et a commencé à retirer les siens. Il m'a fait allonger sur le lit. Il devait trouver ça romantique. Puis il m'a demandé de m'agenouiller au bout du lit et d'écarter les jambes. Il a fait jouer ses muscles, il a toujours été comme ça. Il m'a fait penser à Kirkland et j'ai cru que j'allais pleurer, mais à ce moment-là Nelly est sortie de sa cachette et elle lui a mis un coup de tisonnier sur la tête. Il est tombé sur moi. J'ai rampé à toute vitesse vers la tête du lit.

« File-moi mes fringues ! »

Elle les a ramassées par terre. J'ai trouvé un truc à lui dans mes habits et je l'ai balancé. Impossible de m'arrêter de pleurer.

« Arrête de me regarder ! », j'ai dit à Nelly.

Elle m'avait vue à poil des milliers de fois, mais c'était pas pareil. J'avais honte.

Elle s'est retournée et a regardé le corps de Mick. Il respirait encore. Elle lui a mis un coup de pied dans l'estomac.

« Pour ma sœur, elle a lâché.

– Merci, je lui ai dit.

– On va l'enfermer ici », elle a dit en se rappelant que Robert T. Macdonald avait mis un verrou extérieur sur ma porte.

J'ai récupéré le fric et on est descendues.

NELLY

Le vendeur de glaces n'a pas tardé à se réveiller et à frapper comme un dément contre la porte de la chambre de Marnie. Elle a serré les liens de Robert T. Macdonald et abandonné le pistolet dans la cuisine.

« J'aurais pu laisser Mick te descendre, mais je l'ai pas fait. Oublie pas ça quand tu penseras à moi... »

Elle a sorti des photos. Des photos à lui. D'Izzy pour la plupart.

« J'en emporte quelques-unes. Elles sont à moitié à moi quand même, et je prends aussi la photo de mariage de toi et de ma grand-mère. Tu mérites pas de la garder. »

Elle les a glissées dans son sac à dos.

« Je suis sûre que tu as des choses à dire, mais ce que tu as à me dire, je m'en fous, et je crois bien que tu vas écouter ce que, moi, j'ai à te dire. C'est pas Lennie qui a tué Izzy et Gene. Izzy a étouffé Gene avec un coussin et, après, elle s'est pendue dans la cabane. Elle s'est suicidée. C'est Nelly et moi qui les avons enterrés dans le jardin, on voulait pas être placées, alors on les a cachés. Lennie avait rien à voir là-dedans, pas au début. C'est bien après qu'il a découvert ce qu'on avait fait et, pendant qu'on était pas là, il a déplacé les corps sous ses rosiers. Il a essayé de nous couvrir. T'as déjà eu un ami comme ça ? »

Elle s'est levée pour partir.

« C'est une maigre consolation, mais si Izzy s'était pas tuée, je sais qu'elle t'aurait accueilli à bras ouverts. C'était quelqu'un de faible, elle en aurait été capable. »

Le temps de rassembler nos affaires et le moment était venu de partir. Ça m'aurait fait drôle de m'en aller sans un mot.

« À la revoyure, papy ! », lui ai-je fait en mettant une laisse au chien.

Il bougonnait derrière son bâillon. Il se débattait avec la corde, essayait de crier, mais c'était trop tard, la porte s'était refermée et nous étions en route.

MARNIE

C'est long jusqu'à Firemore, surtout avec un chien, mais, en arrivant au cottage, on a vu la voiture de Lennie dans l'allée et un grand type brun qu'on connaissait : Vlado.

Quel bonheur pour nous de retrouver le refuge de ses bras et, pour lui, de retrouver les protégées de Lennie qui attendaient qu'une chose, qu'on les serre très fort et qu'on s'occupe d'elles au bord de la mer.

Après, on a fait des ricochets en lançant les cailloux aussi loin qu'on pouvait. On a mangé du poisson et du pain. On a lu des livres et on a regardé une vidéo sur la reine d'Angleterre. On a dormi longtemps et, quand on s'est levées, ça sentait le soleil et le sel.

Au dîner, j'ai vu que Vlado cherchait ici un autre genre de réconfort et, le lendemain matin, je l'ai regardé courir près de l'eau jusqu'à ce qu'il soit aussi loin qu'une étoile, qu'il ait trouvé ses propres cieux.

Il y avait un tel trop-plein dans nos cœurs que, submergées, Nelly et moi, on a couru vers le rivage nous aussi et qu'on s'est pas arrêtées avant d'avoir rassemblé tous nos chagrins et nos secrets, avant de les avoir ensevelis tout au fond de l'océan. Quand j'ai ramené ma sœur sur la terre ferme, on était trempées et on se tenait la main. Vlado est arrivé avec des serviettes et son rire, un rire qui n'en finissait pas. J'espère l'entendre toute ma vie.

REMERCIEMENTS

Tant de gens ont accompagné l'écriture du *Doux venin des abeilles*. Je leur serai éternellement reconnaissante.

Alex Christofi, mon agent ultramotivé chez Conville and Walsh.

Le regretté John McGrath, qui m'a encouragée et a su créer de la confiance, là où il n'y en avait aucune.

L'écrivain Sergio Casci, qui a lu le premier scénario que j'aie écrit, et qui m'a orientée sur un chemin qui a changé ma vie.

Moonstone International 1999, où j'ai été guidée par la crème des écrivains.

Et toute l'équipe de William Heinemann pour leur soutien et leur enthousiasme.

Composition PCA
44400 – Rezé

Imprimé en Espagne

Dépôt légal : février 2013
ISBN : 978-2-7499-1799-3
LAF 1657